Leah Mercer
Was von uns geblieben ist

amazon crossing

Das Buch

Ein Kind zu verlieren, ist das Schlimmste, das zwei Menschen passieren kann – das wissen Zoe und Edward, seit ihr kleiner Sohn vor zwei Jahren bei einem Autounfall ums Leben gekommen ist. Doch die beiden müssen nicht nur den Verlust ihres Kindes verkraften, sondern auch die Tatsache, dass Zoe an dem tragischen Tod des Kleinen eine Mitschuld trägt. Jeder trauert auf seine Weise und ihre Ehe droht in Sprachlosigkeit und Wut zu versinken. In einem letzten Versuch, wieder zueinander zu finden, reisen die beiden nach Paris, um sich in der Stadt der Liebe wieder näher zu kommen. Doch aus dem romantischen Wochenende wird nichts, denn am Gare du Nord verlieren Zoe und Edward sich aus den Augen. Vielleicht ist die Suche nacheinander genau das, was das einst glückliche Paar jetzt braucht.

Die Autorin

Leah Mercer ist in Kanada geboren und aufgewachsen. Mit dreizehn schrieb sie ihren ersten Roman, der allerdings nicht veröffentlicht wurde. Sie beschloss eine Schreibpause einzulegen und konzentrierte sich vorübergehend auf die Leichtathletik, wo sie lokale Erfolge feierte. Nach einem Master-Abschluss in Journalismus lebt Leah Mercer inzwischen mit ihrem Mann und einem kleinen Sohn in London. Unter dem Pseudonym Talli Roland schreibt die Autorin außerdem sehr erfolgreich Liebesromane.

LEAH MERCER

Was von uns geblieben ist

ROMAN

Aus dem Englischen von
Claudia Hahn

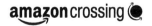

Die amerikanische Ausgabe erschien 2016 unter dem Titel »Who We Were Before« bei Lake Union Publishing, Seattle.

Deutsche Erstveröffentlichung bei
AmazonCrossing, Amazon E.U. Sàrl
5 Rue Plaetis, L-2338, Luxembourg
Februar 2017
Copyright © der amerikanischen Ausgabe 2016
By Leah Mercer
All rights reserved.
Copyright © der deutschsprachigen Ausgabe 2017
By Claudia Hahn

Umschlaggestaltung: bürosüd⁰ München, www.buerosued.de
Umschlagmotiv: © Visions Of Our Land / Getty;
© Sergey Molchenko / Shutterstock
Lektorat: Rotkel Textwerkstatt
Printed in Germany
By Amazon Distribution GmbH
Amazonstraße 1
04347 Leipzig, Germany

ISBN: 978-1-477-84850-0

www.amazon.de/amazoncrossing

Für meinen Vater

KAPITEL 1

ZOE, SAMSTAG, 12 UHR

Man sagt, der Tod eines Kindes ist das Schlimmste, was Eltern erleben können, aber das stimmt nicht. Das Schlimmste ist zu wissen, dass man selbst die Schuld daran trägt.

Eine Sekunde. Sogar noch weniger. Diese kurze Zeit genügte, und Milo war mir entglitten, er war fort. Auf ewig.

Natürlich sagte niemand, dass ich schuld war. Niemand außer meinem Mann, als wir uns vor dem bewegungslosen Körper meines Sohnes gegenüberstanden. Es war ja so viel einfacher, mir Milo schlafend vorzustellen, als tot. Tot. Selbst jetzt kann ich dieses Wort nicht wirklich fassen.

Warum hast du nicht auf ihn aufgepasst? Warum hast du ihn nicht aufgehalten? Wie konntest du zulassen, dass das passiert? Drei Sätze, die sich mit jedem Herzschlag in meine Gedanken bohren, ebenso wie Edwards Blick – ein Blick, den ich niemals vergessen werde. Ihn hasserfüllt zu nennen wäre, als bezeichne man heißes Wasser als lauwarm. In jenem Augenblick hätte er mich, ohne zu zögern, umgebracht, wenn es ihm seinen Sohn wiedergebracht hätte. Ich war der Feind, jemand, der ihm das genommen hatte, was er im Leben am meisten liebte.

Aber ich brauchte Edward nicht, um mir zu sagen, dass ich die Schuld trug. Er hatte recht. Ich hätte fester zugreifen, schneller rennen, früher springen sollen. In den zwei Jahren seit Milos Tod haben so viele Menschen meinen Arm gedrückt, meine Hand berührt und mir gesagt, dass es nichts gab, das ich hätte tun können. Aber das stimmt nicht. Ich hätte etwas tun können.

Ich wende mich vom Zugfenster ab und sehe meinen Mann an, versuche, etwas zu fühlen, *irgendetwas*, während ich seine mir so vertraute Silhouette betrachte. Die langen schwarzen Wimpern, die Milo geerbt hatte – die Hebammen behaupteten immer, dass sie an einen Jungen verschwendet wären –, dazu eine gebogene Nase und ein Kinn mit Grübchen. Edward hat sich Dutzende Male für seine Worte entschuldigt, gesagt, dass er es nicht so gemeint habe, dass es nur der Schock gewesen sei. Natürlich wisse er, dass es nicht meine Schuld war. Es hätte auch ihm passieren können.

Aber es ist nicht ihm passiert. Es ist *mir* passiert, und seitdem steht da diese Betonmauer zwischen uns, überzogen von scharfkantigem Glas. Wie oft er auch versucht, mich zu umarmen, mich zu trösten oder einfach nur zu reden, es zerreißt mich jedes Mal. Ich kann es nicht mehr ertragen.

Zwei gemeinsame Tage in Paris, dann können wir wieder nach Hause – zurück in unser stilles Haus in einem idyllischen Dorf, das wir nun beide hassen und in dem keiner von uns gern Zeit verbringt ... nicht, dass er wüsste, womit ich meine Tage verbringe. Wir würden nicht einmal diese Reise machen, wenn meine Eltern sie uns nicht aufgedrängt hätten, da sie der Meinung waren, ein romantischer Trip würde uns guttun. Wenn die beiden wüssten, wann wir das letzte Mal Sex hatten (ich kann mich kaum noch daran erinnern), wäre ihnen klar, wie lächerlich so ein romantisches Wochenende ist.

Durch den Lautsprecher kommt die Ansage, dass wir in

den Gare du Nord einfahren. Edward hört auf, mit seinem Handy herumzuspielen, und hebt den Kopf. »Fast da.«

Gott, er klingt genauso aufgeregt wie ich. Ich nicke und wende meinen Blick zu dem Paar auf der anderen Seite des Gangs. Sie sehen aus wie Mitte zwanzig, noch jung genug, um zu glauben, dass nichts im Leben schiefgehen kann. Ich frage mich, was sie über Edward und mich denken. Wir haben uns die ganze Fahrt über nicht ein einziges Mal berührt, kaum miteinander gesprochen. Ich wette, sie versprechen einander, dass sie niemals so werden wie dieses trostlose verheiratete Paar, das lieber überall anders wäre als beieinander. *Wie traurig*, werden sie sagen. *Wie kann man nur so werden?*

Ich kann es ihnen sagen: Indem man seinen Sohn verliert. Mit einem riesigen klaffenden Loch im Leben zurechtkommen, mit diesem Tritt in den Magen bei jedem Erwachen am Morgen und dem Schmerz, der einen kaum atmen lässt. So kann man so werden. Wie wir.

Die Bremsen quietschen, als wir in den Bahnhof einfahren, und Edward steht auf, um unseren Koffer zu holen. Ich kann mich kaum erinnern, was ich eingepackt habe. Es spielt auch keine Rolle, was ich trage. Edward sieht mich kaum an – ich meine, *wirklich* an. Ich könnte morgens in einem Clownskostüm aufkreuzen, und er würde wie üblich weiter an seinem verbrannten Toast kauen, mich kurz auf die Wange küssen und loseilen, um den Pendlerzug um 7:07 Uhr zu seiner Arbeit zu erwischen. Bei dieser Art von Kuss fühle ich mich schlechter, als wenn er mich gar nicht küssen würde: mit trockenen Lippen, die Augen bereits zur Tür gewandt, das Herz weit fort von unserem Zuhause. Und so geht das bereits seit zwei Jahren.

»Zoe? Komm schon.« Edward klingt ungeduldig, und ich wende mich ihm zu und blinzle heftig, um meine Gedanken abzuschütteln. Ich verbringe viel Zeit einfach nur in Gedanken. Ich mag es dort, geschützt vor der Welt. Edward bringt das allerdings auf die Palme. So viel bekomme ich noch mit.

Ich folge meinem Mann den Bahnsteig hinunter, während aus dem Lautsprecher gedämpfte Ankündigungen auf Französisch schallen. Die neblige Luft ist kühl und feucht, und ich verschränke die Arme, um mich warm zu halten. Edward dreht sich kurz um, um sicherzustellen, dass ich noch hinter ihm bin, und zieht dann weiter unseren Koffer hinter sich her, der über die Bodenfliesen klackert. Es gab einst eine Zeit, da hätte er mir seine Jacke gegeben oder seinen Arm um mich gelegt und meine Hände sanft gerieben, um meine ständig blauen Finger zu wärmen. Jetzt läuft er nicht einmal mehr neben mir.

Er erreicht die Haupthalle, hält an und holt sein Handy aus der Tasche, während er darauf wartet, dass ich zu ihm aufschließe. Dieses verdammte Handy! Er und sein Handy haben eine bessere Beziehung als wir beide, nicht, dass dazu viel nötig wäre.

»Ich muss einen Automaten finden und ein paar Euro abheben«, sagt er und tippt dabei weiter auf dem Handy herum. »Warum siehst du dich nicht etwas um, und ich ruf dich an, wenn ich fertig bin?«

»Dann lass den Koffer hier«, sage ich, aber er ist schon weg und bahnt sich einen Weg durch die Menge in Richtung eines Geldsymbols. Ich frage mich, warum er unbedingt allein zum Automaten will, aber ich beschwere mich nicht. Sobald Edward fort ist, verschwindet auch der Druck auf meiner Brust, den ich immer spüre, wenn wir zusammen sind. Ich habe fast das Gefühl, wieder atmen zu können. Wahrscheinlich geht es ihm genauso – oder nicht? Ich kann ihn einfach nicht mehr einschätzen.

Ich laufe auf dem Bahnhof herum, drehe mich ziellos in verschiedene Richtungen. Was Bahnhöfe angeht, gehört der Gare du Nord eher zur trostlosen Sorte. Er tut nicht einmal so, als wäre er ein Shoppingcenter – nicht wie St Pancras mit der längsten Champagnerbar der Welt und den unzähligen Geschäften. Ich kann mir fast bildlich vorstellen, wie dieser Ort auf gallische Art mit den Achseln zuckt und Rauch über den Kanal bläst.

Ich schaue auf die Uhr und runzle die Stirn, als mir klar wird, dass Edward bereits seit zwanzig Minuten fort ist. Ich sollte mittlerweile daran gewöhnt sein, wie die Zeit dahineilt, die Stunden wie auf einem Fließband an meinem vernebelten Blick vorbeiziehen, aber manchmal trifft es mich doch wieder unerwartet. Wofür braucht er so lange? Ich gebe zu, ich bin etwas überrascht, dass er bis jetzt noch keine Euro besorgt hat. Normalerweise ist er wie ein Pfadfinder: immer auf alles vorbereitet. Selbst eine Fahrt zum Supermarkt erfordert eine halbstündige Vorbereitung und endlose Listen, während ich üblicherweise improvisiere. Schon merkwürdig, ich kann mich gar nicht mehr an das letzte Mal erinnern, dass ich in einem Supermarkt war. Es ist einfach nicht nötig. Edward ist zum Essen nie zu Hause, und ich kann froh sein, wenn es mir gelingt, auf meinem Nachhauseweg ein Sandwich vom Eckladen hinunterzuwürgen.

Jetzt sind es schon fünfundzwanzig Minuten. Vielleicht sollte ich ihn anklingeln. Ich greife in meine Handtasche und durchsuche sie nach meinem Handy. Wo zur Hölle ist das Ding? Diese Tasche ist wie ein schwarzes Loch. Seufzend hocke ich mich auf den dreckigen Bahnhofsboden und wühle auf der Suche nach der silbernen Hülle in alten Rezepten und irgendwelchen Taschentüchern. Meine Frustration nimmt so weit zu, dass ich den gesamten Inhalt auskippe und weitersuche, nur um ungläubig feststellen zu müssen, dass es nicht da ist. Und … mir zieht sich der Magen zusammen. Meine Brieftasche aus braunem Leder ebenfalls nicht.

Verflucht.

Ich stopfe meine Sachen wieder in die Tasche und erhebe mich mit zitternden Beinen. Habe ich sie zu Hause vergessen?

Ich schüttle den Kopf und sehe deutlich vor meinem geistigen Auge, wie ich beides in meine Handtasche gesteckt habe. Ich habe sie eingepackt, das weiß ich. Wo sind sie also? Ich drehe mich nach links und rechts, als würde die Antwort irgendwo in meiner Nähe lauern, gehe wieder auf die Knie und suche noch einmal genau den Boden ab, ob ich sie nicht eventuell einfach fallen gelassen habe.

Nichts.

Langsam stehe ich auf, und in meinem Kopf dreht sich alles. Irgendwann, während ich auf dem Bahnhof herumspaziert bin, muss man mich bestohlen haben. Da fängt unser romantisches Wochenende ja toll an! Zumindest werde ich mit dem Stornieren meiner Karten im Hotelzimmer eine Beschäftigung haben. Mir graut es bereits vor der Stille zwischen uns in einem so engen Raum.

Meine Augen weiten sich, als mir etwas wie Schuppen von den Augen fällt. Ohne ein Handy, mit dessen Hilfe wir uns wiederfinden können, sollte ich jetzt besser losrennen, um Edward noch beim Geldautomaten abzufangen. Ich wende mich in die Richtung, in die er vor einer halben Stunde gegangen ist, und weiche dabei Koffern und Reisenden aus. Endlich, nach einem gefühlten Marathon, erreiche ich den Automaten. Eine lange Schlange steht davor, aber Edward befindet sich nicht darin.

Ich lehne mich an die Wand und wische mir den Schweiß von der Oberlippe, während ich keuchend durchatme. Okay, *denk nach*. Wenn er nicht hier ist und mich nicht auf dem Handy erreicht hat, muss er wieder dorthin gegangen sein, wo er mich zurückgelassen hat. Zumindest würde ich das tun, aber ich bin auch nicht er – das wurde niemals klarer als in der letzten Zeit. Unsere Unterschiede sind größer geworden, Berge, die wir nicht überwinden können.

Ich gehe zurück zum geschäftigen Bahnsteig, aber mein Mann ist nirgends zu sehen. Panisch suche ich die sich bewegende Menge ab, in der Hoffnung, irgendwo einen Blick auf ihn zu erhaschen. Die Menschen ziehen wie Wellen an meinen Augen vorbei und verschwimmen irgendwann zu einer unkenntlichen Masse.

Ich sinke hinunter auf den schmutzigen Boden. Edward ist nicht hier. Oder wenn er es doch ist, kann ich ihn nicht finden. Was soll ich jetzt nur machen? Er hat unseren Koffer und auch die Mappe mit sämtlichen Informationen zu unserer Unterkunft – ich kann mich absolut nicht mehr an den Namen unseres Hotels erinnern. Und selbst wenn ich aufgepasst hätte, würde ich mich wahrscheinlich nicht mehr daran erinnern. Französisch ist nicht gerade meine Stärke.

Hier bin ich also. Allein, an einem fremden Ort, ohne zu wissen, wohin ich mich wenden soll.

Nicht viel anders als mein Leben daheim.

KAPITEL 2

Ich eile durch die Menge, und mein Kiefer entspannt sich mehr und mehr, je weiter ich mich von ihr entferne. Ich muss keine Euro abheben – ich habe gestern nach der Arbeit bereits genug besorgt. Ich will nur ein paar Minuten allein sein, um Fiona anzurufen und eine freundliche Stimme zu hören, bevor ich die nächsten zwei Tage mit meiner Frau verbringe, die kaum bemerkt, dass ich im selben Zimmer bin.

Es ist offensichtlich, dass sie genauso wenig hier sein möchte wie ich – die Art, wie sie ihre Lippen zusammengepresst hat, als sie das Geschenk ihrer Eltern öffnete, verriet sie. Dieser Gesichtsausdruck ist relativ neu bei ihr, aber ich habe ihn in den letzten Jahren bereits hassen gelernt. *Sag einfach etwas*, möchte ich schreien. Sag mir einfach, wie sehr du mich hasst, wie sehr du das alles hasst, wie furchtbar das Leben ist. *Irgendetwas*. Etwas, das dieses furchtbare Schweigen zwischen uns beendet, auf die eine oder andere Weise. Aber das tut sie nicht.

Ich hätte mir die Entschuldigung, um von ihr wegzukommen, vermutlich sparen können. Heute, so wie eigentlich immer, hat Zoe diesen leeren Ich-bin-gar-nicht-hier-Gesichts-

14

ausdruck. Ich hätte Telefonsex im Zug haben können, und sie hätte es nicht bemerkt. Beim Gedanken daran ziehen sich meine Lenden zusammen. Sogar Telefonsex wäre mehr, als ich im Moment bekomme.

Ich schüttle den Kopf und laufe schneller, versuche, die Gedanken abzuschütteln, die mir durch den Kopf gehen. Ich vermisse sie. Ich vermisse ihr prustendes Gelächter, das so ansteckend war, wie sich Fältchen um ihre Augen bildeten, wenn sie lächelte, wie sie sich an mich kuschelte und ihre kalten Füße gegen meine Waden drückte.

Ich habe nicht nur meinen Sohn verloren, sondern auch meine Frau.

Ich wusste, dass wir Zeit brauchen würden, um Milos Tod zu überwinden, und dass es schwer werden würde. Sagt das nicht immer jeder: *Zeit heilt alle Wunden?* Ich kann nicht mehr zählen, wie viele Leute uns das in den ersten Wochen versprochen haben, und ich war dumm genug, es zu glauben. Jetzt möchte ich sie am liebsten auslachen. Zeit? Die Zeit hat zu nichts geführt, als das Schweigen zwischen uns zu verfestigen, jeden schrecklichen Moment als Standbild zu verewigen. Wenn es um den Tod geht, kann nichts den Ansturm von Trauer, Verlust und *Zorn* betäuben. Ein Ansturm, der einen unter sich begräbt, wenn man stehen bleibt.

Ich wünschte, ich könnte die Worte zurücknehmen, die ich Zoe dort im Krankenhaus entgegengeschleudert habe. Ich wünschte, ich hätte meine Arme um sie gelegt und sie festgehalten. Aber das habe ich nicht – das konnte ich nicht. Ich war so voller Unglauben, wollte nicht, dass dieser so übel zugerichtete Junge *unser* Sohn war. Es fühlte sich an, als könnte ich, wenn ich nur wüsste, wie das alles geschehen war, irgendwie zurückgehen und alles besser machen, das Endergebnis ändern.

Ich versuchte, das meiner Frau zu erklären, aber Zoe machte einfach dicht. Sie schloss mich aus, alles, was mit Milo zu tun

15

hatte, ihr ganzes Leben. Ich kümmerte mich um alles, was die Bestattung anging, ich wählte den Grabstein und die Inschrift, ich packte die Sachen in seinem Zimmer zusammen, in der Hoffnung, es würde ihr helfen, das alles wegzuschließen – dabei hätte ich nicht falscher liegen können. Ein Muskel in meinem Kiefer zuckt. Denkt sie, dass es für mich einfach war, sämtliche Habseligkeiten seines kurzen Lebens durchzugehen? Mit jedem Abreißen des Paketbands hatte ich das Gefühl, auch mein Inneres in Stücke zu reißen. Meine Brust verengt sich, wenn ich an den kleinen Kiefernsarg denke, daran, wie ich Milo sein liebstes Spiderman-Kostüm angezogen und das abgetragene blaue Schmusetuch in seine kleine Faust gelegt habe …

Ich wische mir mit der Hand übers Gesicht und lehne mich gegen die Wand neben dem Geldautomaten. Fast zwei Jahre ist es nun schon her, und noch heute gehe ich manchmal in sein Zimmer und erwarte, dass er aufblickt und mich mit seinem frechen Grinsen anschaut. Er wäre diesen Monat vier geworden und garantiert wie ein Irrwisch durchs Haus gesaust, das Geländer hinuntergerutscht und auf dem Sofa herumgesprungen. Wenn ich meine Augen schließe, kann ich noch immer sein Lachen hören.

Gott! Genau *deshalb* bin ich kaum noch zu Hause. Ich kann die Leere nicht ertragen. Nicht nur im Haus, auch in meiner Frau. Ich weiß, dass sie sich selbst die Schuld gibt. Ich würde mir auch die Schuld geben, wenn ich an ihrer Stelle wäre. Aber es bringt nichts, diesen Gedanken weiterzuverfolgen, oder? Es wird nichts ändern – nichts besser machen. Zwei Jahre sind vergangen, und wir müssen doch endlich wieder leben. *Ich* muss endlich wieder leben, und wenn sie es nicht will, nun …

Reiß dich zusammen, ermahne ich mich und bin mir der neugierigen Blicke der Leute in der Schlange bewusst. Ich wühle in meiner Tasche nach dem Handy. Ich muss einfach mit Fiona reden. Immer, wenn ich mich so fühle, als würde mich die Lawine überrollen, kann sie mich beruhigen. Ich wünschte, das könnte ich auch von Zoe sagen, wirklich, aber so ist es nicht. Niemand kann sagen, ich hätte es nicht versucht. Und gerade durch dieses ständige Versuchen fühle ich mich noch schlechter. Als würde ich mit meinem Kopf wieder und wieder gegen eine Ziegelmauer schlagen und mit jedem Aufprall den Schmerz spüren.

»Hey, Edward.« Fionas warme Stimme ist zu hören, und schon fühle ich mich besser. »Ist alles okay? Wie ist Paris?«

»Kann ich gar nicht sagen. Ich bin noch am Bahnhof. Ich wollte nur kurz anrufen und mich für die Drinks gestern Abend bedanken.« Fiona und ich arbeiten beide bei einem Unternehmen für Computersoftware außerhalb von London – ich als Softwareentwickler und Fiona im Marketing. Ich arbeite dort schon seit Jahren. Als Milo geboren wurde, habe ich meine Stunden zurückgefahren, aber in letzter Zeit bin ich von sieben Uhr morgens bis neun Uhr abends dort. Man kann sich im Programmieren regelrecht verlieren. Es ergibt auf eine Art und Weise Sinn, wie es mein Leben längst nicht mehr tut.

Wir waren schon immer befreundet, aber seit Milos Unfall sind wir … ich bin mir auch nicht ganz sicher, was wir sind. Sie weiß vom Tod meines Sohns – jemand hat mir gesagt, dass sie den riesigen Trauerstrauß unserer Firma organisiert hat –, aber sie sieht mich nicht mitleidig an oder will mich ständig umarmen oder fragt, wie es mir geht … oder wie es *Zoe* und mir geht. Bei ihr bin ich derselbe Edward, der ich immer war, und ich kann lachen und scherzen, ohne mich seltsam zu fühlen. Sie erinnert mich ein bisschen daran, wie Zoe früher war: immer lachend, voller Energie, zu jedem Abenteuer bereit. Fiona und ich haben uns noch nie geküsst, wir berühren uns sogar kaum. Aber je mehr Zeit wir miteinander verbringen, desto mehr möchte ich es.

»Gern geschehen.« Fionas Stimme klingt leicht verschlafen,

und sofort blitzt in meinem Kopf ein Bild von ihr auf, wie sie in zerknitterte Bettlaken gehüllt daliegt und ein langes, schnee-weißes Bein ausstreckt. Beim Gedanken, mit ihr dort zu sein, ziehen sich meine Lenden erneut schmerzhaft zusammen, und ich schiebe das geistige Bild von mir, bevor ich dieser Schlange von Leuten wirklich etwas liefere, das sie anstarren können. Einundvierzig Jahre alt – und ich habe meine Erektionen nicht im Griff.

Wir plaudern ein wenig über ihre Pläne fürs Wochenende, die kommende Arbeitswoche und tausend andere unwichtige Dinge, bis ich wieder zu Atem gekommen bin und die Kon-trolle über meine Gedanken zurückerlangt habe. Schließlich schaue ich auf meine Uhr und bemerke, dass wir schon seit fast zwanzig Minuten miteinander reden.

»Ich sollte Zoe suchen gehen.« Nicht, dass es ihr etwas aus-machen wird, dass ich so lange fort war. Ich wette, sie starrt nur ins Leere, genau dort, wo ich sie zurückgelassen habe. Meine Anspannung kehrt zurück, als Fiona sich verabschiedet und ich auflege. Ich wähle Zoes Nummer, um zu erfahren, wo sie ist, und höre halb abwesend, wie sofort die Mailbox drangeht. Ungeduldig atme ich tief durch – hat sie wieder mal verges-sen, das verdammte Ding anzuschalten? Meine Frau war noch nie sonderlich gut darin, ans Handy zu gehen. Bevor wir Milo hatten, vergaß sie sogar meistens, es überhaupt mitzunehmen. In letzter Zeit habe ich Glück, wenn sie auch nur zehn Prozent meiner Anrufe annimmt. Dabei rufe ich sie nicht mal mehr häufig an.

Erneut klingle ich durch, aber wieder reagiert nur der Anrufbeantworter. Jetzt wird aus meiner Ungeduld langsam glühender Zorn von der Art, die sich wie Sodbrennen anfühlt, sich durch die Brust frisst und bis zur Kehle aufsteigt.

Ich drücke mich von der Wand ab, eile durch die Menge dorthin, wo sie vorhin stand, aber dort ist sie nicht. Ich rufe noch einmal an – immer noch keine Antwort. Herrgott noch mal! Sie wusste, dass ich anrufen würde. Wie schwer kann es sein, dafür zu sorgen, dass das Handy an ist? Ich laufe den Bahnhof auf und ab und recke meinen Hals auf der Suche nach ihren dunklen Locken, durchzogen von grauen Strähnen (ich wusste nicht einmal, dass sie graue Haare hatte, bis sie nach Milos Tod aufhörte, sie zu färben. Bis dahin hatte ich nicht einmal gewusst, dass sie sie überhaupt färbte). Ich werfe einen Blick in die wenigen Läden und Cafés, eile zurück zum Geldautomaten, falls sie dorthin gegangen sein sollte, um mich zu suchen, rufe noch zehnmal ihr Handy an … nichts.

Ich laufe zum Ausgang und schaue hinaus, auch in Richtung der Taxischlange, für den Fall, dass sie sich entschieden hat, uns ein Taxi zu besorgen, aber auch dort keine Spur von ihr. Ich blicke auf meine Uhr. Es ist fast eine Stunde her, seit ich zum Automaten gegangen bin, und wenn sie noch hier wäre, hätten wir einander doch sicherlich gefunden? Es ist ein geschäftiger Bahnhof, aber nicht riesig – nicht wie St Pancras –, und es gibt nicht viele Orte, an die man gehen könnte. Ich laufe den Bahnsteig noch ein Dutzend Mal auf und ab, und mit jedem Schritt steigt meine Frustration. Vielleicht ist sie bereits zum Hotel gefahren? Wenn sie keine Lust mehr hatte zu warten, hätte sie ja zumindest anrufen können.

Normalerweise würde ich mir Sorgen machen, aber Zoe ist schon ein paarmal verschwunden. Nach Milos Tod ging ich eine gewisse Zeit lang früh zur Arbeit und fuhr nach Hause, um sie zum Abendessen auszuführen, aber sie war nie da. Ich rief stundenlang auf ihrem Handy an, wartete, während es im Haus immer dunkler wurde, und machte mir schreckliche Sorgen, weil sie nicht reagierte. Wenn sich dann die Vordertür endlich öffnete, sagte sie nur, dass sie bei Kate gewesen wäre, das Klingeln des Handys nicht gehört hätte und jetzt ins Bett gehen würde.

Und dann war da noch der eine Abend, ein paar Monate nach dem Unfall, an dem sie gar nicht nach Hause kam. Ich konnte nicht schlafen, rief ihre Freunde, ihre Eltern, sogar die Polizei an – bei der man so tat, als wäre ich ein Idiot, der sie anruft, wo doch seine Frau »vermutlich einen draufmacht, Kumpel«. Zoe schlich sich gegen zehn am nächsten Morgen mit blassem Gesicht und verschlossenem Blick ins Haus. Wie üblich wich sie all meinen Fragen aus und ignorierte mich standhaft, trottete nach oben ins Bett und verschwand unter der Bettdecke. Bis heute weiß ich nicht, wo sie an dem Tag war.

Ich werde jedenfalls nicht mehr warten. Ich habe in den letzten zwei Jahren genug Zeit damit verschwendet, mir Sorgen um sie zu machen, und jetzt habe ich genug davon. Ein letztes Mal rufe ich auf ihrem Handy an und hinterlasse eine Nachricht, dass ich ins Hotel fahre und sie vermutlich dort treffe. Ich versuche nicht einmal, die Frustration in meiner Stimme zu verbergen.

»Hotel Le Marais«, sage ich zum Taxifahrer und ignoriere sein Grinsen ob meiner mangelhaften Aussprache. Ich lehne mich im Sitz zurück, schließe die Augen, als das Taxi losfährt, und zähle die Stunden, bis dieses Wochenende endlich wieder vorbei ist.

Kapitel 3

Ich sollte mir Sorgen machen. Ich bin allein in einer fremden Stadt, ohne Geld, ohne Handy, und habe keine Ahnung, wohin ich gehen soll. Aber als ich durch die Tür des Gare du Nord trete und auf die Autos starre, die vorbeirasen, spüre ich keine Angst. Stattdessen fühle ich mich frei, als wäre ich durch das Abstreifen sämtlicher Identifikationspotenziale und Bindungen an mein früheres Leben nur noch eine leere Hülle – leer auf eine *gute* Art, ein Skelett, das nur mit Haut und Knochen und ohne Emotionen umherwandelt.

Ich schätze, das ist es auch, was ich zu Hause zu sein versuche. Jeden Morgen liege ich im Bett und tue so, als würde ich schlafen, während Edward unten Lärm macht und der Geruch seines morgendlichen Espresso die Luft verpestet. Meine Augen öffnen sich noch immer genau um sechs, zu der Zeit, zu der Milo immer aufgewacht ist und in unser Schlafzimmer gewatschelt kam, die Beine noch im Schlafsack. Als wäre meine innere Uhr dauerhaft auf ›Mutter‹ gestellt, obwohl ich keine mehr bin.

Ich atme tief durch, als der Schmerz in mein Herz eindringt, und blicke mich auf der Straße nach einem Café um. Ich könnte jetzt wirklich einen Drink vertragen, ein kleines Glas Wein oder gern auch drei. Ich bin keine Alkoholikerin, aber ich trinke eindeutig mehr als die lächerliche empfohlene Menge. Gerade genug, um die Welt für eine Weile verschwimmen zu lassen, meinen Schmerz etwas zu dämpfen.

Ich weiß, dass es nicht gut ist, so viel zu trinken – dass das nicht typisch für mich ist –, aber ich will auch gar nicht mehr ich sein. Ich ertrage unser Haus nicht, auch nicht das Dorf mit seinen erstickend hübschen Pflastersteinstraßen voller Mütter mit ihren Babys, ertrage es nicht, wie die Leute den Blick von mir abwenden, als wäre Unglück ansteckend. Oder, noch schlimmer, diejenigen, die davon förmlich angezogen werden, denen das Unheil anderer Lust bereitet.

Also sehe ich jeden Tag, wenn sich die Tür unten schließt, durch das Fenster dabei zu, wie Edward den Weg hinunter verschwindet. Dann steige ich unter die Dusche und schlurfe zurück ins Schlafzimmer wo ich meine tägliche Uniform, bestehend aus Jeans und einem T-Shirt, anziehe und dabei all die farbenfrohen Sachen ignoriere, die ich in den hintersten Winkel meines Schranks gestopft habe. Die rosafarbenen, neongrünen, erdbeerroten … Ihr Anblick schmerzt jetzt in meinen Augen, als würde ich in die Sonne starren. Ich ignoriere auch mein Lieblingsparfüm, da ich die Erinnerungen nicht ertrage, die der Duft zum Leben erweckt. Ich stopfe meine Füße in irgendwelche alten flachen Schuhe, werfe meine leichte Frühlingsjacke über und verlasse das Haus. Ich blicke nicht in den Spiegel, denn das wäre wie in einem Spiegelkabinett auf dem Jahrmarkt: Mein Gesicht ist dasselbe, aber irgendwie ganz anders, wie ein Gemälde von Picasso mit kantigen Ecken und spitzen Nasen.

Dann eile ich an der geschlossenen Tür von Milos leerem Zimmer vorbei – der Tür, durch die sonst immer die Morgensonne strömte und den Flur in goldenen Glanz tauchte – und an den Überresten von Edwards Frühstück. Es gab einmal eine

Zeit, da war mein Genörgel, er solle aufräumen, Teil unseres Morgenrituals. Er rollte mit den Augen, spülte dann aber seinen Teller und das Glas ab und stellte beides ordentlich in den Geschirrspüler, mit der Bemerkung, dass er ja nicht meine ›makellose Büroumgebung‹ durcheinanderbringen wolle – eine scherzhafte Anspielung darauf, dass der Küchentisch ständig voll von Rechnungen, Projektvorschlägen und Modellen war. Da ich genug gehabt hatte vom typischen Angestelltenleben, hatte ich mich kurz vor Milos Geburt als Webdesignerin selbstständig gemacht, und man kann mit Fug und Recht behaupten, dass ich nicht unbedingt die organisierteste Geschäftsfrau der Welt bin. Nicht dass es jetzt noch viel zu organisieren gäbe. Ich kann mich nicht einmal auf simple Details wie verschiedene Magentaschattierungen oder das Heraussuchen des passenden Fotos für die Website eines Immobilienmaklers konzentrieren. Meine Kunden haben sich woanders umgeschaut, und mir war das recht.

Schon komisch. Vor Milos Geburt machte ich mir Sorgen darüber, wie ich das Geschäft am Laufen halten und mich gleichzeitig um ein Neugeborenes kümmern sollte. Wie sich herausstellte, war das gar nicht so schwierig – oder vielleicht hatte ich auch aufgehört, der Arbeit so viel Bedeutung beizumessen. Webdesign war nie meine wahre Berufung gewesen. Und wenn man in das schlummernde Gesicht eines winzigen Wesens blickt, das völlig neu auf dieser Welt ist, dann stellt man erstaunt fest, wie alles andere verblasst. Wie auch immer, mein Leben war perfekt ausgeglichen. Ich konnte mit meinem Baby zu Hause bleiben, mit gerade genug Arbeit, um mein müdes Gehirn am Laufen zu halten und mich nicht nur wie eine menschliche Melkmaschine zu fühlen. Jeder sagte mir, was für ein Glück ich doch hätte.

In letzter Zeit hat Edward mich gedrängt, wieder zu arbeiten. *Etwas zur Beschäftigung*, sagt er, aber was er wirklich meint, ist, etwas, das mich wieder in die Spur bringt, mich davon ablenkt, was passiert ist. Aber ich kann nicht zu einem Job zurückkehren, der einst mein perfektes Leben ausgeglichen hat, weil es nichts mehr auszugleichen gibt. Allein bei der Erinnerung daran, wie ich mit meinem Rechner am Tisch sitze, während Milo in seiner Wiege vor sich hin murmelt, schnürt es mir die Kehle zu, und mein ganzer Körper vibriert vor Schuldgefühl. Ich habe kostbare Minuten an eine Arbeit verschwendet, die ich nicht einmal geliebt habe … Minuten, die ich mit meinem Kind hätte verbringen können.

Nachdem ich Edwards Frühstückschaos erfolgreich ignoriert habe, lasse ich die Haustür hinter mir ins Schloss fallen. Ich halte meinen Kopf gesenkt, während ich den Weg zum Bahnhof entlangeile, und schiebe mich dann durch das Drehkreuz auf den Bahnsteig. Manchmal stehe ich ewig da, während die Schnellzüge vorbeirasen, mir der Geruch von Diesel in die Nase steigt und die Wagenfenster wie blinzelnde Augen an mir vorüberziehen. Dann tragen mich meine Beine vorwärts, hinein in einen wartenden Zug, zu einem leeren Platz, auf dem ich sitzend hinausstarre, während sich Dörfer, Flüsse und Bäume in meinem Blickfeld abwechseln. Wenn der Zug in London hält, folge ich der Schlange anderer Pendler hinaus, durch das Innere des Bahnhofs und auf den geschäftigen Bahnsteig. Dies ist mein Lieblingsort, an dem die Leute sich schiebend an mir vorbeidrängen. Wo niemand weiß, wer ich bin. Ich bin nur eine leicht benommene (oder auch *stark* benommene, wenn ich Edwards Worten Glauben schenken kann) Frau Mitte dreißig, die irgendwohin unterwegs ist, wie tausend andere auch.

Auf der Straße laufe ich dann ziellos durch die Gegend, bis mich meine Füße unvermeidlich zu einem Pub führen. Es ist nicht so, dass ich unbedingt trinken müsste, aber wo sonst kann man unabhängig vom Wetter stundenlang sitzen, ohne dass einen jemand vertreibt? Innen sehen fast alle Pubs gleich aus: der muffige Geruch nach altem Bier und Staub, gepolsterte Bänke und Holzstühle, Licht, das durch schmutzige Glasscheiben fällt. Ich setze mich in eine Ecke, warte bis zum Mittag (weil man nicht vor Mittag mit dem Trinken beginnen sollte, sonst wäre man tatsächlich Alkoholiker) und bestelle dann mein erstes Glas. Niemanden interessiert es, wer ich bin. Niemand weiß, wo ich wohne. Und niemand weiß, was mir passiert ist.

Genau wie hier in Paris, denke ich und drehe mich einmal mehr um meine eigene Achse, bevor mir klar wird, dass ich, Café hin oder her, einfach kein Geld habe. Mein Mund ist trocken, und ich fühle mich schwach. Und obwohl ich versuchen sollte, einen Weg aus dieser Misere zu finden, laufen meine Beine von ganz allein und führen mich eine Straße hinunter. Der Nebel hat sich verzogen, und der Himmel über mir ist hell, das Licht reflektiert von den weißen Gebäuden. Leute schieben sich an mir vorbei, sprechen schnelles Französisch, und das Chaos des Verkehrs umspült mich wie eine Welle aus betäubendem und beruhigendem weißen Rauschen.

Ich will für immer verloren bleiben.

Kapitel 4

Zoe, Juni 2008

»Ich fürchte, die musst du größer machen.«

Eine männliche Stimme mischt sich unter das *Klick-klick-klick* meiner Stricknadeln, und ich halte eine Hand gegen das grelle Licht der Sonne schützend vor meine Augen, als mein Blick nach oben wandert. Ausgebeulte Jeans mit Loch an einem Knie, ein langweiliges kariertes Hemd, dunkle Haare und irrsinnig lange Wimpern, für die ich morden würde. Zumindest sieht er nicht verrückt, obdachlos oder betrunken aus, was normalerweise der Fall ist, wenn man in London von Fremden angesprochen wird. Außerdem ist er süß.

Ich senke meine Nadeln. »Größer? Warum?«

Er lässt sich auf die Bank neben mir fallen, und mir fällt auf, dass er auch verdammt gut riecht – ein Mix aus Vanille und Gewürzen, genau richtig.

»Na ja, ich habe ziemlich große Füße.«

Er streckt ein Bein aus, und obwohl das ein blödsinniger Anmachspruch ist, kann ich mir ein Lächeln nicht verkneifen. Seine Wangen sind leicht gerötet, als wäre es ihm peinlich, aber er begegnet meinem Blick mit einem Grinsen.

»Du meinst, du willst die tatsächlich anziehen?« Ich schiebe meine halb fertige Kreation in seine Richtung. Hellrosa Garn mit grünem Rand wäre vermutlich nicht seine erste Sockenwahl. Ich rümpfe die Nase. In Wahrheit wäre es auch nicht meine. Ich bin absolut keine Meisterin im Stricken – mein Repertoire beinhaltet lediglich Socken und Schals –, aber die sich wiederholende Bewegung ist so beruhigend, und ich liebe es, ein Garnknäuel anzuschauen und es in etwas anderes zu verwandeln, selbst wenn dieses Etwas voller fallen gelassener Maschen und sich aufdröselnder Nähte ist.

»Wenn ich zustimme, sie anzuziehen«, sagt der Typ und neigt dabei den Kopf zur Seite, »darf ich dich dann zum Essen einladen?« Seine Wangen sind jetzt noch röter, aber sein Blick bleibt standhaft.

Ich lache und versuche, ihn mir in hellrosa Socken vorzustellen. »Es wird noch etwas dauern, bis ich sie fertig habe.«

»Wie lange?«

Ich zucke mit den Schultern. »Vielleicht eine Woche.«

»Na gut.« Er nickt entschieden. »Ich treffe dich dann in einer Woche hier, gleiche Zeit, gleicher Ort. Bring die Socken mit, und ich lade dich zum Essen ein.«

Ich starre zu ihm hoch und versuche zu entscheiden, ob er das Risiko eines möglicherweise schmerzlichen Blind Dates wert ist. Doch allein, ihn diese Socken tragen zu sehen, könnte die Sache wert sein. Mir gefällt die direkte Art, mit der er mich eingeladen hat – mir gefällt sogar, wie er rot geworden ist. Zuversicht ohne Arroganz und die Bereitschaft, seine eigenen Grenzen zu überwinden: so weit, so gut. Außerdem ist es ja nicht so, als stünden mir Hunderte brauchbarer Männer zur Auswahl. Ich warte weiterhin darauf, dass die Männer mit dem Alter besser werden, aber die Kerle in ihren Dreißigern, also meinem Alter, sind immer noch genauso schlimm. Okay, er ist ein völlig Fremder, und wir sind uns gerade erst begegnet, aber wir werden hier am helllichten Tag in South Bank sein, und er wird sich wohl kaum bei einem Essen auf mich stürzen.

»Warum nicht?«, sage ich und versuche, dabei ganz lässig zu klingen, fühle aber doch eine nervöse Anspannung beim Gedanken an einen gemeinsamen Abend.

»Großartig.« Sein Gesicht leuchtet auf, und ich muss lächeln. »Mein Name ist übrigens Edward.«

»Zoe.« Ich halte ihm meine Hand hin und hoffe, dass er keinen schwachen, verschwitzten Händedruck hat, was ein sofortiger Abtörner wäre. Aber seine Finger legen sich mit genau dem richtigen Druck warm um meine, und jetzt färben sich *meine* Wangen rot, als sich ein Prickeln in meinem Bauch auszubreiten beginnt.

»Dann sehen wir uns nächste Woche hier. Und vergiss die Socken nicht!« Und mit diesen Worten entfernt er sich mit langen Schritten, bevor ich überhaupt nach seiner Telefonnummer fragen kann.

KAPITEL 5

Das Taxi fährt in eine enge Sackgasse, und durch einen Bogen am Ende kann ich einen grasbewachsenen Platz sehen – den Place des Vosges, vermute ich. Ich frage mich, ob Zoe schon mit ausgestreckten Armen dort auf der Wiese liegt und die Sonne aufsaugt. Sie ist eine wahrhaftige Sonnenanbeterin und hat mich früher ständig mit ihrem Beharren darauf, draußen zu liegen und sich förmlich zu aalen, in den Wahnsinn getrieben – so wie eine Katze, die sich dauernd den nächsten sonnigen Fleck sucht. Ich muss daran denken, wie ihre Haut die Farbe von Mandeln annimmt, und meine Gedanken springen zu einer Erinnerung, in der ich mit meinem Finger die Innenseite eines ihrer Beine entlangfahre …

Ich wechsle meine Sitzposition und lenke meine Gedanken in eine andere Richtung. Heutzutage kann ich froh sein, wenn ich auch nur in die Nähe eines nackten Beines komme. Gefühlskalt beschreibt meine Frau nicht einmal ansatzweise. Es ist eher – verdammt, ich weiß es nicht. Was ist denn noch kälter als gefühlskalt? Vor ungefähr einem Jahr erwähnte ich ganz nebenbei, dass wir noch einmal versuchen könnten, ein Baby zu bekommen, etwas, das unser Zuhause belebt und mit Gelächter erfüllt … und, nur vielleicht, uns wieder zusammenbringt. Aber Zoe hat sich nicht nur von Sex verabschiedet, sondern auch von dem Gedanken an eine Familie. Sie wollte mit mir nicht einmal über die Möglichkeit sprechen, selbst wenn es – trotz all unserer Versuche – wirklich nur das ist: eine Möglichkeit. Wieder einmal durchzuckt mich die Schuld, dass ich ihr damals kein weiteres Kind schenken konnte, als wir uns noch eine größere Familie wünschten, als wir noch beide dasselbe wollten. Hätte ich das gekonnt, wären wir jetzt vielleicht nicht da, wo wir sind.

Ich bezahle den Fahrer, nehme unseren kleinen Koffer vom Rücksitz und gehe dann geduckt durch den engen Eingang zum Hotel. Die Rezeption ist klein und dunkel, in der Luft hängt Staub, und die Decke erdrückt einen, als wolle das Gebäude einem sein beeindruckendes Alter regelrecht aufzwingen. Ich hätte so etwas erwarten sollen: Zoes Eltern brüsten sich gern damit, ›authentische‹ Hotels zu finden, sie halten sich fern von nichtssagenden Ketten und bevorzugen das Außergewöhnliche, etwas, was *The Guardian* als ›verstecktes Juwel‹ bezeichnen würde. Ich kann nur innerlich hoffen, dass unser Zimmer wenigstens ein eigenes Bad hat.

»Edward Morgan, ich möchte einchecken«, sage ich zu der Frau hinter dem Empfangstresen. »Ist meine Frau eventuell schon hier?« Ich ziehe das Handy aus meiner Gesäßtasche – noch immer keine Nachrichten, abgesehen von einem Smiley von Fiona und einer Erinnerung, dass ich etwas für sie mittrinken soll. Ich kann nicht anders, ich muss grinsen.

Die Frau wühlt sich durch ein antiquiertes Ablagesystem. Man hat hier anscheinend nicht nur keine Ahnung von Staubwischen, sondern auch nicht von Computern. »Ah ja, Monsieur. Nein, Ihre Frau war noch nicht hier.«

»Oh.« Ich runzle die Stirn. Wenn sie nicht hierhergekommen ist, wo könnte sie dann hingegangen sein? Und warum hat sie nicht angerufen? Ich schaue auf meine Uhr. Es ist erst ein paar Stunden her, seit wir uns auf dem Bahnhof getrennt haben. Sie hat ihr Handy und ihr Portemonnaie, und sie ist ein großes Mädchen. Ich bin mir sicher, dass sie wieder auftauchen wird, wie all die anderen Male. Ich werde diese Zeit ohne sie genießen, solange ich kann. Vielleicht versucht sie, uns beiden einen Gefallen zu tun und die unerträgliche gemeinsame Zeit zu reduzieren.

Ich nehme die Schlüsselkarte von der Rezeptionistin entgegen und gehe kopfschüttelnd die gewundene Treppe nach oben. Manchmal kann ich es einfach nicht fassen, dass wir ein solches Paar geworden sind: zwei Menschen, die es kaum ertragen können, im selben Zimmer zu sein – so wenig, dass einer von beiden nun tatsächlich verschwunden ist.

Ich lasse den Koffer aufs Bett fallen, schließe die Tür wieder hinter mir und verlasse das Hotel. Zoe kann tun, was immer sie will.

Ich werde mir diesen Drink genehmigen, von dem Fiona gesprochen hat.

Kapitel 6

Zoe, Juni 2008

Heute treffe ich Edward in South Bank, und natürlich regnet es. Und nicht die Art sanfter Regen, der in der Luft hängt, die Straßenlaternen mit einem Lichthof versieht und London weicher erscheinen lässt, als würde man die Stadt durch einen Filter sehen. Nein, das hier ist ein peitschender Regen, der auf einen niederprasselt, zusammen mit einem beißenden Wind, der Regenschirme mit solcher Wucht umstülpt, dass die Speichen brechen. Die Art von Regen, bei der man unter die Bettdecke kriechen und noch ein Paar Socken stricken möchte, anstatt sich müde von der Arbeit zu einer windigen, mit Wasser vollgesaugten Sitzbank am Fluss zu schleppen.

Als ich meinen Computer auf der Arbeit nach einem weiteren anstrengenden Tag des Gestaltens von Webseiten für nervtötende Kunden ausschalte, denke ich darüber nach, mein Treffen mit Edward abzublasen. Schließlich kenne ich ihn nicht, er könnte der größte Idiot der Welt sein, ein Alkoholiker, der sich hemmungslos betrinken wird, oder einer von diesen Kerlen, die einen zum Essen einladen und sich dann einbilden, dass man ihnen etwas schuldig ist.

Wie aufs Stichwort piept mein Handy.

Alles bereit für heute Abend?

Ich glaube, meine beste Freundin Kate hat mehr Zeit in dieses Date investiert als ich. Seit sie mit ihrer ›besseren Hälfte‹ (als gäbe es das überhaupt) verlobt ist, versucht sie verzweifelt, auch für mich jemanden zu finden. Ich glaube, sie fühlt sich schuldig, weil sie aus unserer Zweizimmerwohnung ausgezogen ist, um mit Giles (*Giles!*) zusammenzuziehen, auch wenn sie zugesagt hat, weiter Miete zu zahlen, bis sie jemanden gefunden hat, der ihr Zimmer übernimmt. Bisher hat sie das nicht, und das geht für mich völlig in Ordnung. Ich habe sehr gern mit ihr zusammengelebt, aber ich bin auch froh, die Wohnung mal für mich zu haben.

Bin nicht sicher, ob ich gehe, antworte ich ihr, lehne mich in meinem Stuhl zurück und muss gähnen. Ich träume bereits von diesem türkisfarbenen Garn, und nach dem heutigen Tag – und eigentlich sind *alle* Tage wie heute – sehne ich mich danach, etwas nur für mich zu tun. Als ich mich anfangs für Webdesign entschied, hatte ich Visionen davon, künstlerische Meisterwerke zu erschaffen, die meine Kunden wirklich zu schätzen wissen. In Wahrheit jedoch geht es lediglich um Budget, Benutzerfreundlichkeit und den ständigen Versuch, dem Kunden zu erklären, dass er das Foto seines Sohns nicht auf der Produktseite verwenden kann, nur ›weil er niedlich ist‹. Trotzdem ist es immer noch besser als viele andere Jobs, und die seltenen Male, bei denen man einen Kunden hat, der einem freie Hand lässt, machen alles andere wett. Außerdem arbeite ich mit tollen Leuten zusammen, die auch gern mal nach Feierabend mit mir etwas trinken oder auf ein Konzert gehen, wenn ich ein Ticket übrig habe.

Das schrille Läuten meines Handys reißt mich aus meinen Gedanken, und ich seufze, als ich Kates Namen auf dem Display lese.

»Du willst nicht gehen?«, kreischt sie, bevor ich überhaupt Hallo sagen kann. »Bist du high? Weißt du, wie schwer es ist, einen Mann zu finden, wenn du erst mal über dreißig bist? Sie sind entweder verheiratet, stehen kurz vor der Scheidung mit jeder Menge Problemen im Gepäck oder sind ewige Junggesellen. Du bist einem Mann begegnet – einem süßen Mann, nach allem, was du sagst –, der dir so gut wie in den Schoß gefallen ist. Du *musst* einfach gehen!«

Ich rolle mit den Augen. Das setzt mich natürlich gar nicht unter Druck! Aber ich schätze, dass sie recht hat. Ich habe es nicht eilig, sesshaft zu werden, und der Gedanke ans Heiraten könnte mir nicht fernerliegen, aber ich möchte mit jemandem zusammen sein. Ich habe es schon mal monatelang mit Onlinedating versucht, und es hat zu nichts geführt, also warum nicht? Ich lächle und erinnere mich an die Art, wie seine Wangen errötet sind und wie er davongeeilt ist, als fürchte er, ich würde meine Meinung ändern. Außerdem habe ich auch gar nicht seine Nummer, sodass ich absagen könnte, und mir gefällt der Gedanke nicht, dass er allein im Regen auf dieser Bank sitzt und auf jemanden wartet, der nicht kommt. Ich schaue hinunter auf die grellrosa Socken in meiner Handtasche und lächle erneut, als ich sie mir an seinen Füßen vorstelle. Seine Füße *waren* ziemlich groß, das muss ich zugeben, und wenn an diesem Mythos mit den großen Füßen auch nur ein Körnchen Wahrheit dran ist …

»Okay, okay, ich gehe.«

»Gut. Und ruf mich danach unbedingt an. Ich will alles wissen.«

Ich lege auf, stehe vor meinem Schreibtisch und schaue auf die Uhr. Ich sollte losgehen, wenn ich ihn nicht zu lange warten lassen will. Von meinem Büro in der Warren Street dauert es ungefähr dreißig Minuten mit der Northern Line bis Waterloo und dann noch zu meiner Lieblingsbank am Fluss in South Bank, wo wir uns letzte Woche getroffen haben. Schon jetzt werde ich zehn Minuten zu spät kommen. Ich trage etwas Parfüm auf und fahre den Computer herunter.

Die Straßen sind ein Kriegsgebiet voller spitzer Regenschirme, und als ich es endlich zum Bahnhof geschafft habe, sind meine Füße nass und die Haare kleben in meinem Gesicht. Ich gehe zum Eingang und sehe, wie ein Mitarbeiter das Eisengitter herunterlässt, um den Eingang zu versperren.

»Sorry, Leute!«, ruft er. »Diese Station ist wegen Überfüllung geschlossen. Wir haben eine Signalstörung in Camden Town, und im Moment fahren keine Züge.«

Verdammte Northern Line!

Der Regen prasselt auf mich nieder, während ich inmitten der Menge stehe und zu entscheiden versuche, was ich tun soll. Vielleicht den Bus nehmen? Ich habe keine Ahnung, welcher der Richtige wäre oder wie lange das dauern würde. Die nächsten zehn Minuten verbringe ich damit, mein Handy in dem schwarzen Loch zu suchen, das meine Handtasche ist, und öffne dann hektisch den Browser, um meine neue Route zu planen. Gerade als ich kurz davor bin, die Treppe wieder hochzueilen, öffnet sich das Gitter, und die Menge strömt vorwärts. *Puh!*

Ich springe in Waterloo aus dem Zug und eile in Richtung des Ausgangs nach South Bank, wobei ich Pendlern ausweiche, durch Pfützen platsche und Treppen nach unten sprinte, bis ich an der Uferpromenade angelangt bin. Bis auf ein paar verlorene Seelen ist sie verlassen, und mein Herz klopft wie wild, als ich in Richtung der Parkbank am Ende des Wegs laufe. Wenn man bedenkt, dass ich fast gar nicht gekommen wäre, ist es jetzt schon seltsam, wie sehr ich Edward unbedingt sehen will. Ich blinzle und versuche zu erkennen, ob da jemand auf der Bank sitzt, aber sie ist noch zu weit weg.

Sicher ist er da, denke ich, und das Atmen schmerzt in meiner Kehle, während ich am National Theatre vorbeieile. Okay, es regnet wie verrückt, und ich bin etwas spät – *sehr* spät – dran, aber trotzdem. Endlich ist die Bank in Sichtweite, und das Herz rutscht mir in die Hose.

Sie ist leer, abgesehen von einer Taube, die an irgendetwas herumpickt. Ich scheuche den Vogel weg und lasse mich auf die Bank sinken, um wieder zu Atem zu kommen. Die Minuten verstreichen, der Regen durchweicht meine Hose, und mein Haar klebt an meiner Stirn, aber es ist mir egal. Ich stehe auf und drehe mich im Kreis, blicke angestrengt in alle Richtungen, um zu sehen, ob jemand auf mich zuläuft. Der Gehweg ist verlassen.

Er ist nicht hier. Entweder habe ich ihn verpasst, oder er ist nicht gekommen. Was es auch war, es spielt keine Rolle. Wasser rinnt meine Wange hinunter, doch ich weiß nicht, ob es sich dabei um eine Träne oder einen Regentropfen handelt. Ich muss lachen und ermahne mich selbst, mich nicht so lächerlich zu benehmen.

Wie kann man das Gefühl haben, etwas verloren zu haben, wenn man es noch nicht einmal besessen hat?

KAPITEL 7

Jetzt, wo ich draußen in der Sonne sitze, mit einem kühlen Bier auf dem Tisch vor mir und dem Anblick schicker Pariser Frauen, die an mir vorbeilaufen, entspanne ich mich allmählich etwas. Ich bin bei meinem zweiten Glas, das etwas von dem nagenden Schuldgefühl betäubt hat, dass ich eigentlich irgendetwas tun sollte, um meine Frau zu finden. Ist es so schlimm, dass ich sie überhaupt nicht finden will? Wenn sie jetzt hier wäre, würde sie in ihr Weinglas starren oder mit leerem Blick die Straße hinabsehen. Wir würden schweigend hier sitzen, wie wir es die ganze Zugfahrt über getan haben, und ich würde mich danach sehnen wegzukommen. Weg von der permanenten Erinnerung an Trauer und Verlust, die sie mit jedem Atemzug verströmt, weg von der Trostlosigkeit der vergangenen zwei Jahre.

Und außerdem wette ich hundert Pfund, dass sie eingecheckt hat, wenn ich ins Hotel zurückkomme. Ich trinke mein Bier in großen Schlucken, sehe zu, wie andere Gäste die Tische um mich herum besetzen und verlassen, dann mache ich ein Selfie von mir mit meinem Glas und sende es Fiona. Mein Handy vibriert sofort, und ich nehme es vom Tisch und grinse.

Sieht gut aus! Trink noch eins für mich mit. Xxxx

Das werde ich wohl kaum abschlagen. Ich winke den Kellner heran, bestelle ein drittes und nippe langsam daran, während sich der Knoten der Anspannung in mir immer weiter löst. Es ist ewig her, dass ich so viel getrunken habe, aber im Moment bewirkt der einschläfernde, betäubende Effekt genau das, was er soll. Seit Milo gestorben ist, fällt es mir schwer, länger als eine Minute still zu sitzen. Selbst während der Beerdigung drückte Zoe, ohne mich anzusehen, ihre Hand auf mein Knie, um mein Beinwippen zu stoppen. Was allerdings nur eine Minute lang funktionierte.

Widerstrebend trinke ich aus und stehe auf. Ich kann die Sache nicht länger hinauszögern – ich muss zurück ins Hotel. Während ich die Straße zu unserem ›Juwel‹ entlangtrotte, bete ich, dass die Wirkung des Alkohols ausreicht, um mich durch den Rest des Tages zu bringen. Was werden wir tun? Ein schweigsames Abendessen, ein gezwungener Spaziergang an der Seine, wie zwei Verliebte, deren Monogamie ihr Todesurteil geworden ist?

»Ah, Monsieur.« Die Rezeptionistin fängt mich am Eingang ab, und ich wende mich ihr zu, sicher, dass sie mir sagen will, dass Zoe eingecheckt hat. Meine Schultern verkrampfen sich ganz automatisch beim Gedanken an uns beide in diesem winzigen Zimmer.

Aber die Rezeptionistin lächelt nur und sagt, dass ich ihr Bescheid geben soll, wenn ich zusätzliche Handtücher benötige, da das Hotel Mitglied bei diesem oder jenem Umweltverband ist, *bla, bla, bla*. Ich nicke und quetsche mich in den Lift von der Größe und Form eines Sargs, während sich die Sorge, die ich unter dem Alkohol begraben hatte, wieder ihren Weg an die Oberfläche bahnt. Es ist eine Sache, zu Hause zu verschwinden, eine ganz andere jedoch, das in einer fremden Stadt zu tun.

Was zur Hölle mochte Zoe vorhaben?

Es ist ja nicht so, als würde sie die Stadt kennen. Ich erinnere mich daran, wie sie vor Jahren, als wir unsere Hochzeitsreise besprachen, erwähnte, dass Paris ja *solch* ein Klischee sei und dass wir, wenn wir unbedingt der Tradition Folge leisten wollten, wenigstens etwas Exotischeres wählen könnten. Ich hatte mich daraufhin zurückgehalten, denn Paris wäre mein Vorschlag gewesen. Am Ende spielte es auch keine Rolle. Aufgrund ihrer Schwangerschaftsübelkeit landeten wir in Dorset.

Vielleicht hatte sie Paris komplett den Rücken gekehrt? Sie konnte jetzt bereits wieder zu Hause sein. Aber warum war sie dann überhaupt mitgekommen, wenn sie so sehr etwas dagegen hatte? Erträgt sie meine Gesellschaft so wenig, dass sie in die entgegengesetzte Richtung kehrtmacht, um von mir wegzukommen? Obwohl es albern ist, fühle ich bei dem Gedanken einen Anflug von Schmerz und Ablehnung. Ich schüttle den Kopf, weiß ich doch, dass das genau das ist, was wir beide in den letzten beiden Jahren getan haben: voneinander weglaufen, wie zwei Magneten, die sich einst angezogen haben, dann umgedreht wurden und sich nun abstoßen.

Ich versuche es noch einmal auf Zoes Handy, aber erneut reagiert nur der Anrufbeantworter. Ich sinke auf das zu weiche Bett, trommle mit dem Fuß auf den Teppich und versuche zu vermeiden, die dabei entstandene Staubwolke einzuatmen. Was soll ich jetzt tun? Ich habe keine Lust, in diesem engen Hotelzimmer zu warten, ob Zoe auftaucht, aber ich muss etwas tun, um sicher zu wissen, dass es ihr gut geht.

Ich wette, Kate weiß, wo sie ist. Die beiden trieben mich und Giles immer in den Wahnsinn, wenn wir alle zusammen ausgegangen sind und sie die ganze Zeit kicherten und über Gott weiß was flüsterten. Sie standen sich immer nahe, und Kate ist eine riesige Hilfe gewesen, als Zoe schwanger wurde – entgegen aller Erwartungen. Ich schulde ihr auf jeden Fall etwas.

Ich suche ihre Nummer in den Kontakten und tippe auf

Anrufen, strecke die Beine auf dem Bett aus und starre hoch zum Deckenventilator, der träge die Luft bewegt.

»Edward!« Kate klingt überrascht, von mir zu hören, und ich kann es ihr nicht verübeln. Ich war so mit der Arbeit beschäftigt, dass ich mich nicht einmal mehr erinnere, wann wir zuletzt miteinander gesprochen haben. Kate war immer mehr Zoes Freundin als meine, und unsere üblichen Interaktionen – während der langen Mittagessen mit Giles, der die Steaks auf dem Grill anbrennen ließ, und den Kindern, die wild im Garten herumtobten – kamen nach Milos Tod zu einem abrupten Stillstand. Ich höre den Lärm von Kindern im Hintergrund, und eine Mischung aus Sehnsucht und Traurigkeit brennt in meiner Brust. Ich wollte das so sehr, wollte damit die Zimmer unseres Hauses und unsere Herzen füllen. Wenn doch nur ... Ich schüttle den Kopf. Wo soll ich anfangen?

»Hallo Kate. Tut mir leid, dass es so lange her ist, seit wir uns gesprochen haben. Wir sollten uns wirklich mal wiedersehen.« Ich ziehe eine Grimasse, wohl wissend, dass ich in Wahrheit keinen gesteigerten Wert darauf lege. Giles hat seine Arbeit gekündigt, um Romane zu schreiben, und redet jetzt nur noch über komplexe und langweilige Handlungsstränge. »Na, jedenfalls wollte ich nur kurz fragen, ob du heute von Zoe gehört hast?«

In der Leitung ist es für ein paar Sekunden still, und ich frage mich, ob die Verbindung unterbrochen wurde. »Kate? Hallo?«

»Ich bin noch da«, sagt Kate langsam. »Äh ... nein. Nein, ich habe heute nicht von Zoe gehört. Um ehrlich zu sein, ich glaube, ich habe schon seit einem Jahr nichts mehr von ihr gehört.«

Wie bitte? Ich richte mich auf und sitze gerade da, als könne ich so besser hören. Hat Kate gerade gesagt, dass sie seit einem *Jahr* nichts mehr von Zoe gehört hat? Bei den seltenen Gelegenheiten, die unser Gespräch darüber hinausgeht, dass wir neues Toilettenpapier brauchen, erzählt mir Zoe manchmal mit undeutlicher Stimme und glasigem Blick, dass sie mit Kate unterwegs war, die jetzt in einem Nachbardorf wohnt. Es ist offensichtlich, dass die beiden zusammen etwas trinken gehen (ziemlich viel sogar, wenn Zoes frühere schon hohe Toleranzgrenze ein Indikator ist), aber ich habe mir nie Sorgen gemacht. Ich war froh, dass Zoe unterwegs war und etwas unternahm, selbst wenn es nicht mit mir war … Es gab mir Hoffnung. Zumindest war sie nicht allein unterwegs, dachte ich. *Trank* nicht allein.

So viel dazu.

»Tut mir leid, ich muss noch mal nachhaken, Kate.« Ich spreche langsamer und lauter, falls die Leitung nicht ganz klar ist oder Kate mich über das Geschrei im Hintergrund nicht richtig hören kann. »Hast du gerade gesagt, dass du seit einem Jahr nichts von ihr gehört hast?«

Ich höre, wie eine Tür geschlossen wird, und dann ist es still im Hintergrund. Sie muss in ein anderes Zimmer gegangen sein. »Es ist mindestens so lange her«, sagt Kate. »Nicht, dass ich es nicht versucht hätte. Ich kann dir gar nicht sagen, wie oft ich angerufen habe oder zum Haus gekommen bin. Zoe hat nie zurückgerufen oder die Tür geöffnet – ich bin nicht mal sicher, ob sie zu Hause war.«

Ich nicke, während ich versuche, Kates Worte zu verarbeiten. Wenn Zoe nicht zu Hause ist und nicht bei Kate, was tut sie dann den ganzen Tag … abgesehen vom Trinken? Wohin geht sie? Ein scharfer Schmerz durchzuckt mich, als ich sie mir allein und deprimiert in einem leeren Pub vorstelle – ein starker Kontrast zu dem aufgeweckten Mädchen, das mich in Clubs gezerrt und gelacht hat, während wir uns auf der vollen Tanzfläche wie verrückt bewegten.

»Ist alles okay?« Kate klingt besorgt.

»Jaja. Alles in Ordnung.« Mein Mund spricht die Worte von ganz allein, wie schon in den letzten zwei Jahren. Ich schätze, ich habe immer geglaubt, wenn ich sie nur oft genug wiederhole, *würde* auch alles wieder in Ordnung kommen. So musste es doch sein. *Zeit heilt alle Wunden*, und so weiter. Ich wünschte, dem wäre so.

»Bitte sag ihr, dass ich sie vermisse«, sagt Kate. »Gott, wir sind schon ewig befreundet und haben so viel zusammen durchgestanden. Ich wünschte, ich könnte ihr auch durch diese Sache helfen, weißt du? Ich will für sie da sein.«

Ich muss schlucken. »Ich weiß.« Und das tue ich wirklich, aber ich bin mir nicht sicher, ob ich noch ebenso fühle. Ich wollte für sie da sein. Ich habe es *versucht*. Ich habe mein Bestes getan, um zu helfen. Aber wie kann man jemandem helfen, der einen nicht nur nicht an sich heranlässt, sondern einen auch noch *anlügt*? Zorn steigt in mir auf, als mir klar wird, dass Zoe in den letzten Jahren unserer Ehe nicht nur geistig abwesend war. Sie hat mich auch von sich geschoben, Lüge um Lüge.

Wir verabschieden uns, und ich lege auf, dann stehe ich vom Bett auf, öffne das Fenster und blicke hinaus über die Dächer. *Wo bist du?* Ich möchte schreien, und ich weiß, dass sich diese Frage nicht nur auf das Jetzt bezieht. Wohin meine Frau auch verschwunden ist – hier oder daheim –, ich glaube nicht, dass sie zurückkommt.

KAPITEL 8

ZOE, JANUAR 2009

»Frohes neues Jahr!«

Kates Stimme klingt schrill in meinem Ohr, und ich entziehe mich ihrer schwitzigen Umarmung, aber nicht, ohne ihr einen dicken Schmatzer auf die Wange zu drücken. »Dir auch ein frohes neues Jahr.«

»In diesem Jahr werde ich heiraten!« Sie hebt ihr Glas in Siegespose in die Luft und lehnt sich dann betrunken gegen Giles. »Kannst du dir vorstellen, dass ich nächstes Jahr um diese Zeit *Ehefrau* bin? Jetzt müssen wir nur noch dich endlich verkuppeln, Zoe!«

Ich rolle mit den Augen – schließlich habe ich die Leier schon oft genug von ihr gehört –, als die ersten Takte eines meiner Lieblingssongs zu hören sind.

»Na los!« Ich greife nach Kates Hand. »Lass uns tanzen!«

Ich ziehe sie weg von Giles durch die Menge und bahne mir mit den Ellbogen einen Weg zur Tanzfläche. Kate ist so betrunken, dass sie kaum gerade stehen kann, also fasse ich sie an den Händen, bewege sie vor und zurück und muss grinsen, als die Leute um uns herum uns seltsam ansehen.

Ich wirbele sie herum, und wir stoßen gegen andere Leute, haben aber beide so viel getrunken, dass wir nichts davon merken. Kate versucht, mich auch zu drehen, aber irgendwie landet ihr Arm um meinen Hals, woraufhin ich zur Seite kippe. Sie schwankt vor und zurück ... und stolpert dann wie in Zeitlupe vornüber. Ich kreische, als sie mich mit sich nach unten zieht, spüre die Nässe von verschütteten Getränken und will gar nicht *wissen*, was da noch durch meine Strumpfhose sickert. Eine Minute lang liegen wir einfach nur da und müssen beide schallend lachen, während um uns herum Füße aufstampfen und uns das grelle Licht von oben in den Augen schmerzt.

»Kann ich dir aufhelfen?«

Eine tiefe männliche Stimme dringt zu mir durch, und mein Herz setzt einen Schlag aus. Eine Sekunde – nur *eine* Sekunde – lang denke ich, es könnte Edward sein. Ich habe mir seit unserer Begegnung so etwas oft vorgestellt oder, besser gesagt, es mir gewünscht. Dann greift ein behaarter Arm nach unten und zieht mich hoch, und ich starre in das Gesicht eines Kerls von meiner Größe, eines Mannes ohne Edwards lange Beine oder mutmaßliche große Füße.

»Danke«, murmle ich und versuche, die Enttäuschung zu ignorieren, die mich durchzuckt, während ich Kate ebenfalls auf die Füße ziehe.

»Wie heißt du?« Kate streckt die Hände aus, um wieder ins Gleichgewicht zu kommen. »Ooh, nette Arme.« Sie lehnt sich gegen mich. »Das hier ist Zoe. Sie ist single und auf der Suche nach Liebe!« Das klingt auch sonst schon schlimm genug, aber in Kates betrunkenem Lallen ist es noch furchtbarer.

»Kann ich dich zu einem Drink einladen?« Die Augen des Mannes bohren sich in meine, und ich schüttle den Kopf.

»Nein, tut mir leid, aber wir müssen gehen. Danke.« Ich schiebe Kate von der Tanzfläche, zurück durch die Menge, und schiebe sie in Giles' Arme.

»Kate! Verdammt noch mal!«

»Was denn? Wenn du nicht vorhast, diesen Edward zu finden …«

Ich schüttle den Kopf. Seit unserem fehlgeschlagenen Rendezvous versucht Kate ständig, mich dazu zu überreden, nach South Bank zu fahren, mich auf diese Bank zu setzen und so lange zu warten, bis ich meinen Mann wiedergefunden habe. Und um die Wahrheit zu sagen, habe ich genau das schon getan … ab und zu, wenn das Wetter schön ist oder ich einfach mal Zeit habe. Ich trage sogar immer noch diese doofen Socken in meiner Handtasche mit mir herum, nur für den Fall.

Wenn er mir doch nur seine verdammte Handynummer gegeben hätte! Wenn die U-Bahn doch nur gefahren wäre … wenn, wenn, wenn. Eins kann ich mit Sicherheit sagen: Falls ich diesen Kerl noch mal wiedersehe, werde ich mir all seine Kontaktdaten besorgen, von seiner Handynummer bis zum Twitter-Account. Er wird sich nirgends mehr verstecken können.

Ich nippe an meinem Cocktail und versuche, die Übelkeit zu unterdrücken, während ich dabei zusehe, wie Giles meine Freundin überall abschlabbert. Es ist schon seltsam, dass meine Gedanken so von Edward beherrscht werden, wo wir doch nur fünf Minuten miteinander geredet haben. Es klingt abgedroschen, aber irgendetwas zwischen uns fühlte sich einfach *richtig* an – auf eine Art, die ich nicht mehr erlebt habe, seit meine letzte Beziehung vor ein paar Jahren in die Brüche gegangen ist. Ich habe gelernt, nicht mehr an den Einen zu glauben, aber von all den Dates, die ich im letzten Jahr hatte, muss ich sagen, dass Männer wie Edward – Männer, mit denen ich mehr als fünf Minuten verbringen möchte – ziemlich rar gesät sind.

Vielleicht würden wir uns nach diesen fünf Minuten ja hassen, oder er offenbart mir irgendeine wirklich schreckliche Veranlagung. Aber eins ist sicher: Dieses Jahr werde ich es irgendwie herausfinden.

Kapitel 9

Ich starre auf das Handy und bewege meinen Kopf und die Schultern in dem vergeblichen Versuch, die Anspannung zu lösen. Ich kann noch immer nicht glauben, dass Zoe mich schon so lange anlügt, aber auf seltsame Art fühle ich mich dadurch auch besser. Besser, was die Vergangenheit und auch die Gegenwart angeht. Zoe hat sich nicht verirrt. Sie tut, was sie will, und geht, wohin sie will. Wo immer sie auch ist oder war, sie will ganz eindeutig nicht, dass ich es weiß. Und was soll ich sagen? Das ist okay für mich. Ich muss nur sicherstellen, dass es ihr gut geht, bevor ich das Hotel verlassen und herausfinden kann, was Paris alles zu bieten hat. Ich werde dieses Wochenende nicht tatenlos vergeuden.

Na gut, ein letzter Versuch. Wenn sie nach Hause gefahren ist – und ich kann mir nicht vorstellen, was sie sonst in einer Stadt tun würde, die sie nicht einmal mag –, kann ich ihre Eltern bitten nachzusehen, ob sie dort ist. Wenn sie umgekehrt und direkt zurückgefahren ist, könnte sie jetzt schon angekommen sein. Ich will nicht, dass sie sich Sorgen machen, aber sie wissen so gut wie ich, wie schwierig es geworden ist, Zoes Handlungen nachzuvollziehen.

Mit einem Seufzer drücke ich erneut auf Anrufen und bereite mich auf die unvermeidlichen Klagen darüber vor, wie lange es doch schon her sei, seit wir uns gesehen haben. Es gab eine Zeit, in der Zoes Mutter praktisch in unserem Haus wohnte. Ihre Eltern zogen einen Monat, nachdem wir das Haus gekauft hatten, ebenfalls in unser Dorf, da sie näher bei ihrem Enkel sein wollten. Ich weiß, dass sie Zoe in den Wahnsinn getrieben haben, als sie ein Teenager war, dass sie immer darauf bestanden haben, dass sie mehr lernt, sich vernünftiger anzieht und aufhört, ihre Zeit mit Theater- und Kunstvereinen zu verschwenden. Aber sobald Milo da war, schien es zwischen ihr und ihrer Mutter zu klicken, als wäre er das fehlende Puzzleteil. Zoe rief sie sogar an, um sich Ratschläge einzuholen: etwas, das vor Milo undenkbar gewesen wäre.

Ich weiß nicht einmal, ob sie überhaupt noch miteinander sprechen.

»Hallo Helen, Edward hier. Hör mal, kannst du kurz beim Haus vorbeischauen und nachsehen, ob Zoe dort ist?«

Ich höre ein scharfes Einatmen. »Zoe? Ist sie nicht bei dir? Jack und ich haben uns so gefreut, als sie einverstanden war mitzufahren. Wir dachten, wir müssten sie viel länger bearbeiten.«

Ich nicke und frage mich zum ersten Mal, *warum* sie wirklich mitgekommen ist. Und wo wir gerade dabei sind, warum bin ich es? »Nun, sie ist zwar mitgefahren, aber wir wurden voneinander getrennt, als wir am Bahnhof angekommen sind. An ihrem Handy geht nur der Anrufbeantworter dran, und ich dachte einfach, na ja, vielleicht war ihr das alles zu viel und sie ist zurück nach Hause gefahren.« Oder so ähnlich.

»Oh.« Zoes Mutter klingt enttäuscht, und mir wird klar, wie sehr sie gehofft hatte, dass diese Reise ihrer Tochter neuen Mut gibt. Wenn es doch nur so einfach wäre. »Dann warte mal kurz. Ich schicke Jack los, um nachzuschauen.«

Ich lege auf und stelle mir Zoes rüstigen, weißbärtigen

Vater vor, wie er seine Gummistiefel anzieht und die kurze Entfernung zwischen unserem und ihrem Haus zurücklegt. In den ersten paar Tagen nach Milos Tod war diese kurze Entfernung ein Segen. Die beiden waren ständig da und füllten das Haus mit Essen und Geräuschen, im Gegensatz zu meinen Eltern, die uns ›etwas Raum geben‹ wollten. Jetzt, da Milo fort ist, scheint mir die räumliche Nähe zu meinen Schwiegereltern überflüssig, eine schmerzliche Erinnerung an das, was fehlt. Ich vermute, deshalb meiden wir beide sie auch.

Mein Handy klingelt, und ich nehme ab. »Ist sie da?«

»Nun, Jack hat sie nicht wirklich gesehen«, sagt Helen. »Aber er hat Musik im Haus gehört. Zoe hat nicht auf das Klingeln reagiert, aber das ist ja nicht ungewöhnlich.« Ihre Stimme klingt angespannt.

Ich atme aus. »Okay, danke.« *Also ist Zoe* tatsächlich *abgehauen*, denke ich, als ich auflege. Nun, zumindest weiß ich, dass sie in Sicherheit ist. Ich presse meine Kiefer aufeinander und stehe auf. Verdammt, konnte sie mir noch nicht mal sagen, dass sie zurückfährt? Wer nimmt denn einen Langstreckenzug und verschwindet dann wieder nach Hause, ohne wenigstens anzurufen?

Meine Frau, muss ich mir wohl eingestehen. *Meine Frau.*

Bevor der vertraute Mix aus Wut und Verzweiflung zu stark wird, greife ich wieder nach dem Handy und wähle eine Nummer.

»Fiona?«, sage ich schnell und versuche, meine Gefühle im Zaum zu halten. »Hast du Lust, nach Paris zu kommen?«

KAPITEL 10

Die Sonne strahlt hell am Himmel, während ich die Straßen entlangwandere, mich mal hierhin, mal dorthin wende. Ich weiß noch nicht einmal, wie spät es ist, da ich dazu normalerweise mein Handy befrage. Ohne irgendetwas, das mich an mein Leben bindet, fühle ich mich kurz davor, abzuheben und in den atemberaubend blauen Himmel aufzusteigen. Wenn das doch nur möglich wäre.

Leute schieben sich auf dem Gehweg an mir vorbei und murmeln vor sich hin, während sie mir in die Hacken treten. Als ich mich selbst in einem Ladenfenster sehe, kann ich mir vorstellen, was sie denken. Meine schwarzgrauen Locken stehen in alle Richtungen ab, meine Wangenknochen stehen hervor, und das grüne T-Shirt hängt an mir herunter wie ein Zelt. Meine Kunden merkten früher immer erstaunt an, wie jung ich doch aussähe, und wenn wir ausgegangen sind, wurde jedes Mal mein Ausweis kontrolliert – sehr zu Edwards Verlegenheit, der fünf Jahre älter ist als ich und immer Scherze darüber machte, dass er sich eine wesentlich jüngere Frau gesucht hat. Ich schaue genauer hin und bemerke die Tränensäcke unter meinen Augen und die Falten auf meiner Stirn. Ich vermute, mittlerweile wären die Leute überrascht zu hören, wie jung ich wirklich bin.

Während ich inzwischen älter aussehe, als ich bin, ist es bei Edward entgegengesetzt verlaufen – oder zumindest arbeitet er auf den Eindruck hin. Er war niemals ein Hipster und sorgte mit der regelmäßigen Anschaffung simpler Shirts und ausgebeulter Hosen bei seiner Lieblingsmarke Gap für ordentlich Umsatz. In letzter Zeit jedoch hat er begonnen, Gel zu benutzen, um sein Haar zu stylen, aus seinen ausgebeulten Hosen wurden Skinny Jeans, und sogar seine normalerweise verknitterten Arbeitshemden sind jetzt eng anliegend und immer frisch gebügelt. Er scheint sein altes Ich abschütteln, sich in jemand Neues verwandeln zu wollen, während ich an Ort und Stelle feststecke und kaum in der Lage bin, mir die Haare zu kämmen.

Ich frage mich, was er jetzt wohl gerade macht. Ich laufe weiter und entscheide mich für eine enge Gasse. Das eine Mal, als ich vom Radar verschwunden bin, setzte er Himmel und Hölle in Bewegung, um mich zu finden – er rief die Polizei, suchte den Bahnhof ab, fuhr mit unserem Wagen durch die Straßen … Zumindest hat er mir das erzählt. Ein Auto fährt vorbei, und ich reiße den Kopf hoch, als würde ich erwarten, dass er darin sitzt. Hat er das Hotelpersonal darüber informiert, dass ich vermisst werde, vielleicht nachgefragt, was er als Nächstes tun soll? Oder bin ich einmal zu oft verschwunden, als dass er sich noch wirklich Sorgen macht?

Paris ist anders, als ich erwartet habe – zumindest dieser Teil der Stadt. Ich entdecke nicht viele Touristen, der Eiffelturm ist nirgendwo in Sicht, und ich muss mich wohl kilometerweit vom Fluss entfernt befinden. Eigentümliche Galerien und Geschäfte säumen die Straße, von der Art, die ich mir damals sofort hätte anschauen wollen. Jetzt lasse ich mich einfach vorbeitreiben, und die im Schaufenster ausgelegten Waren verschwimmen vor meinen Augen.

Ein Stück vor mir steht ein Gendarm, der mit den Händen in der Hüfte die Straße überblickt. Ich halte für eine Sekunde inne, und in meinem Kopf wirbeln die Gedanken durcheinander. Ich könnte ihn ansprechen, ihm erzählen, was mir passiert ist, ihn um Hilfe bitten. Er würde mir ein Handy leihen, mir helfen, meinen Mann wiederzufinden. Aber eigentlich will ich das gar nicht – ich will hierbleiben, in dieser fremden Umgebung, in der nichts Sinn ergibt und ich mich nicht bemühen muss, die Vergangenheit auszusperren, meine Augen vor dem furchtbar Vertrauten zu verschließen, mich nicht zwingen muss zu atmen. Wenn ich aufhöre, Luft zu holen, nun ja … Ich bin doch sowieso schon nur noch ein Skelett.

Und vielleicht ist es besser, wenn ich in diesem Zustand bleibe, wenn ich *nicht* zurück zu Edward finde. Es geht ihm gut. Er lässt die Sache hinter sich, wenn man seine neue Garderobe als Indikator nimmt. Das und die Tatsache, dass er im Haus alles entfernt hat, was mit Milo zu tun hatte, alle Spuren von unserem Sohn beseitigt hat.

Schmerz durchzuckt mich, als ich mich an den Morgen kaum zwei Monate nach dem Unfall erinnere, an dem ich mich wegen des Geräuschs von reißendem Klebeband aus dem Bett gequält habe. Ich bin durch die Tür zu Milos Zimmer – oder was einmal sein Zimmer war – gestolpert und fuhr zurück, als hätte man mir einen Schlag in die Magengrube verpasst. Der zuvor so chaotische Ort, voller Spielzeug, Bücher, Windeln und Babykleidung, die ich einfach nicht weggeben konnte, war völlig leer geräumt, nur noch eine Hülle dessen, was ihn einst ausgemacht hat. Die Matratze starrte mich anklagend an, die Bücherregale schrien ihre Kargheit heraus, und von den kahlen Wänden strömte Schuld herab wie von einem Wasserfall. Inmitten all dessen kniete mein Mann und schüttete den Inhalt der Spielzeugkiste in einen letzten Karton.

Er packte meinen Sohn ein. Meine Seele.

Ich wollte schreien, gegen den Karton treten, damit der Inhalt herausfällt. Stattdessen stand ich nur da, erstarrt in Schock und Unglauben. Wie konnte er das nur tun? Wie konnte er unser Kind der Vergangenheit überlassen, wenn es doch gerade erst fort war? Und wie zum *Teufel* hatte er mich nicht vorher fragen können? Dieser eine Vorfall hat einen klaren Bruch zwischen uns hervorgerufen, den wir seither nicht mehr kitten können.

Ich laufe jetzt noch schneller, vorbei an dem Gendarmen und fort von meinem Mann.

Kapitel 11

Ich glaube nicht, dass ich dieses Date bis zum Schluss ertragen kann, nicht einmal wenn die Möglichkeit bestünde, dass die Nacht bei mir endet. Nicken, nicken, nicken; nippen, nippen, nippen; nicken, nicken, nicken. Wer hätte gedacht, dass es so viele Pferderassen gibt? So wie diese Frau von ihnen schwärmt, bin ich mir sicher, dass Menschen und besonders Männer eine Enttäuschung für sie sind.

Julia – oder ist es Julie? – hält kurz inne, um etwas Salat in ihren Mund zu schaufeln, und ich nutze die Gelegenheit, um dem Kellner zu signalisieren, dass er die Rechnung bringen soll. Es ist gerade einmal kurz nach sieben, und die Sonne steht noch hoch am Himmel, aber ich muss jetzt sofort hier weg. Das ist die Gefahr von Onlinedating: Das Mädchen mag auf dem Computerbildschirm nett aussehen, aber im wahren Leben lässt sich niemand stummschalten. Je mehr Dates ich habe, desto weniger kann ich Zoe vergessen, das ›South-Bank-Mädchen‹, wie meine Freunde sie augenrollend begonnen haben zu nennen. Sie ist die, die ich wirklich will, aber es ist jetzt mehr als ein Jahr her, dass wir uns begegnet sind, und trotz meiner häufigen

Spaziergänge entlang des Flusses habe ich sie noch nicht wieder getroffen.

Ich weiß, ich muss sie vergessen. Hätte Zoe wirkliches Interesse gehabt, wäre sie an jenem verregneten Abend aufgetaucht. Ich habe sie mit meinem erbärmlichen Anmachspruch vermutlich abgeschreckt. Was habe ich mir auch nur dabei gedacht? Normalerweise brauche ich drei oder vier Drinks, bevor ich mich Frauen auf diese Weise nähere. Das ist definitiv nichts, was ich nüchtern tun sollte.

Ich schüttle den Kopf, während Julia weiterschnattert, und erinnere mich daran zurück, wie ich im Regen auf der Bank saß, die Feuchtigkeit meinen Rücken hinunterlief und mir der Wind ins Gesicht peitschte. Ich war bereits bis auf die Haut durchnässt, aber es spielte keine Rolle. Zum ersten Mal seit Ewigkeiten war ich aufgeregt, eine Frau zu treffen, obwohl wir kaum miteinander gesprochen hatten. Zoes lachende Augen – okay, und die fantastischen Beine – beherrschten rund um die Uhr meine Gedanken und ließen meinen Arbeitsalltag plötzlich voller Möglichkeiten erscheinen. Ich bin normalerweise jemand, der eher in gemütliche Pubs geht, aber ich hatte Stunden damit zugebracht, unser Date zu planen: ein Spaziergang am Fluss, etwas trinken im Founder's Arms, dann weiter zum Borough Market, wo wir in einem neuen Restaurant, das gerade erst eröffnet hatte, zu Abend gegessen hätten. Ich war sogar dazu bereit gewesen, diese hässlichen Socken zu tragen – und bei meiner sonst üblichen Farbpalette aus Schwarz und Grau war das echte Selbstlosigkeit. So sehr gefiel mir, was ich gesehen hatte.

Nach ungefähr vierzig Minuten waren meine Finger taub vor Kälte, ich war völlig durchweicht und musste einfach akzeptieren, dass sie nicht kommen würde. Das hatte man nun davon, wenn man mal etwas wagte. Durchnässt schleppte ich mich zurück nach Hause und ertränkte meinen Kummer in Heineken.

»Sollen wir gehen?«, frage ich jetzt und schiebe meinen Stuhl zurück, während Julia noch den letzten Rest ihres Salats aufisst. Ich weiß nicht einmal, warum sie dieses Lokal in South Bank vorgeschlagen hat, wo sie doch nur eine Handvoll Kaninchenfutter gegessen hat. Normalerweise treffe ich Internetdates in einem Café ganz in der Nähe meiner Wohnung in North London, damit ich schnell wegkomme, wenn sie sich als jemand wie Julia herausstellen.

Zumindest schüttet es heute nicht wie aus Eimern, denke ich und halte ihr die Tür auf, als wir hinaus auf die Terrasse treten. Die goldene Sonne blendet mich, und ich setze die Sonnenbrille auf, wobei ich mit aller Macht versuche, ein Gähnen zu unterdrücken.

»Welche U-Bahn musst du nehmen?«, frage ich, um klarzustellen, dass ich sie nirgendwohin mehr begleiten werde, und auch nicht andersherum. Ihr langes Gesicht wird noch länger, und ich fühle mich schuldig. Abgesehen von der Fixierung auf Pferde ist sie ein nettes Mädchen mit einem hübschen Körperbau … aber definitiv nicht das Richtige für mich. Wieder einmal taucht Zoes Gesicht vor meinem inneren Auge auf, und seufzend schiebe ich es weg.

»Ich kann von Waterloo aus fahren«, sagt Julia und verliert sich dann in einer langen Geschichte darüber, wie ihr Lieblingspferd aufgewachsen ist. Ich nehme ihre Stimme immer undeutlicher wahr und starre hinaus auf den Fluss, der ausnahmsweise im Abendlicht glänzt, anstatt wie so häufig schlammig braun auszusehen.

Keine Internetdates mehr, entscheide ich. Ich habe eine Menge netter Frauen getroffen, aber keine, die es mir angetan hat. Vielleicht liegt es nicht an den Frauen. Vielleicht bin ich auch noch nicht bereit, mich festzulegen. Die Dreißiger sind die neuen Zwanziger, oder? Also habe ich noch viel Zeit. Wenn ich mir nur ansehe, was mit all meinen Freunden passiert, sobald sie in einer Beziehung sind: Sie verschwinden und tauchen irgendwann mit neuer Frisur, pastellfarbenem Pullover und dümmlichem Grinsen wieder auf. Ich sollte meine Freiheit genießen, solange ich kann.

Doch während mir diese Gedanken durch den Kopf gehen, weiß ich gleichzeitig, dass ich mich in Wahrheit festlegen *will*. Ich bin jetzt fünfunddreißig, und ich will meine zukünftige Frau finden und mit ihr ein gemeinsames Leben aufbauen. Wäre Zoe vor einem Jahr aufgetaucht – und hätte sich als die herausgestellt, für die ich sie hielt –, hätte ich jetzt liebend gern einen pastellfarbenen Pullover getragen. Gott, schließlich war ich sogar bereit, rosafarbene Socken zu tragen!

Ich verabschiede mich noch vor dem Bahnhof von Julia, gehe zurück zum Fluss und frage mich, was ich jetzt tun soll. Es ist noch früh, das Wetter ist perfekt, und ich habe keine Lust, nach Hause in meine muffige Wohnung zurückzukehren. Seit ich in das Londoner Zentrum gezogen bin, ist der Weg entlang der Themse mein gefühltes Zuhause geworden, auch wenn das nicht besonders aufregend klingt. Ich kann dort stundenlang einfach vor mich hin laufen und das Wasser betrachten.

Ich werde mir etwas zu trinken im Founder's Arms genehmigen und so meine zwei Lieblingsdinge miteinander kombinieren: den Fluss und Bier. Ich beschleunige meine Schritte, während ich mir vorstelle, wie das schaumige Gebräu meine Kehle hinunterrinnt. Als ich mich Zoes Bank nähere, kann ich nicht anders – meine Augen wandern dorthin, wie sie es schon unzählige Male in diesem Jahr getan haben. Normalerweise ist die Bank auch immer besetzt, aber nie ist es Zoe. Es gibt keinen Grund zu glauben, dass es diesmal anders sein wird. Und selbst wenn sie es wäre, hätte sie mich wahrscheinlich längst vergessen.

Trotzdem muss ich sichergehen. Wie üblich sitzt dort jemand, und es sieht nach einer Frau aus – kaum genug, um in Jubelstürme auszubrechen, schließlich liegt die Chance bei fünfzig zu fünfzig. Ich kneife die Augen zusammen, kann gerade so die Vor- und Zurückbewegung von etwas ausmachen, das nach Stricknadeln aussieht, und mein Herz setzt einen Moment lang aus. Wie viele Leute stricken? Und vor allem auf dieser speziellen Bank?

Dasselbe dunkle Haar, die wohlgeformten Beine und das feenartige Gesicht werden sichtbar. Anstatt mich ihr zu nähern, ducke ich mich hinter einen Baum. Ich habe keine Ahnung, wie ich sie ansprechen soll! Verdammt, ich hoffe, sie hat mich nicht gesehen. Erst der lahme Anmachspruch und jetzt wird sie glauben, dass ich sie stalke. Man sollte meinen, dass mir nach all dieser Zeit ein passender erster Satz eingefallen wäre, aber mein Gehirn ist vollkommen leer.

Sie macht eine Bewegung, die aussieht, als wolle sie ihre Sachen zusammenpacken, und ich springe hinter dem Baumstamm hervor. Auch wenn sie mich zurückweist, ich werde auf keinen Fall die Gelegenheit verstreichen lassen, noch einmal mit ihr zu reden. Ich gehe auf sie zu und spüre, wie mein Puls in den Ohren dröhnt. Ich wünschte, ich hätte beim Abendessen mehr Wein getrunken.

»Hast du die Socken noch?« Die Worte entweichen einfach so meinem Mund, und ich murmle einen Fluch, während sich meine Wangen röten. Ich bleibe vor der Bank stehen und stecke meine Hände hoffentlich so in die Taschen, dass es lässig aussieht und nicht, als hätte ich ein deformiertes Geschlechtsteil.

Ihr Kopf schnellt nach oben, und ihre kaffeebraunen Augen, diese Augen, die mich verfolgt haben, seit ich ihr das erste Mal begegnet bin, finden meine. Sie weiten sich, hoffentlich, weil sie mich wiedererkennt, und bilden dann Fältchen in den Winkeln, als sie lächelt. »Du!« Lachend sprudelt das Wort aus ihr hervor. »Ich dachte nicht, dass ich dich jemals wiedersehen würde.«

»*Wolltest* du das denn?« Ich lasse die Frage scherzhaft klingen, aber ich meine es ernst. Schließlich ist sie an jenem Abend nicht gekommen.

Sie nickt. »Ja, natürlich wollte ich. Und es tut mir so leid, dass ich es nicht geschafft habe, dich zu treffen, wie wir es vereinbart hatten. Es gab ein Problem bei der U-Bahn, und ich schätze, als ich endlich hier ankam, warst du wieder weg. Ich hatte deine Handynummer nicht, um dir Bescheid zu geben.«

Erleichterung durchfährt mich, und ich sinke auf der Bank neben ihr nieder. Gleichzeitig versuche ich, meine Augen von ihrem Busen fernzuhalten, der sich unter dem engen weißen Shirt abzeichnet. *Also ist sie gekommen*, denke ich und atme den sanften Duft ihres Parfüms ein. Ich wusste doch, ich hätte länger warten sollen. Wäre ich nicht schon fast einer Unterkühlung zum Opfer gefallen, hätte ich das auch getan.

Ein Gefühl der Wärme breitet sich in meinem Magen aus, als hätte ich einen Whisky getrunken. Ich schaue sie von der Seite an. »Also, hast du?«

»Habe ich was?«, fragt sie und runzelt die Stirn, was sehr niedlich aussieht.

»Hast du die Socken noch?« Ich grinse, als sie in ihrer Handtasche herumwühlt, denn ich bin mir sicher, dass sie sie auf keinen Fall mehr hat, auch wenn ich insgeheim hoffe, mich zu irren. Denn das würde bedeuten, dass sie genauso viel an mich gedacht hat wie ich an sie.

Sie hält sie triumphierend hoch, und mein Lächeln wird breiter. Gott, diese Dinger sind potthässlich. »Ich wusste, es hat etwas Gutes, diese Tasche nie aufzuräumen. Ich habe sie tatsächlich noch.« Sie neigt den Kopf. »Und wirst du dein Versprechen halten?«

»Nun, das hängt davon ab.« Ich lege eine Pause ein, und mir wird ganz flau im Magen. »Gehst du heute Abend mit mir aus?«

»Natürlich«, sagt sie. »Darauf warte ich schließlich schon seit einem Jahr.«

Ich grinse so breit, dass mir die Wangen wehtun, aber ich kann nicht anders. Ich nehme die Socken entgegen, streife meine Schuhe und schwarzen Socken ab und ziehe die rosa gestrickten an. Ich bekomme sie kaum bis zu meiner Ferse, sie jucken wie verrückt, und ich sehe lächerlich aus, aber das alles ist mir egal.

Wenn ich könnte, würde ich für immer mit ihr hier an diesem Ort bleiben.

Kapitel 12

Nachdem ich das Gespräch mit Fiona beendet habe, steigen Schuldgefühle in mir auf. Ja, meine Frau hat mich hier ohne ein Wort sitzen gelassen, aber ich *bin* verheiratet ... wenn das noch irgendeine Bedeutung hat. Ich schaue auf meinen Ring und erinnere mich, wie viel er einst bedeutet hat, damals, als ich noch glaubte, dass dieser Bund uns alles gemeinsam überstehen lassen würde.

Bin ich bereit, mit Fiona zu schlafen? Denn ich bin sicher, dass es das ist, was sie erwartet. Man lädt keine Frau nach Paris ein, ohne Sex im Hinterkopf zu haben, und wenn wir uns ein Zimmer teilen, stellt sich die Frage nicht mehr. Es gibt so viel, das mir an ihr gefällt: die Art, wie sie sich ganz auf mich konzentriert, wann immer wir zusammen sind, als wäre ich das Einzige auf der Welt. Wie einfach es sich anfühlt, wenn wir reden und lachen und dabei ganz ohne versteckte Zweideutigkeiten auskommen. Dass sie nur die *guten* Dinge in mir sieht ... so, wie ich mich auch selbst wieder sehen will. Ganz zu schweigen von ihrem fantastischen Körper; die Frau hat einen Hintern, für den selbst Beyoncé sterben würde. Ich rutsche auf meinem

Stuhl herum, allein der Gedanke daran erregt mich.

Auch wenn die Grenzen der Freundschaft von uns noch nie überschritten wurden, weiß ich, dass wir beide schon daran gedacht haben. Gestern Abend, als wir nach der Arbeit noch etwas trinken waren (nicht nur etwas, sogar recht viel), lehnte ich mich vor, um ihr einen Abschiedskuss auf die Wange zu geben. Sie drehte den Kopf, und meine Lippen berührten ihre – nur kurz, aber lang genug, um zu spüren, wie die Luft zwischen uns Funken sprühte. Sex mit Fiona ist genau das, was ich jetzt brauche. Aber mit jemand anderem zu schlafen würde meiner Ehe den finalen Todesstoß versetzen, dann gäbe es kein Zurück mehr. Ist es das, was ich will?

Ach, Scheiß drauf! Meine Faust landet auf der schäbigen Überdecke. Ich habe es satt, hier zu sitzen, satt, an meine Frau zu denken. Die Stille des Hotelzimmers lastet auf mir, und ich springe vom Bett auf. Ich habe noch ein paar Stunden totzuschlagen, bis Fiona ankommt, und jetzt, da der Alkohol sich langsam abbaut, lässt das vertraute Gefühl der Rastlosigkeit meine Beine wieder zucken. Mein Körper ist matt vor Müdigkeit von der langen Arbeitswoche und den späten Abenden, aber meine Füße tragen mich zurück zum Aufzug und wieder auf die Straße.

Die Nachmittagssonne blendet, und ich halte schützend meine Hand vor die Augen. Ich drehe mich einmal im Kreis, unschlüssig, wohin ich gehen soll – die Straße entlang an den Cafés vorbei oder durch den Torbogen auf den Platz? Es ist das erste Mal seit Ewigkeiten, dass ich nichts zu tun habe, nicht arbeiten muss und nicht mit anderen verabredet bin. Das Glitzern eines Springbrunnens lockt mich in Richtung des Platzes, und ich gehe unter dem Torbogen hindurch und lasse mich ins Gras sinken. Ich schließe die Augen und lasse mich vom Glucksen des Wassers betäuben. Das *Schhhhhhhhhh* von auf Beton fallendem Wasser erinnert mich an die Themse, wie sie gegen den Uferrand plätschert, und dieselbe segensreiche Ruhe umfängt mich. Es fühlt sich so gut an, einfach nur so dazusitzen, innezuhalten und das Wasser meine Gedanken fortspülen zu lassen.

Ich habe den Fluss vermisst, als wir aus London weggezogen sind. Er brachte mich und Zoe zusammen: unser Amor des Wassers. Das neue Dorf war wunderschön – voll altmodischen Charmes, hübscher Mütter und ihrer ebenso reizenden Nachkommen, komplettiert von liebevollen Vätern. Aber es gab keinen Fluss oder See … nicht einmal einen Fischteich. Doch damals brauchten wir den Fluss nicht. Wir hatten Milo, der uns zusammenhielt.

Mein Kiefer verkrampft sich, und ich springe wieder auf die Füße und überquere den Platz. Es war ein Fehler innezuhalten. Ich weiß nicht, wohin ich gehe, aber ich muss in Bewegung bleiben.

KAPITEL 13

ZOE, SEPTEMBER 2009

»Uuuuund, bist du *verliebt?*« Kate grinst mich an und schlürft ihr Eiswasser. »Ich wusste, dass das irgendwann kommen musste. Erst kommt die Liebe, dann die Hochzeit, dann ...« Sie hebt eine Augenbraue. »Es ist auch toll, dass er etwas älter ist als du. Er wird deine Zeit nicht vergeuden.«

Ich schüttle den Kopf. »Wir sind gerade einmal zwei Monate zusammen, Kate. Gib endlich Ruhe.«

Ich muss allerdings zugeben, dass dieser Sommer *tatsächlich* magisch war, wie eine Montage dieser märchenhaften Romanzen aus Hollywood-Filmen – nicht dass ich an märchenhafte Romanzen glaube, die Zeiten sind längst vorbei. Beziehungen stellen ein Risiko dar, und nicht immer führen sie zu einem Happy End. Das habe ich auf die harte Tour lernen müssen.

Dennoch, das Setting ist perfekt, um sich zu verlieben, und das atemberaubende Wetter hat ebenso dazu beigetragen: Tag für Tag strahlender Sonnenschein, während London vor anhaltender und seltener Hitze glüht. Ab siebzehn Uhr strömen sämtliche Einwohner in die Cafés und Pubs, sodass die Stadt wie ein riesiger Jahrmarkt wirkt. Edward holt mich von der

Arbeit ab, wir fahren nach South Bank und spazieren zwischen den anderen Pärchen bis zu unserer Parkbank. Dort stricke ich, während er sich entspannt, den Fluss betrachtet oder manchmal auch liest.

Seit unserem ersten Abend – an dem ich ihn zu einem kleinen mexikanischen Restaurant mitten in Elephant and Castle geführt und dann gezwungen habe, mit mir Swing zu einer Jazzband zu tanzen, die an einer Straßenecke spielte – war alles so einfach, so natürlich. Unsere Welten haben sich gerade genug überlappt, dass ich mich warm und geborgen fühle, ohne völlig vereinnahmt zu werden. Auch wenn es klischeehaft klingt, ich fühle mich mit Edward mehr wie ich selbst als ohne ihn, und ich glaube, ihm ergeht es genauso. Ich hoffe es jedenfalls.

Aber Liebe? Nun, ich bin mir nicht sicher – jedenfalls noch nicht. Und Hochzeit? *Kinder?* Bei dem Gedanken daran habe ich das Gefühl, am Rande einer Klippe ins Unbekannte zu stehen, und ich möchte mich einfach nur in eine Wolldecke gehüllt in der Ecke verkriechen und ganz fest meine Augen schließen.

»Wenn es passt, dann passt es.« Kate lehnt sich in ihrem Stuhl zurück und schlägt ihre schlanken Beine übereinander. »Es hat keinen Sinn, noch länger zu warten. Du befindest dich jetzt auf der falschen Seite der Dreißig, und deine biologische Uhr tickt, meine Liebe.«

Herrgott. ›Die falsche Seite der Dreißig‹? Ich habe gerade erst den großen Runden gefeiert, verdammt noch mal. Es gelingt mir, einen neutralen Gesichtsausdruck zu bewahren, während ich einen Schluck von dem billigen Rotwein trinke. Jetzt, da ihre weihnachtliche Hochzeit näher rückt, ist Kate ganz besessen von DER ZUKUNFT (so, wie sie davon spricht, müssen es einfach Großbuchstaben sein) und verteilt wohlmeinende Ratschläge an all die armen Singles in ihrem Freundeskreis.

Ich lache einfach. Meine biologische Uhr mag ja ticken, aber ich gehöre wirklich nicht zu den Frauen, die alles daransetzen zu heiraten und sich zu vermehren. Und außerdem – selbst wenn ich das Kate nicht sage – bin ich mir inzwischen ziemlich sicher, dass ich nicht an die Ehe glaube. Wie kann man sich selbst und der anderen Person genug vertrauen, um einen Schwur für die Ewigkeit zu leisten? Wie kann man versprechen, *für immer* mit jemandem zusammen zu sein? Die Leute verändern sich, und was heute passt, tut das vielleicht in fünfzig Jahren nicht mehr. Und davon abgesehen, wenn man der eigenen Beziehung genug vertraut, warum braucht man dann ein Stück Papier, um sie amtlich beglaubigen zu lassen, um sich aneinander zu binden?

»Hör zu, Edward ist nicht wie dieser Schwachkopf Ollie«, sagt Kate, und bei der Erwähnung dieses Namens zucke ich zusammen. Vier Jahre ist es her, und noch immer hat er diese Wirkung auf mich.

»Gott sei Dank«, murmle ich. Tatsächlich könnte Edward meinem Exverlobten nicht unähnlicher sein, was einmal mehr zeigt, dass Leute an unterschiedlichen Punkten in ihrem Leben unterschiedliche Dinge wollen – oder dass sie schlauer werden. Ollie und ich lernten uns in einer alkoholgeschwängerten Nacht in einer Bar kennen, und ich wollte sofort mit ihm zusammen sein. Wir mochten dieselbe Musik, liebten es, neue Dinge auszuprobieren, konnten es kaum erwarten, nach Indien zu reisen. Ich war gerade nach London gezogen, um eine neue Arbeit zu beginnen, und er zeigte mir den Camden Market, Vintage-Läden, Indie-Musik: alles, was unkonventionell und einzigartig war, genau wie er. Sogar die Auswahl in seinem Kleiderschrank war besser als meine, und ich lieh mir oft Klamotten von ihm. Selbst jetzt noch erinnere ich mich an den berauschenden Duft-mix aus Räucherstäbchen und Zigaretten.

Als er – in der höchst romantischen Umgebung eines Pubs mit klebrigem Fußboden – beiläufig erwähnte, dass wir doch heiraten könnten, sagte ich sofort Ja. Ich musste nicht darüber nachdenken: Mein Herz wusste, was richtig war, zumindest glaubte ich das. Er hatte keinen Ring für mich, aber das war in Ordnung. Ich war mir sicher, dass er mich liebte, und das genügte mir. Er würde mein *Ehemann* werden! Das Wort ließ mich vor Aufregung zittern. Ich konnte es kaum erwarten.

Dann wurde Ollies Musikfirma immer erfolgreicher, und er begann zu reisen. Und zwar häufig. Ich ermahnte mich, ich müsse geduldig sein, dass das nur eine Phase war und er bald zurückkommen würde, um die Details unserer Hochzeit zu besprechen … wie beispielsweise das Datum. Eines Tages, während er auf Ibiza war, schickte er mir eine SMS, in der er mir mitteilte, dass er sich dazu entschieden hatte, in Spanien zu bleiben – also *hasta la vista*, Zoe (oder so was in der Art). Eine SMS! Nach fast drei gemeinsamen Jahren servierte er mich, seine zukünftige Frau, per *SMS* ab.

Ich fühlte mich, als hätte mir jemand den Boden unter den Füßen weggezogen. Die Wohnung, dieses Viertel … ich hatte mir ihn und unser Leben hier vorgestellt. Ich liebte ihn. Ich *vertraute* ihm. Wie hatte ich nicht ahnen können, dass so etwas kommen würde? War ich so blind gewesen, oder hatten sich Ollies Gefühle während einer spanischen Siesta mal eben magisch verändert? Tagelang konnte ich nicht schlafen, die Fragen gingen mir unaufhörlich immer wieder durch den Kopf. Ich fand nie zufriedenstellende Antworten darauf, aber nach vielen aufmunternden Worten von Kate, zusammen mit strikten Anweisungen, nicht einmal daran zu *denken*, Kontakt mit ihm aufzunehmen, zog ich endlich einen Schlussstrich. Manchmal denke ich aber auch heute noch an Ollie und frage mich, was er wohl gerade macht.

Diese Erfahrung hat mich verändert. Ich schwor mir, dass ich die Dinge bei der nächsten ernsthaften Beziehung von Tag zu Tag angehen würde, weil einem gar nichts anderes übrig blieb. Man hat keine Kontrolle über den Partner, über Gefühle oder die Zukunft. Im Augenblick sind Edward und ich glücklich, und das genügt mir – und ihm auch, glaube ich, da unsere Gespräche selten weiter in die Zukunft reichen als die Frage, was wir zu Abend essen wollen. Und wie gesagt, es sind gerade einmal zwei Monate.

Kate und ich verbringen den Rest des Essens damit, über Hochzeitslogistik zu diskutieren, so wichtige Dinge wie Champagner oder Sekt. Da überrollt mich plötzlich eine Welle der Müdigkeit. Ich will gerade nach der Rechnung fragen, als sie sich räuspert.

»Also, ich muss dir noch etwas erzählen«, sagt sie mit funkelnden Augen. »Ich kann einfach nicht mehr warten!«

»Was denn? Ist es dir jetzt doch gelungen, The Barons für den Hochzeitsempfang zu engagieren?« Typisch Kate, bis jetzt damit zu warten, es mir zu erzählen. Ich versuche schon seit Monaten, die aufstrebende Band zu kontaktieren, aber ohne Erfolg.

»Ich bin schwanger.«

Mir klappt die Kinnlade runter, und Kate grinst mich an. »Was? Wirklich?«

Sie nickt. »Oh ja. Seit sechs Wochen erst, es ist also noch sehr früh.« Sie schüttelt den Kopf. »Ich werde Mutter!«

»Oh mein Gott.« Ich lehne mich zu ihr und greife nach ihrer Hand. Ehefrau ... Mutter ... und das alles innerhalb eines Jahres. So viel zum Thema Zukunft! »Glückwunsch!« Ich zwinge mich zu einem Lächeln und versuche, den Schock zu verdauen. Ich habe gerade erst verarbeitet, dass sie heiraten wird, und jetzt das.

»Es ist viel schneller passiert, als wir dachten«, sagt Kate. »Ich meine, wir haben erst diesen Sommer entschieden, es zu versuchen.«

»Was, es war also geplant?« Ich lehne mich zurück und bin ein bisschen beleidigt, dass sie es nicht für nötig gehalten hat, mir von ihrem Kinderwunsch zu erzählen. Ich hätte es mir allerdings denken können, nachdem sie es so eilig hatte, mit der ganzen Liebe-Hochzeit-Baby-Sache loszulegen, aber ich kann beim besten Willen nicht nachvollziehen, warum man noch vor der Hochzeit mit dem Versuchen beginnen sollte. Ich kann mir keinen schlimmeren Start in eine junge Ehe vorstellen als ein schreiendes Baby im Hochzeitsbett.

Kate gibt mir einen Klaps auf den Arm. »Natürlich ist es das! Wir wollen beide eine Familie und haben uns gedacht, warum warten? Und je älter man wird, desto größer sind die Risiken von Geburtsfehlern, und man weiß ja auch nie, wie lange es dauert.« Sie wirft mir einen bedeutungsvollen Blick zu, und ich kann mir ein Augenrollen gerade noch so verkneifen.

»Wie fühlst du dich?« Ich schaue ihren Bauch an, der noch flach ist wie ein Brett.

»Es geht mir gut – bisher jedenfalls. Giles und ich haben nachgelesen, und manche Frauen überstehen die Sache ganz ohne Morgenübelkeit oder so was. Hoffentlich gehöre ich dazu. Ich habe akzeptiert, dass ich bei der Hochzeit fett sein werde, aber ich will nicht vor den Traualtar treten, während mir in Wahrheit speiübel ist.«

»Ich bin mir sicher, du wirst eine dieser strahlenden Frauen mit dichtem glänzendem Haar und perfekter Haut sein«, sage ich.

»Drück mir die Daumen.« Sie nippt an ihrem Wasser. »Kannst du dem Baby etwas stricken? Vielleicht eine kleine Mütze? Ich brauche etwas, damit sich das Ganze echt anfühlt, weißt du? Gott, ich kann es kaum erwarten, Babykleidung zu kaufen.«

»Natürlich«, sage ich. »Mehr als eine Mütze! Ich bin mittlerweile wirklich gut mit Strickjacken. Ich werde ein paar für dein Baby machen. Und auch ein paar Schühchen.« Gott, das klingt seltsam. *Kates Baby.*

Sie plappert weiter über das erste Trimester, und ich nicke

dazu, während mich ein seltsames Gefühl überkommt. Wir sind genau gleich alt, aber wir könnten nicht an unterschiedlicheren Punkten in unserem Leben stehen. Bei Kate ist alles in trockenen Tüchern: ein Mann, ein Baby, ein neues Leben als Mutter. Ich bin in einer Beziehung, ja, aber wir sind noch nicht einmal zu dem Wort mit ›L‹ vorgedrungen.

Das ist okay, beruhige ich mich. Es gefällt mir, dass meine Zukunft ein ungeschriebenes Buch ist; es bedeutet, dass alles passieren kann. Und wenn man nichts erwartet – nichts Bestimmtes *will* –, dann kann man auch nicht enttäuscht werden.

Perfekt.

KAPITEL 14

ZOE, SAMSTAG, 17 UHR

Ich blinzle hoch zur Sonne am Himmel, meine mit Blasen übersäten Füße schmerzen bei jedem Schritt. Es ist schon ziemlich spät, und ich bin seit Mittag auf den Füßen. Zu Hause würde ich mich jetzt betäubt und mit verschwommenem Blick von der klebrigen Bank im Pub hochquälen und mich zum Zug schleppen.

Im Moment fühle ich mich genauso, und das ganz, ohne etwas getrunken zu haben. Mein Mund ist trocken, alter Schweiß klebt an meinem Körper, und ich sehne mich mit jeder Faser danach, mich hinzusetzen. Ich starre in das Dunkel eines Ladens, und meine Augen gewöhnen sich gerade genug an die Lichtverhältnisse, um gemütliche Stühle in den Ecken und ein langes, niedriges Sofa auszumachen, in dem ich mich jetzt allzu gern ausstrecken würde. Der Boden knarzt, als ich den Laden betrete, und das Gebläse der Klimaanlage verursacht eine Gänsehaut auf meinen Armen.

»Bonjour!« Eine Frau mit stahlgrauem Bob und adretter blauer Strickjacke schaut mich über den Rand ihrer klobigen Brille hinweg an.

»Hi«, murmle ich mit halb geschlossenen Augen, nicht willens, mich aus meiner Benommenheit reißen zu lassen. Die kühle Luft ist so erfrischend, ich will hier einfach nur ein paar Sekunden stehen und sie über meinen heißen Körper strömen lassen.

»Kann ich Ihnen dabei helfen, etwas zu finden?«

Ich schüttle den Kopf. »Nein, danke.« Ich weiß nicht einmal, was in dem Laden verkauft wird, und es ist mir auch egal. Es ist wunderbar ruhig und dunkel hier, eine Zuflucht vor dem Lärm der Straße. Der Boden knarzt erneut, als sich die Frau entfernt.

Endlich hebe ich den Kopf und trete bei dem Anblick, der sich mir bietet, unwillkürlich einen Schritt zurück. Natürlich musste ich ausgerechnet in einen Laden stolpern, der Strickzubehör verkauft. Edward hat immer gewitzelt, ich hätte ein besonderes Radar für das Aufspüren dieser Art Geschäfte. Trotz allem was passiert ist, scheint sich das nicht geändert zu haben. Leuchtendes Garn in allen Farben stapelt sich in den Regalen an den Wänden, und bevor ich mich selbst stoppen kann, greife ich danach und ziehe ein königsblaues Knäuel heraus. Ich hebe es an meine Nase und atme den Mix aus Wolle und Farbe ein.

Sofort verschlägt es mich zurück in die Vergangenheit. Ich sitze in einem Stuhl in unserer alten Wohnung. Es ist der Sessel mit Paisleymuster vor dem Erkerfenster, über den Edward immer scherzhaft sagte, er sähe aus, als hätte ihn eine Katze vollgekotzt. Die Sonne strömt herein und badet meinen Babybauch in Licht und Wärme. Das Baby dreht sich und schlägt Purzelbäume, meine Nadeln bewegen sich rhythmisch auf und ab, das blaue Garnknäuel wird nach und nach kleiner, während ich ein weiteres Paar Babyschuhe stricke. In der letzten Woche vor Milos Geburt war ich wie besessen. Edward lachte, meinen Nesttrieb solle man eher Stricktrieb nennen. Morgens, mittags und abends strickte ich Paar um Paar an Babyschühchen, als hätte ich mit ununterbrochenem Fleiß das Kind in mir beschützen können.

Und das war erst der Anfang. Für Milos ersten und zweiten Geburtstag strickte ich Pullis, die so ungewollt hässlich waren, dass Edward grinsend behauptete, der Sozialdienst würde uns das Kind aufgrund von Modemissbrauch wegnehmen. Milo trug an jenem Tag seinen Zweiter-Geburtstag-Pullover …

Ich reiße mich von dem Gedanken los. Dieser Pullover war das Letzte, was ich je gestrickt habe – nachdem Milo fort war, konnte ich den Gedanken, die Nadeln in die Hand zu nehmen, nicht mehr ertragen. Es schien mir, als würde ich mit einer so vertrauten, so *normalen* Beschäftigung akzeptieren, dass mein derzeitiges Leben real war. Ich weiß nicht einmal, wo meine Stricknadeln sind. Vermutlich weggepackt, zusammen mit dem Rest von mir.

In diesem Augenblick jedoch lösen das Gewicht und die Geschmeidigkeit der Wolle in meinen Fingern das Verlangen aus, die vertrauten Bewegungen auszuführen. Der Rhythmus der Nadeln war immer so beruhigend und angenehm, und ich mochte nichts mehr, als für die Menschen, die ich liebte, etwas so Persönliches zu erschaffen. Das Garn war eine Verbindung zu meinem Herzen, und in jede Reihe, die ich strickte, wurden meine Gefühle mit eingeflochten.

Ein Bild dieser furchtbaren rosa Socken, die ich Edward damals gewungen hatte zu tragen (oder hatte er es angeboten?), geht mir durch den Kopf, und ein Lächeln zuckt in meinen Mundwinkeln. Er behielt sie den gesamten Abend über an, dabei müssen sie schrecklich gejuckt haben. Ich hatte sie aus Wolle gestrickt, und an jenem Juliabend war es unglaublich heiß. Ich erinnere mich daran, wie sehr es mich beeindruckte, dass ihm ihr lächerliches Aussehen egal war. Nur ich war ihm wichtig.

Nach dem spontanen Swing-Tanz lud ich ihn in meine

Wohnung ein. Wir tranken noch mehr Wein, und schließlich nahm er meine Hand, zog mich auf die Füße und hob mein Kinn an, bis meine Augen in seine blickten. Ich erinnere mich daran, wie ich mich an ihn schmiegte und unsere Münder ohne peinliches Kinnstoßen oder Zähneberühren aufeinandertrafen. Sex mit Edward war so *leicht*. Ich musste nicht einmal einen Orgasmus vortäuschen, wie ich es manchmal beim ersten Mal tat, um die Sache hinter mich zu bringen.

Am nächsten Morgen, nachdem er weg war, fand ich die rosa Socken zusammengerollt unter dem Bett. Ich frage mich, wo sie jetzt sind? Traurigkeit überkommt mich, als ich daran denke, dass dieses lachende Paar, so voller Glückseligkeit und Aufregung, fort ist … vom Leben bezwungen.

Oder in unserem Fall vom Tod.

»Madame? Geht es Ihnen gut?«

Ich zucke zusammen, als mir klar wird, dass ich stocksteif und mit tränenfeuchten Wangen mitten im Laden stehe. Überrascht hebe ich den Kopf und wische mir mit der Hand übers Gesicht. Ich habe mich innerlich so tot, so taub gefühlt, dass ich nicht einmal weinen konnte, selbst wenn ich es wollte. Ich weiß nicht, wo diese Tränen auf einmal herkommen.

Ich schüttle den Kopf und lege das Garn zurück ins Regal. Es geht mir nicht gut. Es wird mir nie wieder gut gehen.

»Alles in Ordnung«, sage ich, um nichts erklären zu müssen. Wie könnte ich auch?

Noch einmal wische ich mir übers Gesicht, trete dann wieder auf die Straße und beschleunige meinen Schritt. Ich muss etwas Abstand zwischen den Laden und mich bringen – diese Erinnerungen und mich. Ich darf nicht zulassen, dass sie mich erneut einholen.

KAPITEL 15

EDWARD, DEZEMBER 2009

»Glückwunsch!« Ich grinse Kate und Giles an und denke mir, wie glücklich sie doch an ihrem Hochzeitstag aussehen. Verheiratet, mit einem Baby auf dem Weg. Ein kleiner Stich der Eifersucht durchzuckt mich. Ich kann es kaum erwarten, an ihrer Stelle zu sein – zumindest verheiratet, selbst wenn das Baby niemals Wirklichkeit wird.

Kate beugt sich vor, um mir einen Kuss auf die Wange zu geben. Sie sieht absolut hinreißend aus mit ihrem kleinen Bauch, der sich unter dem weißen Spitzenkleid wölbt. »Danke, Edward. Vielleicht seid ihr ja die Nächsten.« Sie wackelt mit dem Finger in Zoes und meine Richtung. »If you like it, you better put a ring on it!« Ihre Beyoncé-Imitation bringt mich zum Lachen, aber der Aussage dahinter stimme ich komplett zu: ›Wenn sie dir gefällt, steck ihr einen Ring an den Finger.‹

Giles zuckt zusammen und hält sich die Ohren zu. »Eine Karriere als Sängerin solltest du lieber schnell wieder vergessen, meine liebe Frau. Komm, wir sollten mal meiner Tante und meinem Onkel Hallo sagen.«

Die beiden verschwinden in der Menge, und ich lächle

hinab zu Zoe. Ich weiß, dass dieser Gedanke der Braut gegenüber nicht nett ist, aber so hübsch Kate auch aussieht, Zoe ist
eindeutig die schönste Frau hier. Ihr altrosa Brautjungfernkleid
betont ihre dunkle Haut, und ihre Locken sind zu einer kom-
plizierten Frisur hochgesteckt, die ich kaum erwarten kann zu
lösen. Ich schaue auf die Uhr. Noch ein paar Stunden und ich
kann sie auf unser Zimmer entführen.

»Also, was denkst du?« Ich stupse sie spielerisch an. »*Sind*
wir die Nächsten?« Die Worte verlassen meinen Mund, ehe ich
es mich versehen kann. Ich weiß nicht genau, was mich geritten
hat, vielleicht liegt es an all dem Champagner, den ich vorhin
getrunken habe. Und dabei läuft es gerade so gut mit Zoe, ich
will ihr auch nicht *ansatzweise* einen Grund liefern, mit mir
Schluss zu machen.

Es ist selbstsüchtig, das weiß ich, aber die letzten Monate
waren einfach unglaublich, und nicht nur, weil ich mindestens
einmal am Tag Sex hatte. Zoe und ich haben fast jede Nacht
zusammen verbracht, und jetzt verstehe ich, was mit ›stürmi-
scher Romanze‹ gemeint ist. Zoe ist der Sturm in unserer Beziehung: Ständig ist sie auf Achse, immer an etwas interessiert,
zerrt mich andauernd zu irgendeiner alternativen Theaterbühne
im East End oder einem gerade neu eröffneten Burgerladen an
einem gottverlassenen Ort, zu dem nicht mal die U-Bahn fährt.
Und obwohl ich mich beschwere, bin ich doch insgeheim froh,
dass wir diese Dinge tun – auch wenn ich ihr das niemals sagen
würde. Mit Zoe habe ich das Gefühl, dem Gefängnis zu entkommen, in das ich mich selbst gesperrt habe, und das Gefühl
gefällt mir.

Die Sache ist, ich *möchte* heiraten. Aufgrund von Komplikationen in meiner Kindheit, als ich Mumps hatte, weiß ich
bereits, dass ich nicht die zwei bis drei Kinder bekommen kann,
die ich gern hätte. Ich habe noch nie jemandem davon erzählt,
aber das musste ich bisher auch nicht. Ich hatte nie das Gefühl,

›die Eine‹ gefunden zu haben, nicht so wie bei Zoe. Ich habe es nicht mal meinen Freunden erzählt, die es vermutlich cool finden würden, dass ich mir keine Sorgen darüber machen muss, aus Versehen eine Frau zu schwängern. Ich habe mir auch selbst nie viel dabei gedacht. Es schien alles so theoretisch. Bis jetzt – bis ich eine Frau fand, mit der ich den Rest meines Lebens verbringen will.

Ich mag den Gedanken an Kinder aufgegeben haben, aber den an Heirat werde ich nicht aufgeben. Ich will die Schwüre, die dauerhafte Bindung. Und ich will es mit Zoe … wenn sie sich noch eine gemeinsame Zukunft mit mir vorstellen kann, sobald ich ihr erzählt habe, dass ich keine Kinder zeugen kann. Ich schlucke schwer und hoffe, dass es nicht schon heute so weit sein wird. Ich bin nicht bereit zu riskieren, dass das mit uns endet, noch nicht.

»Lass uns einfach nur den Abend genießen«, sagt Zoe schließlich. Sie lächelt, aber das Lächeln reicht nicht bis zu ihren Augen, und in meinem Magen verkrampft sich etwas. »Oh, sieh mal, sie wollen gleich die Torte anschneiden!«

Ich sehe ihr nach, wie sie sich durch die Menge schiebt, und atme die Luft aus, von der ich nicht einmal bemerkt hatte, dass ich sie anhielt. Für heute bin ich noch mal davongekommen, aber … kann sie sich überhaupt eine Zukunft mit mir vorstellen? Ich sehe nämlich niemand anderen in meiner als sie. Ich will, dass wir die Nächsten sind, wie Kate es gesagt hat. Und ich will, dass Zoe das auch will.

»Edward?« Zoe blickt zurück über ihre Schulter. »Komm schon!«

Ich nicke und bahne mir einen Weg zu ihr. Mach langsam, ermahne ich mich selbst. Wir haben noch alle Zeit der Welt, um zusammen zu sein. Wir haben noch den Rest unseres Lebens dafür.

Das hoffe ich zumindest.

Kapitel 16

Ich gehe gerade durch den Torbogen, weg vom Springbrunnen, als mein Handy vibriert. *Hoffentlich ist es nicht Zoe*, denke ich, während ich das Handy aus meiner Tasche fische. Das Letzte, was ich jetzt will, ist, mit ihr zu reden und mir ihre erbärmlichen Ausflüchte anzuhören, warum sie verschwunden ist.

Aber nein, es ist Fiona, zum Glück. »Hey. Alles okay?« Nur noch ein paar Stunden und sie wird hier sein. Ich kann es kaum erwarten.

»Nicht wirklich.« Sie klingt bedrückt. »Es gibt irgendein Problem mit dem Zug – ich habe die Durchsage nicht verstanden –, und wir stecken im Moment mitten im Nirgendwo auf den Gleisen fest. Sie haben einen Techniker angerufen, aber sie wissen nicht, wie lange es dauern wird. Anscheinend sind gerade alle Züge verspätet.«

»Das ist ja furchtbar. Geht es dir gut?«

»Na ja, ich hab Champagner, also ist alles in Ordnung.«

Optimistisch wie immer, denke ich. Genau das liebe ich an ihr.

»Hoffentlich dauert es nicht zu lange, und ich bin rechtzeitig da für ein spätes Abendessen«, sagt sie. »Ich halte dich auf dem Laufenden. Kannst du in der Zwischenzeit etwas für mich besorgen, das ich heute Nacht im Bett anziehen kann? Ich hab so schnell gepackt, dass ich meinen Schlafanzug vergessen habe.«

»Okay.« Meine Stimme klingt leicht atemlos. Etwas finden, das sie heute Nacht im Bett anziehen kann? Ist das ein getarnter Versuch, meine wahren Absichten aufzudecken? Ich kenne meine wahren Absichten doch nicht einmal *selbst*. Und was zur Hölle tragen Frauen eigentlich im Bett? Zoe hat immer nackt geschlafen … bis sie direkt nach Milos Tod anfing, vollständig angekleidet ins Bett zu gehen.

»Na gut, ich leg besser auf. Ich sollte meinen Akku schonen.« Fiona drückt mich weg, und ich schiebe das Handy zurück in meine Tasche. Nun, zumindest gibt mir ihre Bitte etwas zu tun, etwas, auf das ich mich konzentrieren kann, abgesehen von den Trümmern meines Lebens und meiner entlaufenen Frau. Also, wo kann ich einen Schlafanzug kaufen? Ich ziehe die Karte heraus, die ich vom Hotel habe und sehe in der Ecke eine Werbeanzeige für die Galeries Lafayettes. Perfekt.

Ich winke ein Taxi heran, steige ein und lehne mich im Sitz zurück, während es sich durch die Straßen schlängelt. Ein seltsames Gefühl überkommt mich, als die Ladenfronten vorbeiziehen: ein Gefühl, als wäre ich in einem anderen Leben, das nicht mir gehört. Ich bin mitten in Paris, unterwegs zu einem Einkaufszentrum, um etwas für eine Frau zu kaufen, die nicht meine Ehefrau ist – eine Frau, mit der ich die Nacht verbringen werde. Das ist so weit von dem entfernt, was ich heute Morgen von diesem Tag erwartet habe, dass ich es gar nicht vollständig erfassen kann.

Aber ist es nicht genau das, was ich will? Einen Neuanfang? Einen sauberen Schnitt? Eine Chance, wieder glücklich zu sein? Verdammt, wenn Zoe sich woanders Trost suchen kann als bei mir – selbst wenn es sich nur um ein Glas Wein im

Pub handelt – und mich dann auch noch zwei Jahre lang deswegen *anlügt*, habe ich ja wohl ein Anrecht auf mein eigenes Vergnügen.

»Wir sind da, Monsieur.«

Ich blinzle. Ich habe nicht einmal bemerkt, dass wir vor einer kunstvollen Fassade gehalten haben, deren Schaufenster zahlreiche Fotos glamouröser Frauen zieren. Menschen eilen in einem stetigen Strom über die geschäftigen Straßen und in das Einkaufszentrum, und ich verlasse das Taxi und schließe mich ihnen an. Es ist noch nicht lange her, dass allein der Gedanke an Shoppingtrips Beklemmungen bei mir ausgelöst hat. Aber im Verlauf des letzten Jahres ist Shopping zu einer meiner liebsten Freizeitbeschäftigungen geworden … abgesehen von der Arbeit. An Abenden, wenn ich meine Projekte beendet habe und Fiona keine Zeit hat, gehe ich zu einem kleinen Einkaufszentrum in der Nähe des Büros. Die blinkenden Lichter, die Musik und die ständigen Geräusche der vielen Leute erinnern mich daran, dass gelebt wird. Auch wenn ich nach wie vor nicht behaupten kann, Shopping an sich zu lieben, muss ich doch Fionas Einschätzung beipflichten, dass meine neue Garderobe eine Million Mal besser ist als meine alte – nicht, dass es meiner Frau aufgefallen wäre. Zum ersten Mal in meinem Leben liege ich tatsächlich ›voll im Trend‹. Zumindest hat das der Personal-Shopper behauptet. Trotz all der Zeit, die ich im Einkaufszentrum verbracht habe, würde ich einen Trend nicht mal erkennen, wenn er mir regelrecht ins Gesicht spränge.

Ich schiebe mich durch die Drehtür und betrete die Parfümabteilung, in der mich der betörende Geruch von allen Seiten fast erschlägt. Rechts von mir versprüht eine Frau einen Duft, der in der Luft hängt wie Nebel, bevor er sich auflöst. Und obwohl ich ihn nicht mehr sehen kann, überrollt mich der Geruch wie eine Welle. Es ist *Flower* von Kenzo, der Duft, den Zoe immer trug, bis – nun, ich weiß es nicht. Ich komme selten nahe genug an sie heran, um sie zu riechen.

Ich bleibe wie angewurzelt stehen. Ich atme ein, und Erinnerungen überkommen mich, jede einzelne in diesen Duft getaucht. Der Tag, an dem wir entschieden – oder, genauer gesagt, Zoe entschied –, dass *für immer* doch möglich war. Unsere kleine intime Hochzeitszeremonie, bei der sie ihre Arme um mich warf und mich küsste, noch bevor der Standesbeamte überhaupt dazu kommen konnte, uns zu Mann und Frau zu erklären. Die Uhr, die sie mir am nächsten Morgen noch im Bett liegend schenkte, die ich mir seit Monaten gewünscht hatte. Der Kreißsaal, in dem Zoe trotz des Geburtsschweißes und -stresses entschlossen war, gut zu riechen, und Milos niedliches Gesicht, als er gerade zur Welt gekommen war. In den ersten Stunden sah er so zerknautscht aus, dass wir ihn *Flower*, unsere Blume, nannten, und gespannt darauf warteten, dass er sich entfaltete. Tausende wundervolle Erinnerungen sind mit diesem Duft verbunden, die jedoch gemeinsam mit ihm verflogen sind und nichts als Leere hinterlassen haben.

Aber während mich das übliche Gefühl von Verlust und Schmerz durchfährt, wird mir auch noch etwas anderes klar. Ich war glücklich, ja, und ich habe Zoe von ganzem Herzen geliebt, aber unsere Beziehung beruhte nie auf Ebenbürtigkeit. Sie war diejenige, die bestimmte, die die endgültigen Entscheidungen traf: ob es nun um Hochzeit, Babys oder sogar den Umgang mit dem Tod ging. Sie ist diejenige, die gegangen ist, die sich entschieden hat zu verschwinden.

Ich habe es satt, mich nach ihr zu richten, denke ich und streife die Uhr vom Arm, die ich seit dem ersten Tag unserer Ehe getragen habe. Ich habe es satt, auf ihre Wünsche und Bedürfnisse einzugehen. Ab jetzt bestimme ich selbst. Ich werde mein eigenes Leben leben.

Ich betrete den Fahrstuhl. Er fährt nach oben, trägt mich höher und höher, fort von dem in der Luft hängenden Duft.

KAPITEL 17

ZOE, FEBRUAR 2010

»Ich hab etwas für dich. Ein verspätetes Weihnachtsgeschenk.«
Ich rolle mich auf den Bauch und lächle zu Edward hoch.
»Etwas, das dich durch die langen und dunklen Wintertage
bringen wird. Es ist immer so deprimierend, wenn die Weih-
nachtszeit vorbei ist und alle wieder zu Zombies werden.« Eine
Locke seines dunklen Haars legt sich über seine Stirn, und ich
strecke meine Hand aus, um sie aus seinem Gesicht zu streichen, während mein Herz einen kleinen Satz macht. Gott, ich
hoffe, ihm gefällt sein Geschenk.

»Ein verspätetes Weihnachtsgeschenk?« Edward runzelt die
Stirn und sieht leicht nervös aus. Nicht dass ich es ihm verüble.
Als kleinen Scherz habe ich ihm einen besonders hässlichen und
juckenden Weihnachtspullover in einem furchtbaren Orange
geschenkt, verziert mit einem deformiert aussehenden Elfen.
Man muss ihm aber zugutehalten, dass er ihn den gesamten
Weihnachtsabend tapfer im Pub getragen hat.

Ich greife unter das Bett und ziehe eine Geschenkschach-
tel hervor. »Hier.« Ich reiche sie ihm und drücke innerlich die
Daumen, dass ihn das endlich wieder zum Lächeln bringt. Seit

Kates Hochzeit und dieser merkwürdigen Unterhaltung über unsere Zukunft ist die Stimmung zwischen uns etwas seltsam. Wir haben nicht darüber gesprochen, aber ich weiß, dass meine Reaktion – oder eher meine fehlende Reaktion – ihn verletzt hat, und ich mache mir seitdem immer wieder Vorwürfe.

Denn ich *liebe* ihn. Ich *will* mit ihm zusammen sein. Ich glaube noch immer nicht, dass Heiraten das Richtige für mich ist, aber ich weiß, dass das, was wir haben, etwas Besonderes ist, und ich möchte, dass wir es jeden Tag gemeinsam genießen können. Diesen Schritt zu machen bedeutet, dass es umso mehr wehtun wird, wenn es dann doch nicht klappt, aber zum ersten Mal bin ich bereit, das Risiko einzugehen.

Er dreht die Schachtel hin und her und schüttelt sie. »Mach schon auf!« Ich lache, um meine Angespanntheit zu überspielen.

Vorsichtig zupft Edward an einer Ecke, und ich nehme ihm die Schachtel wieder ab. »Das dauert ja ewig. Reiß sie einfach auf!« Ich ziehe an einer Ecke einen Streifen ab, und ehe ich michs versehe, liegt ein Stapel Silberpapier auf dem Bett. »Tut mir leid, aber du machst mich fertig«, murmle ich und gebe ihm die Schachtel zurück.

»Wow!« Edward schüttelt den Kopf, reißt dann eine Ecke auf – was angesichts meines fehlenden Talents im Umgang mit Tesafilm nicht schwer ist – und nimmt den Deckel ab.

»Was ist das?« Er holt einen Schlüssel heraus und hält ihn in seiner Hand.

Mein Herz fühlt sich an, als wolle es aus meiner Brust herausspringen. »Das ist der Schlüssel zu meiner Wohnung.« Meine Stimme zittert, und ich muss mich räuspern. »Ich liebe dich.« Gott, es ist eine Weile her, dass ich diese Worte ausgesprochen habe. »Und ich will mit dir zusammen sein, für immer. Daher habe ich mich gefragt … ob du vielleicht einziehen willst?«

Meine Finger umklammern seine, als ich ihm in die Augen sehe, und mir wird das Herz schwer, als ich seinen angespannten Gesichtsausdruck bemerke. Er sieht nicht glücklich aus. Er sieht eher aus wie ein Kaninchen in der Schlinge. *Oh, verdammt. Ich wusste, ich hätte das nicht tun sollen. Ich hätte länger warten sollen, hätte …*

Ruckartig und steif entziehe ich ihm meine Hand und schlage die Bettdecke über meine Beine. »Vergiss es. Vergiss einfach, was ich gesagt habe. Wenn du nicht bereit dazu bist, ist das okay.«

Edward greift wieder nach meiner Hand. »Zoe, nein: Das ist es ganz und gar nicht. Ich liebe dich auch, so sehr. Es ist nur, na ja, es gibt da etwas, das du wissen musst, bevor wir einen Schritt weitergehen.«

Oh Gott, jetzt kommt es. »Du bist in Wahrheit eine Frau?« Ich versuche zu lächeln, aber meine Mundwinkel zittern.

»Ha. Witzig.« Edward drückt meine Hand und atmet tief ein. »Als ich dreizehn war, hatte ich Mumps.«

»Und?« Ich spüre, wie ich die Stirn runzle, und versuche, mich etwas zu entspannen. Was zur Hölle hat Mumps mit unserem Zusammenwohnen zu tun?

»Und eine der Folgen können Probleme mit der Fruchtbarkeit sein«, sagt er mit Grabesstimme, als hätte er gerade zugegeben, an der Beulenpest zu leiden. »Ich kann kein Kind mit dir bekommen. Ich kann offenbar keine Kinder zeugen.«

Erleichterung durchfährt mich mit solch einer Wucht, dass mir leicht schwindlig wird. Das war es, was er mir sagen wollte? Dass ich von ihm nicht schwanger werden kann? Im Gegensatz zu den anderen Optionen erscheint mir das wesentlich harmloser.

»Tut mir leid, dass ich es dir nicht früher erzählt habe«, sagt er und beißt sich auf die Lippe, »aber ich war mir nicht sicher, wie ernst du es mit uns meinst. Wenn es dir wirklich wichtig ist, kann ich noch ein paar Tests machen, sehen, ob es vielleicht noch andere Optionen gibt, oder …«

Ich lehne mich vor, küsse ihn leicht auf die Lippen und schneide ihm das Wort ab. »*Du* bist das Wichtigste. Die Hauptattraktion.« Ich lächle, um diesen ernsten Blick von seinem Gesicht zu vertreiben. »Kinder ... nun ... Ich bin nicht *gegen* den Gedanken, aber ich kann mit oder ohne.«

Edward setzt sich zurück. »Aber was, wenn du, sagen wir, in zwei Jahren welche willst?«

Ich zucke mit den Schultern. »Ich weiß es nicht. Ich schätze, wir können uns damit befassen, wenn es so weit ist. Wir können Spezialisten aufsuchen, wie du gesagt hast, oder wir können adoptieren. Es gibt viele Kinder, die gute Eltern brauchen.« Ich zucke zusammen. »Oh Gott, wir und Eltern! Kannst du dir das vorstellen?«

Edward lacht. »Du hättest die gesamte Garderobe fertig gestrickt, noch bevor das Kind geboren ist. Armes Ding.«

Ich verpasse ihm einen kleinen Klaps. »Glückliches Ding, meinst du wohl. Du solltest mal sehen, was ich für Kates Baby gestrickt habe! Jedenfalls hat das Ganze auch einen Vorteil, weißt du?« Abgesehen davon, den Druck bezüglich Heirat, Babys und all das zu reduzieren. »Auf Wiedersehen, Verhütung!« Ich krame in einer der Nachttischschubladen und werfe das Päckchen in den Müll. »Ich hasse diese Pille.«

Edward sieht mich grinsend an. »Ich liebe dich, Zoe.« Er fängt an, mich aufs Bett zu drücken, aber ich entziehe mich seinem Griff.

»Was?«, fragt er, plötzlich wieder besorgt aussehend.

»Du hast meine Frage nicht beantwortet. Wirst du einziehen?«

Er lächelt und bewegt sich langsam abwärts, vorbei an meinem Bauchnabel und meinen Hüften. »Lass mich deine Frage anders beantworten.«

KAPITEL 18

Egal, wie schnell ich auch gehe, die Erinnerungen sind mir dicht auf den Fersen. Dieser kurze Ausflug zu einem Augenblick meines früheren Lebens hat scheinbar eine Tür geöffnet. Tränen strömen mein Gesicht hinab, als hätte jemand den Hahn aufgedreht. Panisch und blind taste ich in der Dunkelheit danach, um ihn zuzudrehen, aber es kommen immer mehr Bilder hervor.

Der Hochzeitspullover mit unseren verschlungenen Initialen, den ich Edward gestrickt habe. Der widerwärtige alkoholfreie Wein, mit dem wir auf unsere Ehe angestoßen haben. Die Art, wie er meinen kleinen Bauch berührte, als wir das Standesamt verließen, und seine Finger darauf ruhten, als wäre seine ganze Welt in mir.

Meine Lungen verkrampfen sich, als ich meinen Schritt noch weiter beschleunige und die Straßen nach einem Ort absuche, an dem ich mich verstecken kann. Vor mir sehe ich die Steintreppe einer Kirche und eile darauf zu. Kirchen sind eine neutrale Zone für mich: ein Ort, mit dem mich nichts verbindet. Ich habe in keiner Kirche geheiratet, und wir haben auch

85

Milos Beerdigung nicht in einer abgehalten. Ein Bild von seiner Bestattungsfeier an einem hellen, sonnigen Tag im Garten, wo er immer so gern gespielt hat, klopft an und verlangt Eintritt in meine Gedanken. Ich halte es mit aller Kraft zurück, eile die Treppe hoch und flüchte mich in den ruhigen Schutz der Kirche. Ich kann das jetzt nicht. Ich *kann es nicht.*

Mit zitternden Beinen und brennender Brust lasse ich mich auf eine Kirchenbank fallen. Ich mag ja schlanker sein als je zuvor, aber ich bin auch in der schlechtesten Form meines Lebens. Kaum überraschend, wenn man meine überwiegend flüssige Ernährung bedenkt. Ich sauge die Stille und Dunkelheit in mich auf und zwinge mich zurück in meinen Taubheitszustand. Der höhlenartige Raum ist groß und voller Touristen, die sich alles genau anschauen, aber ihre Stimmen sind für mich nichts weiter als ein gedämpftes Murmeln. Plötzlich teilt sich die Menge und lässt eine strahlende Braut und ihren Ehemann passieren, gefolgt von Familie und Freunden. Gott, mir war nicht mal aufgefallen, dass hier eine Zeremonie stattfindet! Man stelle sich vor, inmitten Dutzender Touristen zu heiraten.

Viel Glück, wünsche ich der vorbeigehenden Frau im Stillen, nicht sicher, ob ich es sarkastisch oder ernst meine. Ich könnte gar nicht sagen, was ich momentan von der Ehe halte. In den letzten zwei Jahren habe ich keinen Gedanken an den Zustand unseres Bunds verschwendet. Wieso sollte ich auch, wo mir doch das Wichtigste in meinem Leben genommen wurde?

Bevor ich Edward traf – vor sieben Jahren, glaube ich –, war ich mir sicher, dass die Ehe nichts für mich ist. Und dann, nun ja … änderte sich alles. Ich ließ mich fallen, gab mich seiner idyllischen, familienfreundlichen Zukunftsversion hin. Trotz der ständigen Müdigkeit, der stinkenden Windeln und blutenden Brustwarzen war ich verliebt: in meinen Mann, mein Baby, mein Leben. Ich schätze, das ist auch ein Teil des Grunds, warum ich mich so von Edward abgeschottet habe, warum ich mich nicht dazu bringen kann, wieder etwas für ihn zu empfinden. Ich habe alles für seine Vision riskiert – und er lag falsch. Er hätte nicht falscher liegen können.

Ich drehe an meinem Ehering, denke an die Inschrift darin, und in meinen Gedanken taucht eine Erinnerung an uns beide auf, wie wir am Morgen nach unserer Hochzeit im Bett liegen. Edward drehte sich zu mir und bat mich lächelnd, den Ring abzunehmen und die Inschrift zu lesen. Ich runzelte die Stirn, dachte, was das doch für eine romantische Geste war, und betete gleichzeitig zu Gott, dass es sich nicht um etwas übertrieben Kitschiges handelte, mit dem ich nun für den Rest meines Lebens würde klarkommen müssen. Die filigrane Schrift und die vielen Buchstaben in meinem schmalen Ring waren kaum zu lesen, aber nachdem ich sie ein paar Minuten angestarrt hatte, konnte ich sie entziffern.

E & Z. Unser persönliches Happy End.

»Perfekt«, sagte ich und meinte es auch so. Es gab kein ›für immer‹ oder ›ewig‹, rührseliges Gewäsch, bei dem ich mich auch zu jener Zeit noch leicht unwohl fühlte. Und diese Inschrift bezog sich auf unsere eigene Geschichte, die wir selbst schrieben – unsere Reise, unsere einzigartige Version des Märchens.

Meine Kehle schmerzt, als ich daran denke, was aus diesem Märchen geworden ist.

Ich frage mich, was Edward jetzt denkt. Glaubt er noch an das ›für immer‹? *Will* er es noch, auch wenn unser Happy End in Scherben liegt? So, wie er sich in letzter Zeit verhält, hat er sich bereits davon verabschiedet. Aber hat er das wirklich, oder ist es ihm noch nicht völlig egal?

Ich bin mir nicht sicher, welche Antwort mir lieber wäre.

Kapitel 19

»Es ist ein Mädchen! Kate hat ein Mädchen bekommen!«

Meine Augen öffnen sich schlagartig beim Klang von Zoes Stimme, und ich greife von dort, wo ich im Wartebereich sitze, nach ihrer Hand. Ihre Wangen sind gerötet, ihre Augen funkeln vor Aufregung, und obwohl es mitten in der Nacht ist, hat sie niemals schöner ausgesehen. »Geht es allen gut?«

Zoe nickt. »Ja, das Baby ist unglaublich niedlich, und Kate war fantastisch. Komm rein und sag Hallo.«

»Okay.« Ich reibe mir die Augen, und jede Zelle in meinem Körper verlangt nach einem Bett. Als Kate Zoe bat, bei der Geburt dabei zu sein, »weil Giles nutzlos ist«, war mir nicht klar, dass meine Anwesenheit ebenfalls erforderlich sein würde. Trotzdem fuhr ich Zoe gern her, als Kate anrief, um Bescheid zu geben, dass sie mit Wehen im Krankenhaus lag. Und nachdem wir angekommen waren, erzählte mir Zoe immer wieder, dass »es jetzt nicht mehr lange dauern wird«. Zwölf Stunden später ... Aber es macht mir nichts aus. Tatsächlich bin ich auch ein bisschen neugierig, wo doch die

Chancen auf ein eigenes Kind für mich schlecht stehen.

Zoe ergreift meinen Arm und zieht mich ins Zimmer. Auf dem Bett hält Kate das winzigste Baby im Arm, das ich je gesehen habe, und es hat eine schrumpelige rosa Haut. Sowohl sie als auch Giles starren ihr kleines Mädchen an, als könnten sie nicht glauben, dass es hier ist, dass es für immer ihnen gehören wird. Etwas in mir zieht sich schmerzhaft zusammen, und ich lächle, um es zu überspielen.

»Glückwunsch!« Ich berühre Kate am Arm und klopfe Giles auf hoffentlich männliche Art auf den Rücken. »Sie ist wunderschön.«

»Nicht wahr?« Kate grinst mir zu, sie strahlt trotz der langen und schweren Geburt. »Ich habe zwar keine Ahnung, was ich jetzt mit ihr machen soll, aber ...«

»Du findest es schon raus«, sagt Zoe. »Und du kannst jederzeit Tante Zoe anrufen, damit sie vorbeikommt, wenn du eine Pause brauchst!« Sie ergreift wieder meinen Arm. »Na gut, lassen wir der kleinen Familie jetzt mal etwas Raum. Ruf mich an, wenn du zu Hause bist, okay?« Sie beugt sich hinab, um Kate auf die Wange zu küssen, streichelt mit einem Finger die Wange des Babys und bugsiert mich aus dem Zimmer.

Kleine Familie. Ich wiederhole Zoes Worte in meinem Kopf. Giles und Kate sind eine Familie, eine kleine vollständige Einheit, die es gemeinsam mit der Welt aufnimmt. Mann, Frau und Kind, durch Gene und Liebe aneinandergebunden. Nachdem ich sie gesehen habe, wird mir klar, wie sehr ich das auch will, auch wenn ich weiß, dass es nicht dazu kommen wird. Und dadurch sehne ich mich nur noch mehr nach der Intimität einer Ehe.

»Puh.« Im Flur lehnt Zoe sich an mich. »*Das* war ja mal ein Erlebnis! Hast du gesehen, wie winzig das Baby ist? Ich kann kaum glauben, wie klein ihre Fingerchen sind.«

»Ich weiß.« Ich schlinge meine Arme um Zoe und streiche ihr übers Haar.

»Und kannst du glauben, dass Kate jetzt Mutter ist? Ich meine, um Gottes willen, die beiden sind noch nicht einmal ein Jahr verheiratet! Das ist alles so schnell gegangen.«

Ich nicke. Kate und Giles sind das erste Paar von denen, die wir gut kennen, die ein Baby haben. Es ist, als hätten sie eine unsichtbare Trennlinie von der Ehe zur Elternschaft überschritten. Erneut breitet sich dieses Gefühl in meinem Magen aus, und ich muss schwer schlucken. Hat sich Zoes Meinung bezüglich eines eigenen Babys geändert? Und was würde das für uns bedeuten?

Es ist jetzt fast ein Jahr her, seit wir uns begegnet sind – zwei Monate, seit ich eingezogen bin –, und zwischen uns lief es nie besser. Tatsächlich glaube ich nicht, dass es überhaupt noch besser sein *könnte*. Zuerst war ich besorgt, dass sich Zoe zu eingeengt fühlen oder dass dieser große Schritt bei ihr Panik auslösen würde. Aber sie ist so liebreizend und fröhlich wie eh und je, und wir haben ihre Wohnung in ein Zuhause für uns beide verwandelt. Jedes Foto, das wir aufstellen, und jedes Möbelstück, das wir zusammen kaufen, verleiht unserer Beziehung ein Gefühl der Dauerhaftigkeit, und ich hoffe, dass sie eines Tages in der Zukunft – der nahen Zukunft – zustimmen wird, meine Frau zu werden. Ich habe noch nichts gesagt, da ich möchte, dass es eine Überraschung wird, aber ich habe bereits begonnen, nach Ringen zu schauen. Ich kann es kaum erwarten, ihren Gesichtsausdruck zu sehen, wenn ich ihr einen Antrag mache.

»Wie fühlst du dich bei alldem?« Ich mustere ihr Gesicht mit angespannten Schultern. »Hast du deine Meinung über eigene Kinder geändert?«

»Oh Gott, nein.« Sie erschaudert. »Ich habe noch nie zuvor gesehen, wie das genau abläuft, und das will ich auch nie wieder. Es war wie eine Szene aus *Der Exorzist*! Und ganz ohne Medikamente? Verflucht. Und dann dieses Baby! So niedlich, aber ich hätte Angst, es zu zerbrechen.« Sie sieht zu mir hoch. »Nein, ich glaube, wir können so zufrieden sein, wie es jetzt ist.«

Sanft küsse ich sie auf den Kopf und atme den Duft ihres Lieblingsparfüms ein. Wie konnte ich nur so ein Glück haben? »Na komm«, sage ich dann gähnend und greife nach ihrer Hand. »Lass uns nach Hause gehen.«

Kapitel 20

Ich bin in einer Männerversion des Himmels oder der Hölle gelandet: Ich bin mir noch nicht sicher, was von beidem zutrifft. An den Stangen hängen Reihe um Reihe Spitzen-BHs nebst den passenden Höschen. Negligés schweben von gepolsterten Haken herab, zusammen mit einer Art Strapse, die aussieht, als würde sie eher in einen S&M-Club gehören als in mein Bett. Auch wenn Zoe meine Grenzen mit pelzbesetzten Handschellen ausgetestet hat, trug selbst sie niemals solche Unterwäsche.

Ich runzle die Stirn, drehe mich langsam im Kreis und warte auf eine Eingebung … Nichts. Fiona meinte, sie brauche einen Schlafanzug, aber ich werde ihr wohl kaum etwas Langes aus Baumwolle kaufen, oder? Besonders jetzt, da ich mich entschieden habe: Zoe und ich sind Geschichte. Unsere Ehe ist vorbei, und wenn ich nicht will, dass auch mein Leben vorbei ist, muss ich weiterziehen. Schon seltsam, dass ich einst glaubte, ein Schwur würde ausreichen, um zwei Menschen für alle Ewigkeit aneinanderzubinden. Ich gebe es nur ungern zu, aber meine Frau hatte damit recht, dem ›für immer‹ und ›ewig‹ gegenüber misstrauisch zu sein. Vielleicht hätte ich auf sie hören sollen. Mein Herz pocht mit einem dumpfen Schmerz, der aber eher nervig ist – wie ein Loch in einem alten Zahn –, als mir wie einst scharfe Tritte in die Magengrube zu versetzen. Ich schätze, man kann sich an alles gewöhnen.

»Monsieur? Kann ich Ihnen helfen?« Eine Frau mit streng zurückgebundenem Haar und grellrotem Lippenstift kommt auf mich zu, und ich trete einen Schritt zurück.

»Äh, ja, bitte.« Ich fühle, wie mein Gesicht rot wird. »Ich suche nach Nachtwäsche … etwas, das sexy ist«, beende ich lahm meinen Satz.

»Für Sie selbst?«

Oh mein Gott. »Nein, nein«, wehre ich ab, und meine Wangen werden noch wärmer. »Für meine …« Ich halte mich gerade noch davon ab, automatisch »Frau« zu sagen und ergänze hastig »Freundin«. Es ist bizarr, wieder auf diese Bezeichnung zurückzugreifen, und ich bin noch nicht einmal sicher, ob sie überhaupt auf Fiona zutrifft. Ich seufze und erinnere mich daran, wie stolz ich war, Zoe meine Frau nennen zu dürfen, wie ich jede Gelegenheit nutzte, das in Gespräche einzustreuen. Ich verdränge die Erinnerung und versuche, mich auf die zahllosen Modelle zu konzentrieren, die mir die Verkäuferin unter die Nase hält. *Ich bin für so was nicht gemacht*, denke ich und sehne mich kurz nach der einfachen Vertrautheit meines Lebens mit Zoe.

Aber damit ist es vorbei, ermahne ich mich selbst, und zwar schon eine ganze Weile. Unser gemeinsames Leben hat mittlerweile nichts Vertrautes oder nur annähernd Angenehmes mehr.

»Ich nehme das«, sage ich und zeige auf ein dunkelblaues … ist es ein Top oder ein Nachthemd? Ich bin mir nicht sicher, aber es spielt keine Rolle. Es ist verdammt sexy, und Fiona wird darin unglaublich aussehen.

»Größe?«

»Äh, M, schätze ich.« Sie ist nicht so schlank, wie Zoe es mittlerweile ist – zum Glück –, und etwas größer. Gott, ich muss aufhören, an meine Frau zu denken. Ich stelle mir Fionas phänomenalen Hintern vor, und Zoes Gesicht verschwindet aus meinem Kopf.

Ich zahle einen unverhältnismäßig hohen Preis für solch ein Stückchen Stoff, fahre mit dem Fahrstuhl nach unten und verliere mich erneut in der Kakofonie der riesigen Halle.

Kapitel 21

Zoe, Juli 2010

Es ist der erste Jahrestag unserer Begegnung – oder unserer Wiederbegegnung, sollte ich wohl sagen –, und ich beeile mich, um pünktlich in South Bank zu sein. Mein Kundenmeeting ging länger als geplant, mein Computer hat Probleme gemacht, und ich musste noch zurück zu meinem Schreibtisch flitzen, um das Geschenk zu holen. Ich hoffe, es gefällt Edward. Es ist eine Uhr, von der ich weiß, dass er sie unbedingt haben wollte. Ich bemerke jedes Mal, wie er kurz anhält und sie sehnsüchtig betrachtet, wenn wir an dem Laden vorbeigehen. Sie zu kaufen hat meine mageren Ersparnisse fast aufgefressen, aber seine Reaktion auf das Geschenk zu sehen wird es wert sein. Natürlich habe ich ihm, wie es die Tradition verlangt, auch ein hässliches Paar Socken in Neongrün gestrickt. Diesmal aber werde ich nicht verlangen, dass er sie trägt. Er tut mehr als genug, um mir seine Liebe zu beweisen, einfach, indem er so ist, wie er ist.

Während ich den Weg in Richtung unserer Bank entlangeile, kann ich kaum glauben, dass schon ein Jahr vergangen ist und wir seit ungefähr der Hälfte der Zeit sogar zusammenwohnen. Die Tage sind nur so verflogen, ganz ohne Streitigkeiten oder Angst. Alles geht seinen einfachen, natürlichen Gang, weshalb ich in diesem Moment daran glaube, dass wir wahrhaftig zusammengehören. Okay, er könnte morgens diese verfluchten Toastkrümel wegwischen und vielleicht im Bett etwas abenteuerlustiger sein (ich arbeite daran!), aber was die wichtigen Dinge angeht, sind wir uns einig und beide zufrieden damit, alles so zu nehmen, wie es kommt. Etwas anderes bleibt einem ja auch gar nicht übrig, oder? Nicht, wenn man ehrlich zu sich selbst sein will. Edward hat seit dem Augenblick auf Kates Hochzeit nicht mehr übers Heiraten gesprochen, und um die Wahrheit zu sagen, war er so betrunken, dass er sich vermutlich nicht mal mehr daran erinnert. Ich bin mir sicher, er hätte es erwähnt, wenn es ihm wirklich wichtig wäre – er ist nicht der Typ, der solche Dinge für sich behält.

Ich lächle, als ich Edward auf unserer Bank erblicke, die langen Beine vor sich ausgestreckt, und laufe schneller. Obwohl ich ihn erst heute Morgen vor der Arbeit gesehen habe, kann ich es kaum erwarten, meine Arme um ihn zu werfen und ihm einen Riesenkuss zu geben. Ich will nicht, dass wir jemals eins dieser Pärchen werden, die sich nicht mehr anfassen.

»Hey!« Ich springe auf seinen Schoß und liebe es, wie gut unsere Körper zueinanderpassen. Seltsam, wie gut sich das anfühlt, wo er doch groß und schlank ist, während ich die Definition von klein und kurvig bin. Aber irgendwie ist es genau richtig.

»Frohen Jahrestag«, sagt er und beugt sich vor, um mich auf die Lippen zu küssen.

»Also, was machen wir heute Abend?« Ich hatte ihn angefleht, mir die Organisation unseres Dates zu überlassen, aber er bestand darauf und meinte, er hätte einen besonderen Plan. Da ich normalerweise diejenige bin, die unsere Ausflüge orchestriert, ist es irgendwie ganz nett, ausnahmsweise einmal ihm die Führung zu überlassen. Auch wenn er nie etwas sagt, weiß ich, dass er die Shows, zu denen ich ihn schleppe, manchmal etwas seltsam findet. Ich unterdrücke ein Kichern bei dem Gedanken an seinen Gesichtsausdruck letzte Woche, als der komplett männliche Cast eines Schwulen-Musicals gleichzeitig die Hosen runterließ.

»Nun.« Seine Brust wird breiter, als er tief einatmet. Er hebt mich von seinem Schoß und steht auf. Langsam sinkt er auf ein Knie, und mir klappt die Kinnlade herunter. Oh nein. *Nein!* Er wird mir doch keinen Antrag machen, oder? Ich dachte … Ich dachte … Ich schlucke und versuche, die aufsteigende Übelkeit zu unterdrücken.

Was ich auch gedacht habe, ich lag falsch.

Angst schnürt mir die Kehle zu, als er eine kleine samtene Schachtel hervorzieht. Ich will brüllen, will ihn anschreien, das nicht zu tun, das, was wir haben, nicht zu ruinieren, aber mein Mund ist trocken. Alles, was ich hören kann, als er die Schachtel öffnet und ein in zwei miteinander verschlungene Ringe eingebetteter Diamant zum Vorschein kommt, ist das Rauschen meines Pulses in meinen Ohren. Der Ring ist absolut hinreißend, und ich würde ihn liebend gern tragen, aber ich lehne das ab, was damit zusammenhängt. Ich *kann nicht.*

In meinem Magen rumort es, und eine Sekunde lang fürchte ich, mich übergeben zu müssen.

»Das letzte Jahr war das beste meines Lebens«, sagt Edward mit zitternder Stimme. Ich sehne mich danach, die Hand nach ihm auszustrecken, ihn zu beruhigen und ihm zu sagen, dass alles okay ist, aber es nicht okay. Ich weiß nicht, wohin uns das hier führen wird, aber ich habe das Gefühl, dass es nichts Gutes ist.

»Und, na ja, ich will nicht, dass es endet.« Er räuspert sich, und ich weiß, dass ich etwas tun muss. Ich muss ihn stoppen, bevor er mich tatsächlich bittet, ihn zu heiraten. Ich will nicht, dass er die Worte ausspricht und ich die Frage verneinen muss.

Denn ich lehne nicht ihn ab, bin mir aber nicht sicher, ob er das auch genauso sehen wird. »Ich weiß, wir haben nicht darüber geredet, aber …«

»Edward.« Meine Stimme klingt krächzend. »Setz dich zu mir.« Ich greife nach seiner Hand, um ihn hochzuziehen, aber er wehrt sich.

»Warte nur eine Sekunde«, sagt er und versucht, mir seine Hand zu entziehen.

»Nein, wirklich, setz dich hin.« Erneut ziehe ich an seiner Hand, aber er bewegt sich keinen Millimeter. Gott, das wird bald zu einer Farce. »Bitte.«

Meine Stimme muss verzweifelt klingen, denn er stellt sich hin und sinkt dann mit niedergeschlagenem Gesichtsausdruck neben mir auf die Bank. Mit klopfendem Herzen drehe ich mich zu ihm. »Ich liebe dich, das weißt du doch. Oder?«

Er nickt, seine Augen ganz auf mich konzentriert.

»Und wir sind glücklich zusammen. Unglaublich glücklich. Dieses Jahr war auch eins der besten meines Lebens.«

Langsam nickt Edward erneut. »Genau. Und willst du nicht, dass es so weitergeht? Für immer?« Er schiebt eine Locke hinter mein Ohr. »Ich will dir versprechen, dass ich immer für dich da sein werde, in guten wie in schlechten Zeiten. Ich will das tun, Zoe.« Er hält mir wieder den Ring entgegen. »Willst du das nicht?«

Sein Blick hält meinen fest, und eine gefühlte Ewigkeit lang breitet sich das Schweigen zwischen uns aus. Ich will mit ihm zusammen sein, natürlich will ich das. Aber wie kann man ein ›für immer‹ versprechen? Man kann es nicht, das habe ich auf die harte Tour gelernt. Und ich ertrage es nicht, mir vorzustellen, dass wir zwei irgendwann von einem unmöglich zu haltenden Schwur erdrückt werden. Es ist besser, wenn alles so bleibt, wie es ist, an diesem perfekten Ort, ohne Erwartungen oder bindende Verpflichtungen. Wir sind zusammen, weil wir uns dafür entschieden haben, nichts weiter. Mein Mund öffnet und schließt sich, während ich verzweifelt einen Weg zu finden versuche, ihn zu überzeugen, aber er wendet sich ab.

»Ich liebe dich, Zoe.« Er blickt zu Boden, seine Stimme bricht und mein Herz fast mit. »Aber ich will dieses Versprechen: das Versprechen an die Zukunft, an uns. Ich will dich meine Frau nennen und dein Mann sein. Ich dachte, du wolltest das auch.«

Ich berühre seine Wange und drehe seinen Kopf wieder zu mir. »Ich gebe uns und dem, was wir jetzt sind, mit ganzem Herzen mein Versprechen. Aber was eine Ehe angeht … es tut mir leid, aber … ich kann nicht.« Meine Stimme wird zu einem Flüstern, als mich die Traurigkeit zu erdrücken droht. Warum? Warum musste er das tun?

»Glaubst du …« Edward räuspert sich. »Glaubst du, dass du jemals heiraten willst?«

Zum ersten Mal wünschte ich, ich könnte in die Zukunft sehen. Ich wünschte, ich könnte ihm sagen, dass ich es mir irgendwann anders überlege. Dass ich eines Tages an Happy End, Seelenverwandtschaft und all das glaube. Vielleicht werde ich das eines Tages – auch wenn es nicht wahrscheinlich ist. Ich weiß nur, dass ich es jetzt im Moment nicht kann. Ich kann nicht munter ein ›für immer‹ schwören, wenn ich nicht weiß, was die nächsten Jahre bringen. Das werde ich Edward nicht antun. Oder mir.

»Ich weiß es nicht.« Ich presse die Worte heraus.

»Verstehe.« Edwards Gesicht ist bleich und verschlossen, und er beugt sich vor und umfasst meinen Kopf mit seinen Händen. Ich halte den Atem an, mein Herz macht einen Satz. Wird er gehen? Werde ich das zulassen? *Kann* ich meine Meinung ändern? Kann er?

»Ich … ich muss gehen«, sagt er schließlich und sieht mir in die Augen. »Ich liebe dich, aber ich muss gehen.« Er drückt sich von der Bank ab und entfernt sich langsam, als kämpfe er gegen eine unsichtbare Macht an. Alles in mir sehnt sich danach, ihn zu rufen, ihm zu sagen, er solle zurückkommen … aber wozu? Wir haben eine Sackgasse erreicht, eine Barriere, die keiner von uns überwinden kann.

Ich blicke hinunter auf die noch bunt verpackte Schachtel, die seine Uhr enthält. Dann stehe ich auf und gehe in die entgegengesetzte Richtung, während Tränen meine Wangen hinabströmen.

Kapitel 22

Die Sonne steht schon tief, als ich die Dunkelheit der Kirche verlasse und die Steintreppe hinuntergehe. Trotz des Versuchs, meinen Kopf auszuschalten, dreht sich das Gedankenkarussell in mir immer schneller. Vor einer Stunde hatte ich bereits das Verlangen nach einem Drink, jetzt verdurste ich förmlich. Die Cafés füllen sich langsam, es muss allmählich Zeit fürs Abendessen sein, und ich weiß, ich sollte irgendwie zum Hotel finden – oder zumindest versuchen, Edward zu erreichen.

Aber ich will nicht zurück – nicht zu dem Edward, den ich jetzt kenne. Meine Erinnerungen an jenen ersten Abend und die frühen Tage unserer Ehe haben den Riss zwischen den Menschen, die wir waren, und denen, die wir heute sind, nur umso deutlicher gemacht, und eine Welle der Traurigkeit überrollt mich. Ich vermisse uns von früher: wie wir gelacht haben, ohne uns darum zu kümmern, wie laut wir sind; wie Edward meine Hand hielt und mit seinen Fingern über meinen Ehering strich. Ist dieses Paar für immer fort, oder können wir irgendwie wieder zueinanderfinden? Immerhin sind wir, trotz der Gefühlskälte zwischen uns, beide hier in Paris, wenn auch nicht zusammen. Noch nicht.

Ich sinke in den Korbstuhl eines Cafés und schaue betont weg, für den Fall, dass ein Kellner versuchen sollte, Blickkontakt mit mir aufzunehmen. Ich will nur kurz meinen Beinen eine Pause gönnen, bevor ich weitergehe … Gott, die Sonne fühlt sich gut an. Ich schließe die Augen und genieße die Wärme, während das Lachen zweier Frauen, die am Nebentisch miteinander plaudern, in mein Bewusstsein dringt. Ihr freundlicher Liverpool-Dialekt hebt sich vom eleganten Französisch um uns herum ab, und ihr gemeinsames Kichern und der lockere Umgang miteinander machen deutlich, dass sie schon lange befreundet sein müssen.

Eine der Frauen sieht mich zu ihnen herüberblicken und lächelt. »Tut mir leid, dass wir so laut sind«, sagt sie, als ginge sie davon aus, dass ich Englisch spreche. »Meine Freundin hat mir nur gerade eine tolle Neuigkeit erzählt!«

»Glückwunsch«, antworte ich automatisch und beneide sie um ihr heiteres Lächeln und die Seligkeit, die sie ausstrahlen. »Genießen Sie Ihre Feier.«

»Wenn Sie allein sind, warum setzen Sie sich nicht zu uns? Je mehr, desto besser, nicht wahr?«

Ich halte für eine Sekunde inne, unsicher, ob ich wirklich bereit bin für eine Unterhaltung mit zwei mir völlig Fremden. Andererseits: Es sind Fremde. Sie wissen nichts von meiner Vergangenheit, und ich muss nicht die schwere Bürde aus Schuld und Sorgen vor mir hertragen wie einen Schild. Ich war einst eine echte Plaudertasche, die mit allem und jedem reden konnte. Ich bin zwar aus der Übung, aber im Moment vermisse ich es, einfach nur mit Leuten zu *reden*.

»Ja, das wäre nett. Danke.« Ich stehe auf, quetsche mich an den anderen Tischen vorbei bis zu ihrem und strecke ihnen meine Hand entgegen. »Ich bin Zoe.«

»Lucy«, sagt die Frau und streicht ihren dichten schwarzen Pony zur Seite, »und das ist Rachel.«

Rachel, ein winziges Ding mit langen blonden Haaren, schüttelt meine Hand.

»Also, was ist die große Neuigkeit?«, frage ich und beäuge voller Neid das Wasser auf dem Tisch. Gott, im Moment könnte ich für ein Glas töten.

»Ich bin schwanger!«, quietscht Rachel, und ihre Hand gleitet automatisch hinunter zu ihrem Bauch.

»Was das Wasser erklärt.« Lucy rollt mit den Augen in Richtung der Karaffe auf dem Tisch. »Ich meine, wer schleppt seine beste Freundin übers Wochenende nach Paris und zwingt sie dann, *Wasser* zu trinken?«

»Oh, das ist wundervoll«, sage ich automatisch und frage mich, warum ich – bei all den Touristen in Paris – ausgerechnet auf die zwei stoße, die eine Schwangerschaft feiern. Und ein Blick auf Rachel genügt, um zu wissen, dass sie eine dieser nerv-tötend strahlenden und immer frisch aussehenden schwangeren Frauen sein wird, bei denen alles so einfach wirkt. Ich hingegen gehörte zu den *glücklichen* Frauen, deren Morgenübelkeit Tag und Nacht anhielt – praktisch neun Monate lang.

»Ist es wirklich.« Rachel nickt ernsthaft. »Wir haben es schon eine Weile versucht … und zwei Runden künstlicher Befruchtung hinter uns. Das war unser letzter Versuch, und er hat funktioniert! Gott sei Dank. Ich kann mir ein Leben ohne Kinder nicht vorstellen.« Sie hält inne, um einen Schluck Wasser zu trinken, und zum millionsten Mal denke ich, wie ironisch es doch ist, dass vollkommen gesunde Menschen, die keine Probleme haben dürften, ein Kind zu zeugen, es nicht schaffen, während es Edward und mir irgendwie gelungen ist. »Hast du Kinder?«

Ein scharfer Stich durchzuckt mich. »Nein«, murmle ich und starre auf den Metalltisch. »Nein, ich habe keine Kinder.« Worte kratzen in meiner Kehle, Worte, die Milos Geschichte erzählen wollen. Zum ersten Mal möchte ich sie herauslassen, anstatt alles unter dicken Schichten des Leugnens zu vergraben. Ich will, dass die Leute wissen, dass er existiert hat, dass er *gelebt* hat. Aber als ich in die erwartungsvollen Augen von Rachel sehe, kann ich die Worte nicht herausbringen. Denn über sein Leben zu reden bedeutet auch, über seinen Tod zu reden, und das kann ich einfach nicht.

»Beachte sie einfach nicht«, sagt Lucy, die mein Unwohlsein zu bemerken scheint. »Im Moment ist sie von allem besessen, das mit Babys zu tun hat, und will jeden konvertieren. Bei mir wird sie es allerdings schwer haben.«

Ich muss lächeln und denke daran, wie sehr Lucy und Rachel mir und Kate ähneln – zumindest den Menschen, die wir damals waren. Kate sang Loblieder auf das Wunder namens Babys, aber ihre Worte standen in leichtem Widerspruch zu der Spucke auf ihrer Kleidung, den Tränensäcken unter ihren Augen und ihrem leeren Gesichtsausdruck … zumindest in den ersten Monaten. Voller Horror sah ich dabei zu, wie sich ihr unschuldiges Baby jede Nacht stundenlang in einen rotgesichtigen, schreienden Dämon verwandelte, und fragte mich, wer bei vollem Verstand überhaupt *versuchen* würde, ein Baby zu bekommen.

Ich vermisse Kate und ihre forsche, direkte Art. Von Hochzeit über Kinder bis hin zum Umzug in den Vorort, sie war immer an meiner Seite. Aber obwohl sie alles versucht hat, kann sie mir nicht dorthin folgen, wo ich mich jetzt befinde. Eine Erinnerung an eines der wenigen Gespräche, die wir ungefähr sechs Monate nach Milos Tod geführt haben, steigt in mir hoch. Es war mir gelungen, mich aus dem Bett und hinüber zu ihrem Haus zu schleppen, in der Hoffnung, sie würde dann endlich damit aufhören, zu allen möglichen und unmöglichen Zeiten anzurufen – nicht dass ich jemals ans Telefon gegangen wäre. Ich setzte mich vorsichtig aufs Sofa und vermied die Kuscheltier-Menagerie, als handele es sich um tickende Bomben, und ließ meine Gedanken schweifen, während sie mir zu erklären versuchte, dass alles in Ordnung wäre, dass ich mit einer ›neuen Normalität‹ zurechtkommen würde.

Ich brauche keine ›neue Normalität‹!, wollte ich sie anschreien. *Ich brauche meinen Sohn!* Stattdessen nickte ich stumm und vergrub mich noch tiefer in mir selbst, als ich zusah, wie Kates Tochter durch das Zimmer und in die Arme ihrer Mutter flitzte.

Und das war das letzte Mal, das wir miteinander gesprochen haben – oder besser, dass *Kate* gesprochen hat. Sie versuchte immer wieder, mich zu erreichen, klopfte an meine Tür und rief jeden Tag an. Aber wie sollte ich es ertragen, Zeit mit jemandem zu verbringen, der noch eine Familie hatte, der jede Sekunde den süßen Duft seines Kinds einatmen konnte? Dabei zuzusehen wäre die reinste Folter gewesen.

Vielleicht hätte ich ihr das sagen sollen, hätte versuchen sollen, es ihr zu erklären, anstatt sie auszuschließen. Vielleicht wären wir noch Freundinnen, wenn ich wirklich mit ihr gesprochen hätte. Jetzt nagt die Schuld an mir, dass ich niemals auf eine ihrer vielen Nachrichten reagiert habe. Vielleicht gab es auch Zeiten, in denen sie *meine* Unterstützung gebraucht hätte. Einst wusste ich alles über ihr Leben – und umgekehrt. Aber einst hatten wir auch noch keine Ahnung, wie grausam das Leben sein konnte.

»Du willst keine Kinder?«, frage ich Lucy, als mir klar wird, dass sich die Stille etwas zu lang hingezogen hat und von mir eine Reaktion erwartet wird.

Lucy schüttelt ihren Kopf so energisch, dass ihr Pony hin- und herfliegt. »Oh Gott, nein. Ich will für niemanden außer mich selbst verantwortlich sein. Und ich liebe meine Freiheit viel zu sehr. Ich will nicht gebunden sein, verstehen Sie?«

Ich nicke. Ich verstehe das, weil ich genauso empfunden habe, bevor mir klar wurde, dass gebunden sein – jemanden zu haben, auf den man sich verlässt und der sich auf dich verlässt –

nicht unbedingt etwas Schlechtes sein muss. Angsteinflößend, ja, aber auch seltsam beruhigend. »Weißt du, man gewöhnt sich daran. Es ist eine große Veränderung, aber plötzlich ist da diese neue kleine Person in deinem Leben, und obwohl es hart ist, lässt es alles … nicht einfach, aber lohnenswert scheinen.« Ich lächle und erinnere mich daran, was für eine große Umstellung es für mich bedeutete. Ich kann mich nicht einmal mehr daran erinnern, wann Edward und ich das letzte Mal einen Abend für uns hatten, um auszugehen. Ich versuche mich zu entsinnen, durchkämme die letzten Jahre. Vielleicht … vielleicht vor Milos Geburt?

Nachdem er zur Welt gekommen war, sprachen wir zwar ständig davon, einen Babysitter zu besorgen, taten es aber nie. Ich wäre möglicherweise willens gewesen, aber Edward war nicht bereit, ihn irgendjemandem längere Zeit anzuvertrauen, nicht einmal meiner Mutter. Hätte man mir vor meiner Schwangerschaft gesagt, dass ich mit meinem Mann fast zwei Jahre lang nicht mehr ausgehen würde, hätte ich diese Person für verrückt erklärt – ein Baby würde mein Leben auf keinen Fall so drastisch verändern. Aber das tut es. Es ändert alles.

Plötzlich wird mir klar, dass mich die beiden Frauen verwirrt anstarren.

»Moment, sagtest du nicht, du hättest keine Kinder?«

Oh Gott. Ich springe so schnell auf, dass der Tisch wackelt und das Wasser gefährlich in den Gläsern schwappt. Ich kann das nicht. Ich kann nicht darüber reden. Ohne mich auch nur zu verabschieden, eile ich von der überfüllten Terrasse zurück auf die Straße und spüre den verblüfften Blick der beiden Frauen in meinem Rücken.

Ich sinke auf eine Bank, wobei ich versuche, den Taubendreck zu meiden, und versuche, wieder zu Atem zu kommen. Das Gespräch mit den zwei Fremden war das erste Mal, dass ich seit Milos Tod über ihn gesprochen habe, selbst auf diese allgemeine Art. Ich weiß, es ist schwer zu glauben, aber ich konnte es einfach nicht. *Ich konnte nicht.* Es war, als würde ich allein durch das Öffnen meines Munds und das Aussprechen der Worte den Schmerz hereinlassen – den Schmerz, den ich so sehr und so erfolglos versucht hatte zu vermeiden.

Aber ich bin daran nicht zerbrochen. Ich bin noch hier. Ich habe mich ein bisschen geöffnet, und ich atme noch.

Gerade so.

KAPITEL 23

ZOE, AUGUST 2010

Edward ist jetzt einen Monat fort, und ich kann immer noch nicht glauben, dass wir nicht mehr zusammen sind. In der einen Sekunde feiern wir noch unseren Jahrestag, in der nächsten … sind wir getrennt. Aber das zeigt nur einmal wieder, dass ich recht hatte, was das ›für immer‹ angeht: Man weiß nie, was nächste Woche, am nächsten Tag, in der nächsten Sekunde passiert. Recht zu haben ist allerdings kein Trost.

Wirklich zu schaffen macht mir, dass unsere Trennung nicht darin begründet liegt, dass wir einander nicht lieben, jemand von uns den anderen betrogen hat oder etwas zwischen uns schiefgelaufen ist. Eigentlich ist es mit der Zeit sogar immer noch besser geworden. Nein, unsere Trennung basiert allein auf der Tatsache, dass ich nichts schwören möchte, das unmöglich zu halten ist, und Edward ohne diesen Schwur nicht leben kann.

Das war es also. Er hat seine Sachen kurze Zeit später aus unserer Wohnung geholt, während ich auf der Arbeit war. Schmerz durchfährt mich bei der Erinnerung, wie ich die Tür aufschloss und mich plötzlich leere Flecken an der Wand anstarrten, an der vorher seine Poster gehangen hatten, und leere Schubladen im Schlafzimmer, in der sonst seine Sachen lagen. Es spielt keine Rolle, dass ich seine Poster im IKEA-Stil – schwarz-weiße Bäume, die nach Kunst aussehen sollten – immer gehasst habe oder dass ich über seine superordentliche Art des Sockenzusammenrollens nur lächeln konnte. Die Wohnung fühlte sich ausgehöhlt an, und an jenem ersten Abend konnte ich nur auf dem Sofa sitzen und vor mich hinstarren. Früher habe ich meine eigene Wohnung geliebt, aber jetzt hätte ich alles dafür geben, das Gejaule von Radio Four im Hintergrund zu hören oder auch das Gelächter aus *The Big Bang Theory*.

So oft habe ich mein Handy in die Hand genommen, um ihn anzurufen, und genauso oft habe ich es wieder weggelegt. Was sollte ich schon sagen?

Kate hält mich natürlich für verrückt. Über einer Flasche Wein (für mich – sie stillt noch) in der Ecke eines lauten mexikanischen Restaurants in South Bank fragt sie mich, wie zur Hölle ich jemanden wie ihn hätte gehen lassen können – und eines meiner fruchtbarsten Jahre damit vergeuden –, nur, weil ich mich nicht binden wolle.

»Aber ich *will* mich ja binden«, sage ich und lasse den Wein in meinem Mund kreisen. »Das ist es ja. Ich binde mich mit allem, was ich jetzt habe. Es ist nur …« Ich stelle das Glas auf dem Tisch ab. »Woher wusstest du mit Sicherheit, dass du für den Rest deines Lebens mit Giles zusammen sein willst?«

»Das wusste ich nicht.« Sie schüttelt den Kopf. »Verdammt, im Moment würde ich mich liebend gern von ihm scheiden lassen.«

Bei Kates Antwort fährt mein Kopf ruckartig nach oben. Das ist definitiv kein Satz, den ich von meiner hyperromantischen Freundin erwartet hätte. »Was? Ist alles in Ordnung?«

Sie zuckt mit den Schultern. »Ja, schätze schon. Olivia … na ja, es ist schwer. Ein schreiendes Baby bewirkt nicht unbedingt Wunder in einer Beziehung, und dann diese ständige

Müdigkeit … Dazu noch das ewige Streiten darüber, wer was gemacht und wer weniger Schlaf bekommen hat, und schon will man am Ende des Tages das Gesicht des anderen auf keinen Fall mehr sehen. Vergiss kinderfreie Abende. Ich will einfach nur *allein* sein.«

Wow. Ich kann mir nicht vorstellen, so etwas Edward gegenüber jemals zu empfinden, auch wenn ich im Moment wünschte, es wäre so. Das würde die Angelegenheit sehr vereinfachen.

»Wie auch immer.« Kate kippt ihr Wasser runter und beäugt meinen Wein, als hätte sie jahrelang in einem buddhistischen Kloster gelebt. »Ich übertreibe natürlich. Aber die Sache ist, keine Beziehung ist immer und dauerhaft zu hundert Prozent glücklich. Die Dinge ändern und entwickeln sich. Aber man muss an die andere Person glauben, und dass die Liebe stark genug ist, um einen da durchzubringen. Man muss einfach Vertrauen haben.«

Hmm. *Vertrauen haben.* Genau das ist es, und nach meiner Bruchlandung mit Ollie war ich dazu nicht mehr bereit. Aber jetzt, da Edward weg ist, frage ich mich … ich frage mich, ob ich einen Fehler gemacht habe. Schließlich bin ich nicht mehr dieselbe Person, die Ja zu Ollie gesagt hat. Ich bin anders, und Edward ist anders. Vielleicht wird es Zeit, wieder etwas zu wagen. Etwas Vertrauen zu haben, wie Kate gesagt hat.

»Oh mein Gott.« Kate duckt sich.

»Was? Sind deine Brüste wieder undicht?« Sie redet ständig davon, dass sie eine Pumpe braucht, bevor ihre Brüste zu einem Milchwasserfall werden. Ach ja, die Freuden der Mutterschaft.

»Da drüben ist Edward.« Sie nickt in die entsprechende Richtung, und ihre Stimme sinkt zu einem Flüstern ab.

Oh mein Gott. Eine Mischung aus Nervosität, Angst und Aufregung durchfährt mich, und in meinem Inneren zittert alles. Ich wusste, es gab einen Grund, dass wir heute nach South

Bank gefahren sind. Von allen Orten … ich weiß nicht, was ich zu ihm sagen werde, aber ich weiß, dass ich diesen Ort nicht verlassen kann, ohne mit ihm geredet zu haben.

»Zoe …« Kate legt mir eine Hand auf den Arm, aber ich stehe bereits und schiebe meinen Stuhl zurück.

Verflucht. Ich erstarre an Ort und Stelle, und mir stockt das Blut in den Adern. Er ist nicht allein. Seine Begleitung ist eine schlanke Rothaarige, ein zartes kleines Ding, bei deren Modelmaße ich mich nur umso unförmiger fühle. Ganz offensichtlich haben die beiden ein Date. Er grinst auf diese freche Art, die mir so vertraut ist, und seine Hand liegt auf ihrer.

Das Blut rauscht so schnell in meinen Adern, dass ich es fast spüre, fast im Weiß meiner Augen sehen kann. Er hat jawohl nicht lange gebraucht, um darüber hinwegzukommen, oder? So viel zum Thema ›für immer‹. Wenn ich wirklich diejenige gewesen bin, mit der er den Rest seines Lebens verbringen wollte, hätte er doch länger gebraucht? Gott, ich konnte noch nicht einmal darüber *nachdenken*, wieder mit jemandem auszugehen.

Scheiß auf ihn.

»Zoe? Bist du okay?« Kate sieht besorgt zu mir hoch.

»Alles gut.« Mit zusammengebissenen Zähnen spucke ich die Worte aus. Zumindest wird bald wieder alles gut sein. Bevor ich auch nur darüber nachdenken kann, was ich tue, begebe ich mich in den lauten Bereich des Restaurants, der teils Bar, teils Salsa-Tanzfläche ist. Ich schiebe mich durch die sich bewegenden Körper zu einem muskelbepackten Mann in einem engen schwarzen T-Shirt.

»Hi«, sage ich mit gezwungenem Lächeln und lasse meine Hüften im Takt der Musik kreisen. Der laute Beat und die Trompeten dröhnen in meinen Ohren, und ich versuche, sie den Schmerz und die Verletzung in meinem Herzen übertönen zu lassen.

»Hey, Baby.« Der Mann legt einen Arm um meine Hüfte

und zieht mich an sich, und ich atme seinen würzigen Geruch nach Schweiß ein, so ganz anders als Edwards frischer und sauberer Duft. Unsere Körper bewegen sich im Takt zur Musik, und als der Mann seine Lippen senkt, um mich zu küssen, drücke ich mich noch mehr an ihn. Aus dem Augenwinkel sehe ich Edwards betroffenes Gesicht, als er sein Date an der Tanzfläche vorbei nach draußen führt, und etwas in mir zerbricht. Das war's. Das war es jetzt endgültig mit uns.

Aber das war es ja vorher schon, oder etwa nicht?

KAPITEL 24

EDWARD, SAMSTAG, 19 UHR

Ich schiebe mich durch die Samstagabend-Einkäufer und habe das Gefühl, als schwebe über meinem Kopf ein großes, leuchtendes Neonschild, das auf die Tüte zeigt und jedem sagt, dass ich Dessous für jemanden gekauft habe, der nicht meine Frau ist. Ich halte die Tasche hinter meinen Rücken und fühle mich dabei idiotisch, kann mich aber nicht davon abhalten. Auf seltsame Art erinnert mich das an die Zeit, als Zoe meinen Antrag abgelehnt und ich das erste Mal wieder ein Date … mit wem doch gleich? Eva. Sie war sehr hübsch und clever, genauso alt wie ich, und meinem Freund zufolge, der uns verkuppelt hatte, ›scharf darauf zu heiraten‹. Ich wollte Zoe so unbedingt vergessen, dass ich mich sofort wieder verabredete, obwohl ich nicht mal ansatzweise dazu bereit war.

Ich seufze und erinnere mich an diesen Monat, getrennt von Zoe, und wie betrogen ich mich fühlte, wie gebrochen. Ich hatte wahrhaftig geglaubt, sie würde mich heiraten – dass sie meine Frau werden würde und wir unsere Zukunft miteinander verbringen würden. In jenen Wochen lief ich unzählige Kilometer und versuchte zu akzeptieren, dass das nicht passieren würde. Dass Zoe, wenn sie mich nicht heiraten wollte, nicht die

Richtige für mich war. All dieses Umherwandern, und trotzdem konnte ich nicht damit abschließen.

Ihr dabei zuzusehen, wie sie mit irgendeinem Kerl rummachte, war der Tropfen, der das Fass zum Überlaufen brachte.

Aber das hier ist völlig anders, sage ich mir und lege an der Parfümtheke etwas Eau de Cologne auf. Schließlich bin ich mittlerweile einige Jahre älter, und meine naive Vorstellung von ›für immer‹ ist in eine Million scharfkantiger Teile zerbrochen, die nie wieder zusammengesetzt werden können. Für immer mit Zoe zusammen sein? Der Gedanke daran lässt mich jetzt erschaudern. Lieber würde ich für immer in einem Iglu leben – das wäre wärmer.

Mein Handy klingelt, und ich ziehe es aus der Tasche. Es ist Fiona. Gott, ich kann kaum erwarten, dass sie ankommt.

»Hallo«, sage ich. »Was gibt's Neues?«

Sie seufzt. »Sieht aus, als würden wir hier noch ein paar Stunden feststecken. Sie sagen jetzt, dass wir vermutlich gegen Mitternacht ankommen. Sei dann also besser wach!«

»Oh, ich werde wach sein, keine Sorge.« Mein flirtender Tonfall überrascht mich selbst – es ist eine Weile her, dass ich ihn benutzt habe. Ich schlafe sowieso nicht mehr als ein paar Stunden pro Nacht. Ich drehe mich hin und her, schiebe das Kissen nach links und rechts, aber sosehr ich es auch versuche, ich liege einfach nie bequem. Es dauerte nicht lange, bis Zoe vorschlug, dass ich im Gästezimmer schlafen könne, und ich folgte dieser Anregung nur zu gern. Jede Nacht so nah bei meiner schweigsamen Frau zu liegen ließ die Entfernung zwischen uns nur noch größer erscheinen.

Fiona legt auf, und ich starre auf die Kleidungsstücke, die auf glitzernden Kleiderbügeln arrangiert sind wie Ornamente. Eigentlich könnte ich mich gleich auch noch ausstatten, wenn ich schon einmal hier bin. Vor mir liegen noch einige Stunden, die ich totschlagen muss, und indem ich mich beschäftige und immer in Bewegung bleibe, habe ich keine Zeit, zurückzublicken.

KAPITEL 25

ZOE, SEPTEMBER 2010

Seit jenem Abend im Restaurant meide ich South Bank wie die Pest. Ich will Edward nicht wiedersehen – ich kann es nicht ertragen, besonders, wenn er mit einer anderen Frau zusammen ist. Bei der Erinnerung daran, wie er so locker mit seinem Date geplaudert hat, an sein Lächeln, das sonst für mich reserviert war, zieht sich mein Herz schmerzhaft zusammen. Als es mir gelungen war, mich von dem Mann auf der Tanzfläche loszueisen, war Edward fort. Ich stolperte zurück zum Tisch, kaum in der Lage zu atmen. Was zur Hölle war gerade passiert?

Ich sank in meinen Stuhl, und Kate griff über den Tisch hinweg nach meiner Hand. Sie sagte nichts – sie hatte ja schon alles gesagt; was gab es sonst noch zu sagen? –, sondern goss mir nur mehr Wein ein und reichte mir ein Taschentuch, während die Tränen meine Wangen hinunterströmten.

Dieser Abend markierte den eindeutigen Tiefpunkt, und in den letzten paar Wochen habe ich mich entweder in die Arbeit vergraben oder zu Hause gesessen und wie verrückt gestrickt, um sowohl meine Hände als auch meinen Geist zu beschäftigen. Auf dem Beistelltisch liegt ein ganzer Stapel Socken; Socken, von denen ich weiß, dass ich sie niemals tragen werde, aber die ich einfach immer weiter produzieren muss. Ich schätze, ich werde sie der Wohlfahrt spenden oder so etwas. Kate hat versucht, mich in einen Pub zu schleppen, zu überreden, zum Essen zu ihr zu kommen, *irgendetwas*, aber ich sage jedes Mal ab.

Dass es mir wirklich absolut schlecht geht, macht es leichter, alles abzulehnen, das mit der Außenwelt zu tun hat. Manchmal sagen die Leute, wenn das Herz leidet, leidet auch die Gesundheit. Nun, bei mir ist das auf jeden Fall so. Mein Magen dreht sich bei dem Gedanken an Essen um, ich wache mit stechenden Kopfschmerzen auf und will die ganze Zeit nur schlafen. Ich würde zum Arzt gehen, wenn ich nicht so offensichtlich depressiv wäre.

Ich bin gerade dabei, ein weiteres Paar Socken zu stricken, als es an der Tür läutet. Mein Herz macht einen Satz bei dem Gedanken daran, dass es Edward sein könnte – in meinem Kopf habe ich schon so oft das Szenario abgespielt, wie er kommt und sagt, dass ›für immer‹ keine Rolle für ihn spielt und er einfach nur mit mir zusammen sein will, dass es mittlerweile praktisch abgenutzt ist. Aber als ich Kates Stimme höre, muss ich lachen und schüttle den Kopf. Natürlich würde Edward nicht vorbeikommen. Warum sollte er, nach meiner kleinen Einlage im Restaurant?

Ich lasse sie unten rein und frage mich, warum sie hier ist. Ich habe sie sicher nicht eingeladen.

»Mein Gott, du siehst furchtbar aus.« Sie umarmt mich, als ich ihr die Tür öffne, und schiebt sich an mir vorbei in die Wohnung. »Ist hier drin eine Garnbombe explodiert?«, fragt sie und schaut sich im Zimmer um. »Ist es das, was du jeden Abend gemacht hast – hier vor dem Fernseher sitzen und Socken stricken? Was bist du, siebzig?«

»Auch schön, dich zu sehen, meine liebe Freundin.« Mein Tonfall ist bissig, aber ich muss grinsen. Sie hat recht: Es sieht wirklich so aus, als wäre eine Garnbombe explodiert.

»Setz dich hin, und ich mach dir einen Tee oder so was.« Sie drückt mich sanft aufs Sofa. »Du bist ja nur noch Haut und Knochen. Hast du etwas gegessen?«

Ich schüttle den Kopf. »Nicht viel. Mein Magen tut sich etwas schwer. Ich bin einfach nicht hungrig.«

»Ich glaube, das ist das erste Mal, dass ich dich so etwas sagen höre!« Kate lacht und beugt sich dann vor, um mich genauer zu mustern. »Du siehst ziemlich blass aus.«

»Ja. Ich bin einfach die ganze Zeit müde, und ich bekomme diese schrecklichen Kopfschmerzen …« Die reizende Migräne von gestern fühlte sich an, als hätte jemand mit einem spitzen Folterinstrument in meine Schläfen gestochen.

»Wie lange geht das schon so?«, ruft Kate aus der Küche, und ich höre den kochenden Kessel pfeifen. Es ist ein wohltuendes Geräusch, und ich schließe die Augen und dämmere etwas weg. Gott, ich bin ja so müde.

»Zoe!«

Kates Stimme reißt mich ruckartig aus meiner Benommenheit. Bin ich tatsächlich gerade eingeschlafen? Ich gähne und reibe mir die Augen. »Tut mir leid, was ist los?«

Kate reicht mir eine Tasse Tee und schiebt dann das Garnknäuel vom Sofa, um sich neben mich zu setzen. »Ich fragte, wie lange das schon so geht.«

»Äh …« Ich versuche, mir die letzten Wochen ins Gedächtnis zu rufen. Es fühlt sich alles so verschwommen an, aber ich glaube, ich habe nicht mehr vernünftig gegessen, seit ich Edward an jenem Abend gesehen habe. »Ich schätze, so einen Monat. Das ist bestimmt nur eine Depression.«

»Das könnte schon sein, aber normalerweise isst du, wenn du deprimiert bist, umso mehr.«

»Stimmt.« Ich kämpfe darum, mich aufrecht hinzusetzen, um nicht wieder einzuschlafen, und erinnere mich an die vielen

Male, die ich Schokoladenkuchen verschlungen oder Chips in mich hineingestopft habe, bis die Tüte leer war.

»Übelkeit, Kopfschmerzen, Müdigkeit …« Kate hält inne. »Glaubst du, es könnte etwas anderes sein?«

»Die Grippe?« Ich schüttle den Kopf. »Nicht so lange.«

Sie streckt die Beine aus. »Wann hattest du das letzte Mal deine Regel?«

Ich zucke mit den Schultern und rechne in Gedanken nach. Bei Edward musste ich niemals eine ungewollte Schwangerschaft in Betracht ziehen, meine Periode und meinen Körper überwachen, wie das bei anderen Männern der Fall gewesen war. Doch langsam dämmert es mir, dass ich meine Regel nicht mehr hatte seit … vielleicht zwei Monaten?

Nein!

»Du glaubst doch nicht, dass ich schwanger bin, oder?« Allein die Worte laut auszusprechen verursacht mir Übelkeit. »Das ist nicht möglich! Du weißt, dass ich seit Edward niemanden mehr hatte, und er kann es schließlich nicht gewesen sein.«

»Gibt es denn eine Möglichkeit – wenn auch nur eine kleine –, dass er doch dazu fähig ist?«

Ich schüttle den Kopf. »Ich glaube nicht, nein. Ich bin mir sicher, er hätte es mir gesagt, wenn auch nur die geringste Möglichkeit bestünde. Ich weiß, dass er wirklich Kinder will, und er hatte Angst, ich würde gehen, als er mir gesagt hat, dass er keine haben kann. Sicherlich hätte er es mich wissen lassen, wenn es irgendwie möglich gewesen wäre.«

»Nun, vielleicht weiß er es selbst nicht. Ich meine, es sind schon seltsamere Dinge passiert. In unserem Geburtsvorbereitungskurs gab es ein Paar, dem man gesagt hatte, dass es niemals Kinder haben würde. Und dann – schwupps! – war sie schwanger.«

Horror überkommt mich. »Oh mein Gott.« Sämtliche verbleibende Farbe schwindet aus meinem Gesicht.

Kate legt eine Hand auf meinen Arm. »Ich will dir ja keine Angst einjagen, aber ich glaube, du solltest einen Test machen, nur um sicherzugehen. Wenn du nicht schwanger bist, kannst du das Thema abhaken … und zum Arzt gehen, weil irgendetwas nicht stimmt.«

Mir ist schon bei dem Gedanken daran, einen Test zu machen, ganz übel. Wie ich damals schon zu Edward sagte, ich bin nicht gegen Kinder, ich bin nur noch nicht bereit für welche. Und ganz gewiss nicht jetzt, ohne einen Mann in meinem Leben!

Kate zieht ihre Schuhe an. »Ich lauf los und hol einen. Du bleibst hier sitzen.« Die Tür schlägt zu, und ich höre, wie sie die Treppe nach unten läuft.

Ich schnappe mir meine Nadeln und fange an, wie verrückt Maschen aufzunehmen, als könnte ich vor der Situation davonlaufen, wenn ich nur schnell genug stricke. Die Nadeln bewegen sich manisch vor und zurück, vor und zurück, während sich in meinem Kopf alles dreht. Ich kann keine Mutter sein – und dann auch noch eine alleinerziehende. Ich kann nicht! Ich kann mich kaum um mich selbst kümmern, geschweige denn um ein hilfloses Baby. Was wäre mit der Arbeit? Müsste ich zurück zu meinen Eltern ziehen, als unverheiratete Mutter schamvoll zu Kreuze kriechen? Ich bin einunddreißig, eine unabhängige Frau und all das, aber dort, wo meine Eltern leben, steckt man noch in den Fünfzigern.

Und … was ist mit meinem *Leben*? Meiner Zukunft?

Die Nadeln bewegen sich schneller. *Beruhige dich, beruhige dich.* Ich atme tief durch. Vielleicht bin ich ja gar nicht schwanger. Die Regel kann aus allen möglichen Gründen ausbleiben, und ich war in letzter Zeit auf jeden Fall ordentlich gestresst und neben der Spur. Kopfschmerzen, Müdigkeit … das könnte alles sein.

»Ich hab den Test.« Kate kommt mit einer Tüte aus der

Apotheke hereingestürmt und wirft mir die Schachtel zu. Ich bin versucht, auszuweichen und sie auf den Boden fallen zu lassen, anstatt sie zu fangen. »Hier. Mach ihn sofort, damit du es hinter dir hast.«

Meine Freundin kennt mich gut. Würde sie mich mir selbst überlassen, würde ich die Schachtel vermutlich stundenlang anstarren und mich davon überzeugen, dass ich den Test nicht machen muss, dass alles in Ordnung und Schwangerschaft im Zusammenhang mit meinem Körper ein lachhafter Einfall ist. Aber ich weiß, dass ich in den sauren Apfel beißen muss.

Ich quäle mich hoch, umklammere die Schachtel mit einer Hand und gehe in Richtung Bad. Der Druck auf meiner Blase bedeutet, dass ich sowieso pinkeln muss, und mein Herz schlägt schneller, als mir klar wird, dass ich in letzter Zeit häufiger zur Toilette gegangen bin.

Bring es einfach hinter dich, sage ich mir, öffne die Schachtel, reiße die Folie ab und entferne dann die Kappe. Ich setze mich auf die Toilette und versuche mein Bestes, auf das Stäbchen zu pinkeln, wobei ich fast hoffe, es zu verfehlen und das Ergebnis zu vertagen.

Ich stecke die Kappe wieder auf, lege den Test auf die Fensterbank und wasche meine Hände. Die Sekunden verstreichen, und ich kann einfach nicht hinsehen. Wie in Trance tragen mich meine Füße hinaus zu Kate, die auf dem Sofa sitzt.

»Und?« Ihr Kopf schnappt nach oben, sobald sie mich eintreten hört.

Ich schüttle den Kopf. »Ich weiß es nicht. Er ist da drin.« Ich zeige mit dem Daumen in Richtung Toilette, als wäre sie kontaminiert.

»Soll ich nachsehen gehen?«

Ich nicke. »Bitte.« Ich weiß nicht, warum, aber wenn die Neuigkeit von Kate kommt, wird sie sich etwas weniger drastisch anfühlen … gefiltert durch eine andere Realität. Natürlich nur, wenn das Ergebnis positiv ist. Während mein Kopf weiß, dass es auch negativ sein könnte, erzählt mir mein Körper eine andere Geschichte.

Kate nickt und geht entschlossen ins Bad. Ich höre nichts als Stille – kein scharfes Einatmen, kein »Hurra!« der Erleichterung –, und meine Finger arbeiten heftig an einer Socke, als ich ihre Fußschritte zurück ins Wohnzimmer kommen höre.

Sie setzt sich neben mich aufs Sofa, und ich neige meinen Kopf langsam zu ihrem. Ich kann ihren Gesichtsausdruck nicht deuten.

»Und?«, frage ich endlich, als ich es nicht länger ertrage.

Sie nimmt meine Hand, und ich weiß, wie die Antwort lautet, noch bevor sie es mir sagt.

»Ich bin schwanger«, sage ich, und sie drückt meine Finger. »Ich werde Edward *umbringen*.«

Kapitel 26

Meine Füße brennen vom vielen Laufen. Wo meine Schuhe sie aufgerieben haben, läuft Flüssigkeit aus aufgeplatzten Blasen. Ich bin erst seit ein paar Stunden in Paris, aber es fühlt sich an wie Tage. Ich fühle mich … ich halte inne und versuche, meine Emotionen klar zu benennen. Hinter mir murmelt jemand einen Fluch auf Französisch und läuft an mir vorbei. Ich weiß nicht genau, wie ich mich fühle, nur, dass ich mich nicht wie ich selbst fühle. Zumindest nicht wie die Person, die heute Morgen aus dem Zug gestiegen ist.

Ich weiß zwar, dass die Abende langsam wieder länger werden, da es auf den Sommer zugeht, aber ich weiß auch, dass ich nur noch ungefähr eine Stunde habe, bis es dunkel wird. Ich sollte bei dem Gedanken, die Nacht allein auf den Straßen von Paris zu verbringen, in Panik geraten, aber dem ist nicht so. Jedenfalls noch nicht. Ich befinde mich in einem Schwebezustand zwischen Vergangenheit und Gegenwart, in keiner wirklich verhaftet, aber auch nicht in der Lage, mir die Zukunft vorzustellen.

Genau so habe ich mich gefühlt, als ich mit Milo schwanger

war: nicht in der Lage zu glauben, dass ich es wirklich durchziehen würde, in dem Wissen, dass als künftige Mutter meine Vergangenheit hinter mir lag und die Zukunft als Mutter doch völlig unvorstellbar war. Eine erste Schwangerschaft ist ein Niemandsland, in dem man keine wirkliche eigenständige Person mehr ist, aber auch noch keine Mutter. Ich wünschte, ich hätte diese Zeit mehr genossen, anstatt sie mir wegzuwünschen – aufgeregt, endlich das Baby kennenzulernen, das in mir wuchs.

Früher musste ich immer lachen, wenn die Leute mir sagten, ich solle die ersten Tage und das Kleinkindesalter genießen, weil ›sie so schnell groß werden‹. An manchen Tagen – wenn Milo Bauchschmerzen hatte oder wie am Spieß schrie, weil er seinen Buggy hasste – schien sich die Zeit endlos hinzustrecken.

Aber am Ende hatten diese Leute doch recht. Die Zeit *geht* schnell vorbei. Und wenn man sein Kind nur zwei Jahre hat, kommt sie einem wie ein Wimpernschlag vor. Sein kleines Gesicht – das Gesicht, das langsam verblasste, wie ein Foto, das mit der Zeit von einem Grauschleier überzogen wird – taucht in all seinen Farben vor meinem inneren Auge auf. Ich schließe die Augen und versuche, die Schärfe des Bildes zu bewahren, bevor ich sie wieder verliere. Nur eine Sekunde lang fühlt es sich so an, als hätte ich ihn direkt vor mir. Ich kann fast die Mischung aus Babytüchern, Hefebrot und Erde riechen, die sein Körper ausströmte, und der Ansturm von Liebe überwältigt mich. Durch mich rauschen Erinnerungen, von seinen Tagen als rotgesichtiges Neugeborenes bis hin zu seinem spitzbübischen Ausdruck, wenn er sich die verbotene Fernbedienung schnappte.

Mittlerweile fällt es mir schwer, daran zu denken, dass ich ihn beinahe nicht bekommen hätte. Sie zu verpassen, diese … nun ja, es nur *Liebe* zu nennen, fühlt sich so ungenügend an. Es ist eine heftige, intuitive Emotion, die in jeder Zelle nachhallt, das Gefühl, dass man alles für dieses winzige Wesen tun würde, das man in die Welt gebracht hat.

Denn mir wird klar, was auch geschehen ist – auch wenn mein Märchen zerbrochen ist –, dass ich die Gelegenheit, diese Liebe zu erleben, gegen nichts auf der Welt eintauschen würde. Zum ersten Mal seit Milos Tod möchte ich mich an die Erinnerungen klammern, anstatt sie auszublenden. Jedes einzelne Detail in seinem Leben bewahren. Ich merke, dass ich darin Trost finden kann. Es wird die Schuld niemals auslöschen, aber im Moment überwiegt das gute Gefühl den Schmerz.

Kapitel 27

Edward, September 2010

»Nur einen Augenblick«, rufe ich Eva über meine Schulter hinweg zu, als mein Handy zu klingeln beginnt. Wir sind auf dem Weg zum Abendessen mit ihren Freunden, mit denen ich mich zum Glück gut verstehe. Mit ihr habe ich wirklich den Jackpot geknackt. Na gut, zwischen uns gibt es nicht diesen Funken wie zwischen Zoe und mir – diese allumfassende Emotion, zu allem bereit zu sein. Aber das geht für mich völlig in Ordnung. Mir gefällt, wie sicher es sich anfühlt, wie langsam sich alles entwickelt und dass ich diesmal weiß, in welche Richtung es geht.

Es ist eher ein Spaziergang als ein Autorennen, und das ist genau das, was ich jetzt brauche.

Ich runzle die Stirn, als ich den Namen der Anruferin auf dem Display lese, und gehe ins Schlafzimmer.

»Kate?« Leise schließe ich die Tür hinter mir. Mein Kopf sagt mir, ich hätte das Handy einfach klingeln lassen sollen, alles aus der Vergangenheit von mir fernhalten. Aber dafür ist es jetzt zu spät.

»Oh, Gott sei Dank bist du ans Handy gegangen.« Ihre Stimme klingt angespannt und hektisch.

»Ist alles in Ordnung?« Ein Gedanke schießt mir durch den Kopf, und Furcht erfasst mich. »Geht es Zoe gut?«

»Wie man's nimmt.« Kates Tonfall ist ernst, und mir wird schlagartig angst und bange. Wir sind zwar nicht mehr zusammen, aber ich kann den Gedanken nicht ertragen, dass ihr etwas passiert sein könnte. »Hör zu, ich weiß nicht mal, ob ich dich hätte anrufen sollen. Giles ist der Meinung, ich sollte mich raushalten. Aber …«

»Aber was?« Meine Stimme ist plötzlich ein paar Töne höher, und ich räuspere mich.

»Zoe ist schwanger.«

Kates Worte treffen mich wie eine Kugel zwischen die Augen. Zoe? *Schwanger?* Eifersucht durchfährt mich mit solcher Wucht, dass ich mich hinsetzen muss. Es ist natürlich ganz offensichtlich nicht mein Baby. Also warum zum Teufel ruft Kate mich an, um mir das mitzuteilen? Ist das eine Art Post-Schlussmach-Folter?

»Danke für die Info«, sage ich kalt. »Aber es geht mich nichts an, was in Zoes Leben passiert.«

»Doch, das tut es, Edward.« Kate hält inne, und ich bin versucht, einfach aufzulegen. Die Verbindung zu unterbrechen und den Schmerz wegzuschieben. »Das Baby ist von dir.«

Ich schüttle den Kopf so heftig, dass es in meinem Nacken knackt. Verdammt, hat Zoe Kate nicht erzählt, dass ich keine Kinder haben kann? Muss ich das jetzt auch noch erklären? »Ist es nicht. Ich kann keine Kinder bekommen, also was auch immer vorgeht …« Ich schlucke. »Wünsch Zoe alles Gute. Wiederhören, Kate.«

»Warte!« Kates Tonfall ist fast schon schrill. »Ich weiß, du kannst keine Kinder zeugen. Aber Zoe war mit niemand anderem zusammen, also …«

»Nicht einmal mit diesem Kerl im Restaurant?« Ich kann einfach nicht anders, als zu fragen.

Kate schnaubt. »Das war nur für deine Augen gedacht. Sobald du gegangen warst, hat Zoe den Kerl fallen gelassen.«

Schweigen erstreckt sich zwischen uns, als ihre Worte in meinem Kopf umherwirbeln. War ich *doch* zeugungsfähig? Mein Leben lang habe ich die Worte des Arztes für bare Münze genommen – dass es so gut wie unmöglich sein würde, ein Kind zu bekommen. Ich spanne den Kiefer an. Lag er vielleicht falsch? Habe ich irgendetwas missverstanden? So viel aus dieser Zeit ist nur noch eine verschwommene Erinnerung an Schweißausbrüche und Kopfschmerzen – ganz zu schweigen von dem Schmerz, dem Horror und der Peinlichkeit der geschwollenen Testikel, die bei meiner Krankheit erschwerend hinzukamen.

»Hör mal, ich weiß, das ist ein Schock«, unterbricht Kate meine Gedanken, »aber ich musste es dir einfach erzählen. Zoe ist, na ja … sie ist nicht sicher, was sie tun soll.«

»Denkt sie darüber nach, es nicht zu bekommen?« Meine Stimme klingt hoch und dünn, und erneut muss ich mich räuspern.

»Ich glaube, sie ist durcheinander.« Kate hält inne. »Aber hör mal, ich weiß, ihr zwei liebt euch noch. Oder zumindest weiß ich, dass sie dich noch liebt. Ich habe sie noch nie so gesehen, in solch einem Zustand, nachdem ihr zwei euch getrennt habt – noch nicht einmal bei ihrem letzten Verlobten.«

Letzter Verlobter? Was zum Teufel? Nach allem, was sie mir erzählt hat – nachdem wir uns deswegen getrennt haben –, war Zoe mit jemand anderem verlobt?

»Diese ganze Angelegenheit mit dem Heiraten … nun ja, jetzt ist noch jemand anderes davon betroffen. Ein Baby. *Euer* Baby. Ich glaube wirklich, ihr solltet miteinander reden. Und zwar bald, bevor sie etwas unternimmt.«

Im Hintergrund höre ich Kinderweinen, und Kate seufzt. »Ich muss Schluss machen. Zoe wird mich umbringen, wenn sie

127

erfährt, dass ich es dir erzählt habe, aber ich konnte sie damit nicht einfach allein lassen. Was auch passiert, was ihr auch entscheidet, ich denke, ihr solltet das gemeinsam tun.«

»Danke, Kate.« Ich lege auf, erhebe mich und reibe mir die Augen. Meine Glieder fühlen sich schwer an, belastet von all den Informationen, die ich noch nicht verarbeiten kann. *Zoe war schon einmal verlobt? Sie ist schwanger, und das Baby ist von mir? Ich kann vielleicht doch Kinder bekommen?* Es ist so unglaublich, es fühlt sich an, als wäre ich in eine andere Realität gestolpert.

»Edward! Komm schon, sonst kommen wir zu spät!«, ertönt Evas glockenhelle Stimme, und ich atme tief durch, als mich Staunen und Freude durchdringen. Ich brauche Zeit, um über all das nachzudenken, es irgendwie zu verstehen. Ich drehe meinen Kopf und versuche, die Anspannung aus meinen Schultern zu bekommen, während mir viele Gedanken durch den Kopf gehen. Ich will ein ›für immer‹, ja. Das wird sich niemals ändern. Aber Kate hat recht: Jetzt ist noch jemand anderes davon betroffen. Und wenn ein gemeinsames Kind nicht die ultimative Bindung darstellt, dann weiß ich auch nicht, was es sonst sein sollte. Außerdem ... wenn Zoe schon einmal bereit war zu heiraten, wird sie es vielleicht wieder sein. Wenn es nur eine schlechte Erfahrung war, die sie davon abgehalten hat, kann sich das vielleicht ändern. Ein Funken Hoffnung erwacht in mir. Vielleicht wird aus Zoe und mir *doch* noch was. Ein Bild von uns beiden, wie wir so wie Kate und Giles auf unser rosafarbenes Baby schauen, blitzt vor meinem inneren Auge auf, und das Verlangen überwältigt mich fast.

Denk praktisch, ermahne ich mich und zwinge meinen Pulsschlag, sich zu beruhigen. Ich kann nicht einfach bei Zoe hereinplatzen, selbst wenn ich es wollte. Ich muss herausfinden, ob die Möglichkeit besteht, dass ich doch zeugungsfähig bin.

Ich zweifle nicht an Kates guten Absichten, aber die meiste Zeit ist sie mit ihrem eigenen Kind beschäftigt, und ich weiß, sie und Zoe stehen sich nicht mehr so nahe wie früher. Ich könnte es nicht ertragen, bei Zoe aufzutauchen, bereit, meine zukünftige Familie einzufordern, und dann zu erfahren, dass es nicht von mir ist.

Ich werde morgen als Erstes bei meinem Arzt vorbeischauen und dann überlegen, was zu tun ist.

KAPITEL 28

ZOE, SAMSTAG, 19:30 UHR

Der Himmel wird langsam rosa, und dünne blauviolette Wolken, die schwebende Kreuze bilden, driften dahin. Ich sehe zu, wie sie zusammenkommen und wieder auseinandertreiben, und denke, dass es schon eine Weile her ist, seit ich zum Himmel hochgesehen habe. Zu dieser Uhrzeit krieche ich normalerweise unter meine Bettdecke, was sehr früh ist – ganz anders als die Zeiten, als ich bis Mitternacht aufblieb, um zu stricken, zu lesen oder nur auf dem Sofa zu lümmeln –, aber ich will in der Regel einfach nur, dass der Tag vorbei ist. Ich weiß gar nicht, warum, bringt doch der nächste nur noch mehr derselben Trostlosigkeit mit sich. Aber ich liebe es, in der Dunkelheit des Schlafs zu versinken, in der alles andere ausgeblendet ist … mit Ausnahme der Nächte, in denen die Albträume kommen.

In den ersten Monaten nach Milos Unfall war Schlaf meine Rettung. Ich konnte überall dösen: am Tisch, auf dem Boden, sogar während Edward mit mir redete. Aber dann – ich schüttle den Kopf, will nicht an den Tag denken. An jenem Tag konnte ich nicht mehr einschlafen, kämpfte gegen die Kissen und die Decke, als wären sie schuld an alldem und nicht ich.

Ich ging zu meinem Hausarzt, mit dem verzweifelten Wunsch nach Tabletten, die die Dämonen aus meinem Kopf vertreiben würden, was sie auch für eine Weile taten. Aber irgendwann weigerte sich mein Arzt, das Rezept zu erneuern, und meinte, die Tabletten wären nur als vorübergehende Maßnahme gedacht gewesen. Da kamen die Träume zurück. Durchdringende Schreie. Das Knirschen von Metall und ein Klatschen, als Milo auf dem Boden aufschlug – und Blut. Dunkelrotes Blut, das in Strömen floss. Aus dem Kopf meines Babys, aus meinem Bauch. In Wirklichkeit war nichts davon passiert. In Wirklichkeit war da nur … Stille. Stille und eine kleine Spur von Rot, die anzeigte, dass alles vorbei war. Vorbei, bevor es überhaupt angefangen hatte.

Dann schreckte ich im Bett hoch, verklebte Locken im Gesicht, die Beine nass vor Schweiß, und streckte meine Hand nach Edward aus, bevor ich mich daran erinnerte, dass er nicht mehr da war. Er war niemals da, nicht mehr. Kaum hatte ich die Worte ausgesprochen, dass er im Gästezimmer schlafen könne, floh er praktisch dorthin, und ist dortgeblieben.

Meine Eltern sind der Meinung, ich solle mit jemandem reden. Mom rief sogar einen Trauerberater an und vereinbarte einen Termin. Zu Beginn, als ich verzweifelt nach allem griff, was den Schmerz vielleicht erträglicher machen würde, ließ ich mich auch darauf ein. Ich versuchte es, aber ich konnte nicht sprechen. Letztendlich saß ich fast eine Stunde schweigend da und konzentrierte mich auf das dumme Gemälde eines verlassenen Strands über dem Kopf des Beraters. Es brachte nichts; ich kann noch nicht einmal mit meinem Mann reden, wie sollte es da mit einem Fremden besser laufen?

»Madame?« Eine Stimme durchdringt meine Gedanken, und mir wird klar, dass ich stocksteif unmittelbar vor einer Tür stehe. Vor mir befindet sich ein Mann mit Schlüsseln in der Hand, der ganz offensichtlich möchte, dass ich weitergehe, damit er seinen Laden schließen kann. »Oder möchten Sie hereinkommen?« Er zeigt nach drinnen, wo ich verschiedene Spielsachen in Regalen ausmache, funkelnd in helles Licht getaucht.

»Oh nein, schon gut«, murmle ich, aber meine Augen haben etwas entdeckt, ein Spielzeug aus der Vergangenheit – aus der Vergangenheit meines Sohns. Einen bunten Schmetterling mit faltbaren Flügeln, bedeckt von Spiegeln und Tasten, die quietschende Geräusche hervorbringen. Kate hatte ihn uns nach Milos Geburt geschenkt, und in einem Anflug von Originalität nannten wir ihn Bob. Milo war ein ernstes, aufmerksames Baby, aber Bob brachte ihn immer zum Lachen, selbst wenn er schlecht gelaunt war. Ich muss lächeln, als ich Edward und mich in unserem engen, vollgestopften Wohnzimmer vor mir sehe, wie wir auf dem Boden liegen. Ich habe Milo auf dem Schoß – ein wunderbar warmes und weiches Babybündel –, und Edward lässt Bob quietschend und knarzend um uns herumfliegen. Milo zappelt und quiekt vor Freude, und Edward und ich müssen ebenfalls kichern. Entzückt von unserer Kreation, entzückt vom *Leben*. Voller Lachen und Liebe.

»Bitte, kommen Sie doch herein. Sehen Sie sich um.« Erneut lädt mich der Mann in seinen Laden ein, aber ich schüttle den Kopf. Ich habe alles gesehen, was zu sehen ist.

»Nein, danke. Ich muss jetzt gehen.« Ich lächle ihm kurz zu und zwinge meine Beine dann, sich in Bewegung zu setzen. Zum ersten Mal, seit ich in Paris bin, habe ich das Gefühl, dass ich wirklich gehen *muss*. Diese letzten Stunden, in denen ich zum ersten Mal wieder geredet, wieder gefühlt habe, haben einen kleinen Teil von mir freigelegt … den Teil, der Mutter war. Ich *will* tatsächlich mit Edward reden, dem Vater meines Sohns. Von all den Leuten, die um uns herum waren, nachdem Milo fort war, ist er der Einzige, der Milo wirklich *kannte* – jeden Zentimeter von ihm. Er ist der Einzige, der ebenfalls ein Teil von ihm ist.

Er ist der Einzige, der wirklich weiß, wie es sich anfühlt, unser Kind zu verlieren.

Kapitel 29

Mein Bein zittert, als ich in dem angeknacksten Plastikstuhl im Büro des Arztes sitze. Es fühlt sich an, als läge meine Zukunft in seinen Händen – als könnte er mir entweder alles geben, das ich jemals wollte, oder mich zu meiner Gegenwart verdammen.

»Ich habe keinen Zugang zu Ihrer Vorgeschichte, also ist es unmöglich, Ihnen sofort eine Antwort zu geben«, sagt der Arzt und tippt auf seiner Computertastatur herum. »Aber Unfruchtbarkeit aufgrund von Komplikationen bei Mumps ist ziemlich selten. Eine geringe Spermienzahl könnte vielleicht sein. Waren beide Testikel geschwollen?«

Ich nicke.

»Und hat Ihr Hausarzt Sie für weitere Tests an Kollegen überwiesen?«

Ich beiße mir auf die Lippe und versuche, mich zu erinnern. Was diese Zeit betrifft, kann ich mich lediglich noch an die Scham erinnern, darüber, dass ich so vielen Leuten meine Hoden zeigen musste, sowie an die Gespräche über meine ›Spermienzahl‹ und ›Fruchtbarkeit‹. Nachdem ich wieder gesund war, wollte ich nichts mehr mit Ärzten zu tun haben.

Ich erinnere mich noch schwach daran, wie Mom mich zu einer Folgeuntersuchung zerren wollte, wogegen ich mich mit aller Macht wehrte. Schließlich gab sie auf, und ich führte mein Leben einfach in dem Wissen weiter, dass ich keine Kinder zeugen konnte. Es war auch vorher nie wirklich ein Problem gewesen, da Zoe die erste Frau war, die ich jemals zu heiraten in Betracht gezogen hatte.

»Möglicherweise. Ich bin mir nicht sicher«, sage ich jetzt.

»Nun, Sie müssen ein paar Tests machen, bevor wir eines von beidem mit Sicherheit ausschließen können. Ich überweise Sie in die nächstgelegene Fruchtbarkeitsklinik.« Er klickt weiter auf seinem Computer herum. »Die früheste Verfügbarkeit ist Ende Oktober, am sechzehnten. Ist das okay?«

»Gibt es nicht noch einen schnelleren Termin?« Ich will Zoe keine Gelegenheit geben, die Schwangerschaft abzubrechen, bevor ich es sicher weiß – falls sie darüber nachdenken sollte.

Der Arzt schüttelt den Kopf. »Leider nicht. Ich trage Sie dann für diesen Termin ein, in Ordnung? Sie bekommen einen Brief mit sämtlichen Details.« Er wirft einen nicht sonderlich subtilen Blick auf die Wanduhr über meinem Kopf.

»Okay, na schön«, murmle ich und stehe auf. Die Dinge sind jetzt nur leicht klarer als gestern. In meinem Kopf dreht sich alles durcheinander, und ich weiß noch immer nicht, was ich tun soll. Es ist mir am liebsten, wenn alles geregelt verläuft und keine Unwägbarkeiten existieren. Entweder bindet man sich oder nicht. Entweder ist es mein Kind oder nicht. Hat Kate recht und Zoe war mit niemand anderem zusammen? Wird sie mit mir zusammen sein und unser Baby bekommen wollen – wenn es das tatsächlich ist?

»Geht es Ihnen gut?« Die Stimme des Arztes klingt ungeduldig. Er hat es sichtlich eilig, mich aus seinem Büro zu bekommen und mit seinem nächsten Patienten fortzufahren.

»Ja ja. Danke.« Ich verlasse das Zimmer und schließe die

Tür hinter mir. *Ich will für dich da sein, in guten wie in schlechten Zeiten.* Die Worte meines fehlgeschlagenen Antrags fallen mir wieder ein, und ich schüttle den Kopf. Habe ich das wirklich ernst gemeint? Falls ja, wäre jetzt der Zeitpunkt, es zu beweisen – Ehe hin oder her.

Mir wird klar, dass ich noch nicht bereit bin, uns aufzugeben. Falls Kate recht hat und das unser Baby ist, bin ich bereit, unserer Liebe und unserer Zukunft zu vertrauen.

Ich muss zu Zoe.

Kapitel 30

Zoe, September 2010

Es war überraschend leicht, einen Termin in der Klinik zu bekommen. Ein kurzer Anruf, ein Gespräch mit der Beraterin, die wohl sicherstellt, dass man weiß, was man tut, dann eine SMS von einer anonymen Nummer mit dem Termin: 20. September. Ich weiß nicht, was ich tun soll; natürlich weiß ich das nicht. Ich ändere meine Meinung jeden Tag hundertmal. Aber irgendwie ist es beruhigend, etwas Definitives zu haben, ein Enddatum für all diese Qualen.

Ich weiß nicht, wo die letzte Woche hin ist, aber plötzlich ist heute bereits der Abend vor dem Eingriff. Ich bezeichne es nur ungern als Abtreibung, bei all den hässlichen Assoziationen, die das hervorruft: Protestler, die den Frauen, die durch die Masse in die gesichtslose Klinik zu gelangen versuchen, Plastikföten entgegenstrecken; stechende Schmerzen und Geschabe; hellrotes Blut.

Meine Hand fährt unwillkürlich hinunter zu meinem Bauch, der noch immer so weich und kurvig ist wie sonst auch. Es ist schwer zu glauben, dass sich darin ein Baby befindet, zusammengerollt und gepolstert in meinem Uterus, ständig dabei, sich zu teilen, um ein Mensch zu werden. Denn noch ist es kein Mensch, richtig? Es ist nur eine Ansammlung von Zellen.

Zumindest ist es das, was ich mir die ganze Zeit sage. Und während der Gedanke daran, alleinerziehende Mutter zu sein, in mir den Wunsch erweckt, schreiend wegzulaufen und mir die Haare auszureißen, habe ich doch auch das Gefühl, dass diese Zellen, die irgendwie in mir gelandet sind, eine Chance verdienen: sich zu vervielfachen und ein Baby, eine Person zu werden. Trotz meiner Ängste und der Panik kann ich nicht anders, als mir die Hand dieses winzigen Babys um meinen Finger vorzustellen, während ich es an meine Brust gedrückt halte.

Aber das ist nur ein Schnappschuss von vielen, ermahne ich mich, und blättere im Geist durch die Albumseiten mit dreckigen Windeln, durchdringenden Schreien und ständigem Füttern. Bin ich dazu bereit – allein?

Auf keinen Fall.

Morgen um diese Zeit wird das Ganze ein Ende haben. Ich lehne mich auf dem Sofa zurück und versuche zu analysieren, welche Empfindungen das in mir auslöst. Erleichterung, ja, aber auch … Traurigkeit und eine kleine Leere, vermutlich, weil dieses Ding in mir eine physische Verbindung zu Edward ist, eine zarte Bindung an das, was wir hatten – von dem ich mir wünsche, dass wir es noch immer hätten. Morgen wird das fort sein.

Kate hat mich jeden Tag versucht zu überzeugen, mit ihm zu reden. Sie denkt, ich müsste es Edward sagen, da es auch sein Baby ist. Und, wie sie hinzufügt, zumindest um ihn wissen zu lassen, dass er Kinder haben *kann*. Ich weiß, dass sie recht hat, und das werde ich auch … irgendwann. Im Moment bin ich zu wütend. Wütend auf ihn, auch wenn es nicht wirklich seine Schuld ist. Wütend, dass mir das passiert; wütend, dass er nicht *wusste*, dass es passieren konnte. Ich brauche jemanden, dem ich die Schuld geben kann: jemanden, der einen Sinn darin findet, obwohl ich ihn trotz allem noch liebe. Ich liebe ihn so sehr wie an jenem Tag, als er mir den Antrag gemacht hat.

Aber Liebe genügt nicht immer, oder? Unsere Zukunft wird keine gemeinsame sein. Das hat er ziemlich klargemacht, indem er das alles so schnell hinter sich gelassen hat und vermutlich schon glücklich mit der Frau zusammen ist, die ihm die Hochzeit, die er sich so wünscht, plus die zwei bis drei Kinder schenken wird. Und selbst wenn Edward sein Baby unterstützt, bleibt es doch letztendlich meine Verantwortung. Ich bin die Mutter. Es wird nicht unser Baby sein, es wird meins sein. Und ich bin nicht bereit, das zu schultern.

Die Türglocke läutet, und ich hieve mich vom Sofa, was eine erneute Welle der Übelkeit auslöst. Das ist etwas, was ich definitiv nicht vermissen werde. Kate hat versprochen, heute Abend vorbeizukommen und mir Gesellschaft zu leisten, und das erste Mal in ihrem Leben ist sie früh dran. Ich drücke den Türsummer, um sie reinzulassen, lasse mich wieder aufs Sofa fallen und schließe die Augen. Gott, ich fühle mich, als wäre ich heute einen Marathon gelaufen.

»Im Kühlschrank ist Pizza, wenn du Hunger hast«, sage ich, als ich höre, wie die Tür aufgeht.

»Ich hab keinen Hunger.«

Ich reiße die Augen auf, als ich Edwards Stimme höre. *Was zur ...?* Ich drehe den Kopf und sehe seinen festen Blick, nehme sein mir so vertrautes Gesicht wahr. Seine Augen sind geschwollen, und er sieht aus, als hätte er sich tagelang nicht rasiert. Er trägt das alte T-Shirt mit dem kleinen Loch unter der einen Achselhöhle, und ich schließe meine Augen, um mich vor dem Ansturm der Erinnerungen zu schützen.

»Was machst du hier?« Ich drücke die Locken auf meinem Kopf runter und wische mir mit der Hand übers Gesicht. Er hätte mir sagen sollen, dass er kommt, damit ich mich von einem Sumpfmonster in einen Menschen hätte verwandeln können!

Edward setzt sich neben mich, und der vertraute Geruch nach Minze und Vanille strömt zu mir herüber. »Kate hat mir gesagt, dass du schwanger bist.«

Meine Kinnlade klappt herunter. *Was?* Oh mein Gott, ich werde sie erwürgen. In meinem Kopf dreht sich alles, und ich versuche, etwas zu sagen, aber mir fällt nichts ein.

»Ist es …« Er atmet zittrig ein. »Ist es von mir?« Seine Augen durchbohren mich, und die Zeit steht still. Ich kann die Hitze spüren, die von seinem Bein ausgeht, und bringe etwas Abstand zwischen uns. Wenn ich ihn jetzt berühre, werde ich die Beherrschung verlieren. Ich will ihn so sehr; jede Zelle in mir verlangt danach, dass ich meine Hand ausstrecke, um über sein Gesicht zu streichen, um meinen kleinen Finger durch das Loch in seinem T-Shirt zu stecken, wie ich es früher immer getan habe. Es wäre so einfach, Ja zu sagen – jemanden zu haben, der die Entscheidung mit mir trifft, mich nicht so allein zu fühlen, so *verantwortlich*. Ihn wieder in meinem Leben zu haben, auch wenn es nur für die nächsten paar Tage wäre, auch wenn er dabei nicht mein Partner wäre.

Aber ich kann nicht. Wozu soll das gut sein? Ich habe die Entscheidung getroffen, sein Baby nicht zu bekommen. Ich werde die Dinge nicht noch verkomplizieren – oder ihn *verletzen* –, indem ich ihm von etwas erzähle, das um diese Zeit morgen nicht mehr existieren wird. Wir werden wieder getrennte Wege gehen. Das ist der Pfad, für den wir uns entschieden haben und auf dem wir bleiben müssen.

»Nein.« Das Wort ist nicht mehr als ein Flüstern, und ich räuspere mich. »Nein, es ist nicht von dir.« Es gelingt mir, den Satz auszusprechen, ohne dass meine Stimme bricht, mein Herz jedoch tut es. Die Scherben stechen wie scharfes Glas in meine Rippen, in meine Eingeweide.

139

Er zuckt zurück, als hätte ich ihn geschlagen, und steht dann mit eckigen Bewegungen auf. »Oh. Dann alles Gute«, sagt er steif, geht und schließt die Tür hinter sich.

Stille liegt über dem Zimmer, und ich krümme mich auf dem Sofa zusammen, während mein Körper vom Schluchzen erzittert. Kopfschmerzen pochen in meinem Schädel, und mir wird erneut übel.

Was zur *Hölle* tue ich nur?

KAPITEL 31

Ich berühre dies und das, während ich ziellos durch die Herrenabteilung gehe, ohne zu wissen, wonach ich eigentlich suche. Ich will etwas Neues, etwas, das unberührt ist von meinem früheren Leben. Von der Trauer, der Schwere, die sich wie Blei um den Hals legt, von den Erinnerungen, die wie Granaten einschlagen, wenn du es am wenigsten erwartest.

Deshalb gehe ich in letzter Zeit so oft shoppen. Mein altes Ich hätte ungläubig geschnaubt, angesichts der vielen Zeit, die ich schon in trendigen Geschäften damit zugebracht habe, Sachen zu kaufen, die ich früher nicht einmal mit der Kneifzange angefasst hätte: Jeans, durch die ich kaum meine Füße bekomme, und Hemden mit Paisleymuster. Jetzt, wo meine Haare mit einem Produkt nach hinten gegelt sind, das mir mein Stylist aufgedrängt hat (ich mache sogar um meinen Stammfriseur einen Bogen), erkenne ich mich im Spiegel manchmal selbst nicht mehr. Und genau das will ich.

Fiona scheint mein Umstyling zu gefallen. Als ich das erste Mal mit meiner neuen Jeans und dem frischen Hemd auf der Arbeit erschien, gestand sie mir, dass sie schon seit Jahren darauf brenne, mir etwas Vernünftiges zum Anziehen zu besorgen – nachdem ich sie dabei erwischt hatte, wie sie mir auf den Hintern starrte. Es war schön, wieder von jemandem wahrgenommen zu werden, nachdem ich mich zu Hause so lange unsichtbar gefühlt hatte. Ich weiß, das klingt egoistisch, aber so ist es eben.

Eine Welle der Müdigkeit überkommt mich, und ich sehe mich nach einem Platz um, an dem ich mich hinsetzen kann – nur eine Minute. Ich suche den Bereich vor mir ab und entdecke einen kleinen Verkaufsstand mit einem Waschbecken und einem Stuhl, der Rasuren und Haarschnitte anbietet. Ich fahre mit einer Hand über mein Kinn und spüre das Kratzen winziger Borsten und die drahtigen Haare meines Barts. Es war ein langer Tag, und in der Hektik heute Morgen, den Zug zu erreichen, habe ich mich nicht rasiert. Ich könnte genau das jetzt gebrauchen, wenn ich Fionas Gesicht nicht völlig zerkratzen will. Außerdem wird mich eine kurze Pause wieder frisch machen für die bevorstehende Nacht.

Ich schiebe mich am Geländer vorbei in den kleinen Glasbereich und versuche, dem Mann irgendwie zu erklären, was ich will. Ich habe gerade meinen erbärmlichen Versuch, Französisch zu reden, beendet, als mir eine Idee kommt: *Warum lasse ich nicht gleich den ganzen Kinnbart abrasieren?* Ich hatte meinen Bart nach Milos Geburt wachsen lassen – nicht absichtlich, aber unser Leben war hektisch, ich war müde, und es war zu anstrengend, mich ständig zu rasieren. Und als er älter wurde, liebte er es, seinen Kopf an meinem Kinn zu reiben, und lachte immer über das Gefühl an seiner Haut. Sein übersprudelndes Kichern hallt in meinem Kopf wider, und ein wilder Schmerz durchfährt mich.

»Rasieren Sie ihn ab«, sage ich zu dem Mann und gestikuliere mit der Hand, damit er es auch versteht. »Ich will ihn weghaben.«

Der Mann nickt und zeigt auf den Stuhl. Ich setze mich und verfluche die enge Jeans, die es mir fast unmöglich macht, die Beine übereinanderzuschlagen – von bequemem Sitzen ganz zu schweigen. Ich schließe die Augen und versuche, meinen Geist von allem zu befreien und mich nur auf das Geräusch des Rasierers, der über mein Gesicht fährt, und den würzigen Geruch des Rasierschaums zu konzentrieren.

Ich frage mich, ob es Zoe auffallen wird? Der Gedanke schleicht sich in meinen Kopf, und ich schnaufe ungeduldig. Es spielt keine Rolle mehr, ob sie es bemerkt oder nicht. Sie hat ziemlich klargestellt, dass sie mit mir durch ist. Tatsächlich frage ich mich langsam, ob sie mich überhaupt jemals wollte. Der alte Zorn – ein Zorn, den ich unter vielen Schichten begraben hatte – steigt wieder auf, als ich mich daran erinnere, wie sie mir direkt in die Augen sah und behauptete, dass Milo nicht mein Baby sei. Ich verstehe noch immer nicht, warum sie ihre Meinung änderte und beschloss, Milo doch zu bekommen und mich zu heiraten. Aber ich war so glücklich, als sie endlich einwilligte, mich zu heiraten, dass ich es nie hinterfragte.

Ich lache kurz bitter auf, und der Barbier wirft mir einen fragenden Blick zu. *Endlich* einwilligte, mich zu heiraten, verflucht. Wie erbärmlich, dass meine Frau überzeugt werden musste, erst schwanger werden musste, bevor sie sich der Ehe ergab. Ich will mein altes Ich dafür schütteln, so naiv, so willig gewesen zu sein.

Langsam, ohne hinunterzusehen oder meine Augen zu öffnen, schiebe ich den Ehering von meinem Finger und stecke ihn in die Tasche. Meine Hand und mein Herz fühlen sich leichter an, und ich strecke meine Finger, während der Barbier die vergangenen zwei Jahre von meinem Gesicht entfernt.

KAPITEL 32

ZOE, SEPTEMBER 2010

Meine Augen sind verklebt, mein Mund trocken. Eine unsichtbare Hand greift nach meinen Eingeweiden und verdreht sie, versucht, mein dürftiges Frühstück wieder aus mir rauszupressen. Ich bin im Wartezimmer der Klinik – ein nichtssagender Raum voll mit Frauen jeglichen Alters. Während ich so dasitze, versuche ich, nicht darüber nachzudenken, was in den nächsten Stunden passieren wird. Ich versuche, mich auf das Endergebnis zu konzentrieren: dass alles wieder in Ordnung und normal sein wird. Aber nicht alles wird in Ordnung sein, oder? Ich werde Edward nicht haben.

Die Übelkeit steigt erneut hoch, als ich mich an den Blick in seinem Gesicht erinnere, nachdem ich behauptet hatte, das Baby sei nicht von ihm. Die gesamte Nacht habe ich mit dem Handy in der Hand verbracht, seine Kontaktdetails ausgewählt, das Telefon angestarrt, und wollte ihn verzweifelt anrufen und doch auch *nicht*. Zum millionsten Mal sage ich mir, dass es so am besten ist – für uns beide. Und zum millionsten Mal frage ich mich, ob das wirklich stimmt.

Ist Edward mit dieser Frau *zusammen*? Existiert noch

eine Chance … eine Chance, dass er mich nach wie vor liebt? Zumindest hätte ich mit ihm reden sollen, herausfinden, warum er vorbeigekommen ist. Das muss doch etwas bedeutet haben, oder? Der Schmerz und die Verwirrung und die Emotionen vermengen sich in meinem Kopf und drängen mich, das Ganze endlich abzuschließen. Aber was, wenn es noch einen anderen Weg gibt als diesen hier – einen, den wir zusammen gehen können?

Ich greife nach meinen Stricknadeln und zwinge mich, sie in Bewegung zu halten, vor und zurück, vor und zurück. Das Mädchen neben mir runzelt die Stirn, genervt von meinen hektischen Bewegungen, aber es ist mir egal. Ich will mich in der Beschäftigung verlieren, alles vergessen. Aber während die Nadeln gleißmäßig laut klicken, habe ich immer stärker das Gefühl, einen Fehler zu begehen.

Und es geht nicht nur um Edward. Es geht um dieses Ding in meinem Körper, dieses Baby. Es ist ein Teil von mir; es ist von mir abhängig, auf eine Weise, wie es noch nie jemand zuvor war. Obwohl mir der Gedanke eine Höllenangst einjagt, empfinde ich auch einen unglaublich starken Beschützerinstinkt – als würde ich niemals, nicht in einer Million Jahren zulassen, dass ihm etwas passiert … ironisch, wenn man bedenkt, wo ich gerade sitze. Ich schätze, ich fühle mich wie eine *Mutter*. All die künftige Angst, die Frustration und sämtliche dreckigen Windeln der Welt kommen nicht dagegen an. Ich habe mich immer gefragt, wie sich Kate erst stundenlang darüber beschweren konnte, ein Kind zu haben, um dann immer mit »Das ist es alles wert« zu enden. Jetzt kann ich es irgendwie verstehen.

Okay, ich bin mir also nicht sicher. Bezüglich des Babys, der Zukunft oder sonst etwas. Aber wie Kate schon sagte, niemand ist jemals sicher – nicht zu hundert Prozent. Beziehungen brauchen etwas Vertrauen. Zu *leben* heißt, Vertrauen zu haben. Meine Hand gleitet zu meinem Bauch hinunter, und ich atme die angehaltene Luft aus. Das hier ist eine Erinnerung daran, dass man die Dinge nicht kontrollieren kann. Dinge passieren, und das Beste, was man tun kann, ist zu versuchen, sie durchzustehen – mit den Leuten, die man liebt. Sie von sich zu stoßen, weil man Angst hat, sie zu verlieren, löst keinerlei Probleme. Das weiß ich jetzt.

Aber wird Edward mich noch wollen? Wird er mir meine schreckliche Lüge verzeihen, dass das Baby nicht von ihm ist? Und wird er mir jetzt glauben, wenn ich ihm sage, dass es doch seins ist?

»Zoe, wir wären dann so weit.« Eine Krankenschwester erscheint im Türrahmen und winkt mich herbei.

Mit klopfendem Herzen stehe ich auf und gehe auf sie zu. Aber statt ihr zum Untersuchungsraum zu folgen, schiebe ich mich an ihr vorbei, die Treppen hoch, und flüchte aus der Tür in den frischen, sonnigen Morgen.

Ich atme tief durch und mache mich darauf gefasst zu springen.

KAPITEL 33

EDWARD, SEPTEMBER 2010

Ich habe mich heute zur Arbeit geschleppt, aber obwohl eine Projekt-Deadline bevorsteht und ich wie verrückt programmieren sollte, kann ich mich nicht auf den Bildschirm konzentrieren. Nicht überraschend, da ich letzte Nacht kaum geschlafen habe. Nachdem ich bei Zoe war, saß ich noch stundenlang mit meinem Mitbewohner Gus zusammen, und wir haben Bier getrunken und über Cricket geredet (eine ziemliche Herausforderung angesichts meines nicht vorhandenen Wissens in dem Bereich), während ich versucht habe zu vergessen, was passiert war.

Aber ich kann den Blick auf Zoes Gesicht nicht verdrängen, als sie sagte, das Baby sei nicht von mir ... die Art, wie sie einfach das Nein in den Raum warf, als würde es – als könnte es – mir nichts bedeuten. Als könnte sie nicht erkennen, dass ich bereitwillig auf die rechtliche Bindung einer Ehe verzichten würde, nur für die Chance, mit ihr zusammen zu sein – und unserem Baby.

Mir entfährt ein Seufzer, und ich will mich selbst dafür schlagen, so dumm gewesen zu sein. Ich würde auch Kate gern die Meinung geigen, aber im Moment bin ich zu müde, um auch nur einen zusammenhängenden Satz zu formulieren.

Irgendwie vergeht der Tag, und ich schlurfe zurück zur Wohnung, nachdem ich mehrere Anrufe von Eva ignoriert habe. Ein Teil von mir möchte zu ihr gehen, mich in ihr verlieren und alles andere vergessen. Aber auch wenn ich es versucht habe, nimmt Zoe meine Gedanken zu sehr ein, als dass ich im Moment auch nur in Betracht ziehen könnte, mit einer anderen Frau zusammen zu sein. Ich weiß nur, dass ich Zoe nicht geschwängert habe. Und Zoe selbst habe ich auch nicht, aber damit sollte ich mich inzwischen abgefunden haben. Nachdem Kate mir von Zoes früherer Verlobung erzählt hat, frage ich mich mittlerweile, ob sie je wirklich mein war.

Während ich die staubige Treppe zu unserer Tür hochgehe, höre ich neben dem tiefen Rumpeln von Gus' Stimme die höhere Stimme einer Frau. Mir rutscht das Herz in die Hose. Das Letzte, worauf ich jetzt Lust habe, ist, Gus zu einem Flirt zu verhelfen, ihm die Witze zuzuspielen und ihn tausendmal charmanter wirken zu lassen, als er in Wirklichkeit ist. Ich werde mir ein Bier schnappen, kurz Hallo sagen und dann wieder verschwinden. Ich muss wirklich sobald wie möglich eine eigene Wohnung finden.

Ich stecke den Schlüssel ins Türschloss und drücke sie auf. Mein Kiefer verkrampft sich, als ich sehe, wer da steht. Es ist nicht irgendeine Frau, die Gus aufgelesen hat.

Es ist Zoe.

»Was machst du hier?« Meine Stimme klingt, als käme sie von einem Fremden, kalt und heiser.

»Äh, ich lass euch beiden mal etwas Freiraum.« Gus hebt beschwichtigend die Hände und geht langsam rückwärts aus dem Zimmer, augenscheinlich allzu froh, hier wegzukommen.

Er schlägt die Tür hinter sich zu, und abgesehen vom Summen des uralten Kühlschranks ist es eine Minute lang still im

Zimmer. Ich lehne mich gegen die Wand, will mich nicht mal hinsetzen. »Also?«

Zoe beugt sich vor und schiebt ihre Locken hinter die Ohren. Sogar ihre Haare sehen aus, als hätten sie keine Energie und hängen schlaff herunter, anstatt wie sonst in verrückten Spiralen abzustehen. »Würdest du dich bitte hinsetzen? Du machst mich ganz nervös.« Ihre Stimme klingt unnatürlich, zu hoch und zittrig.

Ich setze mich ihr gegenüber in den Sessel, und die Federn quietschen. Zoe ist sogar noch blasser als am Vorabend, wenn das überhaupt möglich ist, und ihr Gesicht ist schweißnass.

»Edward …« Ihre Stimme bricht, und sie räuspert sich. »Ich habe gelogen. Gestern Abend.«

Ich schüttle den Kopf. Ich kann das Ganze wirklich nicht mehr ertragen. »Du hast gelogen? Du bist also nicht schwanger?«

»Doch, das bin ich.« Ihre Hand fährt hinunter zu ihrem Bauch, und ich kann nicht anders, als ihrer Bewegung mit den Augen zu folgen. Sie sieht aus wie immer – vielleicht sogar eher etwas dünner. Sie atmet ein, und ihr Bauch hebt sich. »Ich bin schwanger. Was das angeht, habe ich nicht gelogen. Aber … es ist von dir.«

Die Worte kommen auf mich zugeflogen, schnüren mir die Kehle zu. Ich lehne mich zurück, als mich Unglauben überrollt, schnell gefolgt von einer Wut, die so stark ist, dass sich meine Brust zusammenzieht.

»Und warum zur Hölle hast du dann gesagt, dass es nicht meins ist?« Meine Beine beginnen zu zittern, und ich stehe auf und laufe durchs Zimmer, versuche, die Emotionen zu bewältigen, die in mir toben. Wie konnte sie mir das nur antun? Sie weiß, dass ich dachte, ich könne niemals ein Kind zeugen. Wollte sie mich wirklich so weiterleben lassen? Und wenn sie beschlossen hat, das Baby zu behalten, wollte sie mir den

Umgang mit meinem eigenen Kind verweigern?

Verdammt! Hasst sie mich so sehr?

Sie springt auf und greift nach meiner Hand. Ich lasse zu, dass sie mich aufs Sofa zieht, und fühle mich leer und taub.

»Es tut mir so leid. Ich war verwirrt und wusste nicht, was ich tun sollte.« Sie hält inne. »Ich dachte, ich wäre nicht bereit, ein Baby zu bekommen, also ergab es keinen Sinn, es dir zu erzählen.«

»*Keinen Sinn?*« Für den Bruchteil einer Sekunde will ich sie schütteln. »Du meinst, abgesehen von dem Fakt, dass ich dachte, ich wäre zeugungsunfähig?«

Ihre Wangen röten sich, und sie beißt sich auf die Lippe. »Ich hätte es dir irgendwann erzählt. Nach … allem.«

»Oh, zu gütig, danke.« Mein Tonfall ist so sarkastisch und bitter, dass ich mich kaum wiedererkenne. Ich habe noch nie so geredet, mit niemandem. Aber Zoe … nun, sie schafft es wie niemand sonst, all diese Emotionen in mir auszulösen.

»Und warum erzählst du es mir jetzt doch?« Ich wende den Blick wieder ihrem Bauch zu, schwankend zwischen Unglauben und Erleichterung. In ihr wächst mein Baby, das Kind, von dem ich dachte, dass ich es nie haben würde – das Kind, von dem mir jetzt klar wird, dass ich es unbedingt will. Ich bin nicht unfruchtbar. Nach allem, was vorgefallen ist, habe ich fast Angst, es zu glauben.

»Ich weiß, dass du wütend auf mich bist, und ich mache dir keinen Vorwurf.« Sie nimmt meine andere Hand, und meine Finger verschränken sich wie von selbst mit ihren, ohne dass ich mich davon abhalten kann. »Aber ich will dieses Baby bekommen.«

Ich nicke langsam und versuche, das alles zu verarbeiten, und mein Herz klopft wie wild. Gestern Abend noch war ich bereit, die Rolle des Vaters und Partners zu übernehmen. Dann wurde mir alles entrissen. Und jetzt ist Zoe hier und sagt mir, dass ich doch Vater werde. Ein unaussprechliches Verlangen überkommt mich, für dieses Kind da zu sein. Ich will es in meinen Armen halten, seine ganze Welt sein.

»Und ich will es mit dir zusammen haben.« Erneut atmet sie tief ein und drückt meine Finger. »Ich will dich heiraten, ich will, dass wir eine Familie sind. Und ich werde nie wieder lügen, das verspreche ich.«

Wie betäubt sitze ich da, mein Blick wandert zu ihr. Sie will mit mir zusammen sein. Sie will *heiraten*? Eine Million Fragen kommen mir in den Sinn: Was ist aus ihrer Allergie gegen das ›für immer‹ geworden? Warum hat sie mir nicht erzählt, dass sie schon einmal verlobt war? Und ich kann ihre grausame Lüge über die Schwangerschaft nicht einfach so abtun. Das ist eine große Sache, sie hat mit meinem Leben gespielt, meinem Glück.

Aber … ich liebe sie. Das tue ich, im Guten wie im Schlechten, und sie hat soeben den Grund beseitigt, aus dem wir uns getrennt haben. Sie ist bereit, sich auf das ›für immer‹ einzulassen, und ich weiß, dass das ein großer Schritt für sie ist. Und selbst wenn sie es nicht wäre, ist da noch etwas anderes: etwas, das alles andere übertrifft.

Wir bekommen ein Baby.

Ich will das mit ihr erleben. Mit ihr zusammen. Mein gärender Zorn darüber, dass sie gelogen hat, die unbeantworteten Fragen – nichts davon ist wichtig. Nicht jetzt. Die Erinnerung an Giles und Kate, die verzückt auf ihr Neugeborenes hinunterblicken, steigt in mir auf, und ein Gefühl der Glückseligkeit durchzuckt mich. Auch ich kann das haben. Wir können das haben. Wir können eine *Familie* sein.

»Edward?« Zoe starrt mich an, und mir wird klar, dass ich eine ganze Weile schweigend dagesessen habe.

»Eine Sekunde.« Ich entziehe ihr meine Hand und laufe in mein Zimmer, in dem die meisten meiner Sachen noch in

Kisten verpackt sind. Ich wühle mich durch einen Haufen Klamotten, werfe Hosen und Unterhosen beiseite. Ich weiß, dass er hier irgendwo ist, ich muss ihn nur finden. Eigentlich hätte ich ihn zurückgeben sollen, aber aus irgendeinem Grund konnte ich das nicht. Meine Finger berühren das schwarze Samtkästchen, ich ziehe es hervor und gehe zurück ins Wohnzimmer. Zoe ist genau da, wo ich sie zurückgelassen habe, an Ort und Stelle festgefroren.

Als sie sieht, was ich in der Hand halte, breitet sich ein strahlendes Lächeln auf ihrem Gesicht aus. Gott, ich habe den Anblick so sehr vermisst, wie sich um ihre Augen herum diese kleinen Fältchen bilden. Bevor ich ein Wort sagen kann, kniet sie sich hin.

»Ich bin dran«, sagt sie. »Edward, ich liebe dich. Ich will mit dir zusammen sein … für immer.« Bei diesen zwei Worten zittert ihre Stimme, aber zumindest hat sie sie aussprechen können. »Willst du mich heiraten?«

Ich ziehe sie hoch, nehme die Schachtel, öffne sie und nehme den Ring heraus. Als ich ihn ihr an den Finger stecke, kann ich nicht umhin zu denken, was ich doch für ein Glückspilz bin.

In diesem einen Augenblick – und für den Rest meines Lebens – habe ich alles.

KAPITEL 34

ZOE, SAMSTAG, 20 UHR

Während der Himmel dunkler wird und über den Straßen von Paris der Abend hereinbricht, überlege ich, wie ich meinen Mann finden kann, bevor es richtig spät wird. Tagsüber umherzuwandern war ja gut und schön, in der Nacht ist das allerdings vermutlich nicht die beste Option. Schon seltsam; jetzt, da ich Edward finden will, fühlt es sich an, als wären meine Sinne verstärkt, als wäre die Welt wieder in meinen Fokus gerückt. Ich bemerke die Männergruppen, die sich an mir vorbeidrängen, die dunklen und leeren Gassen und die Scherben zerbrochener Flaschen, und mein Wunsch, zu meinem Mann zu kommen, verstärkt sich. Ich bin mir allerdings nicht sicher, ob ich mich bei Edward sicherer fühlen werde, und ich weiß auch noch nicht, was ich ihm erzählen werde. Ich will einfach nur eine Verbindung zu ihm und unserem Sohn herstellen, wie ich es seit Jahren nicht mehr getan habe.

Ich fahre mir mit der Zunge über die Lippen und schmecke das Salz vom langen Tag in der Sonne. Früher habe ich es geliebt, stundenlang draußen zu sein, und sämtliche Gesundheitswarnungen ignoriert. Meine Haut wurde braun – im

Gegensatz zu Edwards, die schon bei einem Hauch von Licht krebsrot wird –, und ich sog die Wärme auf und spürte sie tief in meinem Inneren. Im Moment jedoch fühlt sich mein Gesicht gespannt und schmerzhaft an, als wäre ich heute das erste Mal seit Jahren der Sonne ausgesetzt gewesen. Auf gewisse Weise fühle ich mich auch innerlich genauso.

Ich gehe um die Ecke, betrete eine weitere unbekannte Straße und halte auf dem Gehweg nach jemandem Ausschau, den ich nach dem Weg zum Marais fragen kann. Ich weiß noch immer nicht, in welchem Hotel Edward ist, aber der richtige Stadtteil wäre zumindest ein Anfang … und vielleicht finde ich unterwegs eine Telefonzelle. Ich werde ein R-Gespräch führen und ihm erzählen, was passiert ist. Trotz der Distanz zwischen uns macht er sich bestimmt Sorgen. Da bin ich sicher.

Der sinnliche Klang eines Saxofons schwebt durch die nächtliche Luft und wird stetig lauter, je weiter ich die Straße hinunterlaufe. Ich bleibe vor einer schweren Holztür stehen, höre von drinnen Lachen, das Klirren von Gläsern und das leise Summen zahlloser Gespräche. Ich lehne mich gegen das glänzende Holz und atme den Geruch von Farbe und poliertem Messing ein.

Die Tür fühlt sich an meinem sonnenverbrannten Rücken angenehm kühl an, und ich will mich gerade wieder von ihr abstoßen und weitergehen, als mein Gewicht sie stattdessen aufdrückt und ich mich in einem leeren Innenhof wiederfinde. Goldenes Licht fällt auf das Kopfsteinpflaster, und bevor mir klar wird, was ich tue, trete ich durch die Tür in das Licht. Durch eine weitere Tür kann ich in ein großes Stadthaus und den angrenzenden Garten sehen, in dem eine Party in vollem Gange ist. Gäste tummeln sich auf einem getrimmten Rasen, und elegant gekleidete Kellner drehen mit Tellern voll Speisen und Getränken ihre Runden. Beim Gedanken daran, etwas zu essen – irgendetwas –, läuft mir das Wasser im Mund zusammen, und mir wird bewusst, dass ich kaum etwas gegessen habe, seit … ich kann mich nicht einmal mehr erinnern.

Die Band wechselt zu einer schnellen Nummer, und Pärchen wirbeln zur Musik über eine Tanzfläche in der Ecke des Gartens. Obwohl ich todmüde bin, kann ich nicht anders, als im Takt vor und zurück zu wippen. Gott, es ist so lange her, dass ich überhaupt Musik *gehört* habe. Das letzte Mal war …

Die Erinnerung trifft mich mit voller Wucht, und ich atme scharf ein. Das letzte Mal war auf Milos Beerdigung. Die ersten Tage nach dem Unfall sind seltsam verschwommen. Der Unglaube, das Irreale des Ganzen, als würde man in einem Traum leben und irgendwann weckt dich jemand auf und sagt dir, dass alles nur ein Albtraum war. So fühle ich mich noch immer die meiste Zeit.

Da ich nichts weiter tun konnte außer schlafen, übernahm Edward die ganze Organisation. Ich konnte es nicht ertragen. Sich mit den praktischen Dingen zu beschäftigen hätte bedeutet, den Albtraum real werden zu lassen. Es war eine wundervolle Beerdigung – das sagte mir jeder, als wären Beerdigungen etwas, das man auf einer Skala von eins bis zehn bewerten kann. Als könnte man das Leben eines kleinen Jungen, das nur zwei Jahre gedauert hatte, feiern. Um Himmels willen, er hatte doch kaum *gelebt*.

Aber Edward war gründlich. Er grub sämtliche Fotos aus und stellte eine Diashow zusammen, er wählte Milos Kleidung und das Lied … Meine Augen schmerzen vor lauter zurückgehaltenen Tränen, als die Noten von *Sweet Child O' Mine* in meinem Kopf ertönen, sanft und langsam wie ein Schlaflied. In jenen ersten Monaten, als Milo sich zwischen vier und sieben Uhr morgens regelmäßig von einem zufriedenen Baby in einen schreienden Dämon verwandelte, sang Edward ihm dieses Lied vor, wieder und wieder, bis seine Schreie schließlich in einem langen, zitternden Seufzen endeten und er in den Schlaf glitt.

Wir blickten hinab auf Milos engelhaftes Gesicht und sagten uns, was für ein Glück wir doch hatten. Und heute ist mir klar, wie sehr das zutraf. Wir *hatten* Glück, aber unser Glück war endlich. Das Beste, was uns je passiert war, wurde uns genommen und ließ nur uns zurück: eine zerbrochene Version.

Ich zucke zusammen, als ich darüber nachdenke, wie schwer es für Edward gewesen sein muss. Das alles ganz allein zu stemmen. Die Sachen seines Sohns einzupacken, während seine Frau einfach nur schlief. Er *hat* versucht, mich zu erreichen, das wird mir jetzt klar. Ich erinnere mich, wie das Bett nachgab, als er sich neben mich setzte, nach meiner Hand griff und versuchte, meinen Schleier zu durchdringen. Er versuchte zu reden, aber ich … konnte einfach nicht. Ich konnte noch nicht einmal mit meinen eigenen Emotionen umgehen, geschweige denn seinen.

Die Band stoppt, und im ganzen Garten erklingt donnernder Applaus. Ich reibe mir die Augen, und der Drang, mit Edward zu sprechen, wird immer größer und größer, bis er sich fast schon zwanghaft anfühlt. Ich schiebe mich durch das Haus und hinaus in den Garten. Hier hat doch sicher jemand ein Handy für mich, das er mich benutzen lässt, wenn ich die Situation erkläre? Mein Fuß bleibt an einem erhöhten Pflasterstein hängen, ich stolpere nach vorn und kann gerade noch verhindern, dass ich hinfalle. Ich richte mich auf, fahre mit einer Hand durch meine Locken und hoffe, dass ich nicht rausgeworfen werde, bevor ich mir von jemandem ein Handy leihen kann. Unter diesen elegant gekleideten Gästen falle ich in meiner Jeans und dem Shirt auf wie ein bunter Hund.

In der duftgeschwängerten Luft schnappe ich ein paar Fetzen Englisch auf und bewege mich darauf zu. Meine Wangen röten sich, als ich neben einem eleganten Paar mittleren Alters zu stehen komme, das die diesjährige Opernsaison diskutiert.

»Ähm, Entschuldigung?«

Sie drehen sich mit identisch gerunzelter Stirn zu mir um,

und ich werde noch röter. Das ist wirklich eine lächerliche Bitte – sie werden ihr Handy wohl kaum einer völlig Fremden geben –, aber ich muss fragen. Was habe ich schon zu verlieren?

»Ich wurde bestohlen und habe mein Handy und meine Geldbörse verloren. Ich wollte fragen, ob ich mir Ihr Handy leihen dürfte, um meinen Mann anzurufen?« Ich versuche, so vornehm wie möglich zu klingen.

»Ach herrje.« Die Frau hält sich eine Hand vor die Brust. »Geht es Ihnen gut? Haben Sie es der Polizei gemeldet?«

»Ich bin in Ordnung«, sage ich, »und nein, noch nicht. Ich muss einfach nur meinen Mann erreichen, dann wird alles gut.« Ich weiß, dass es das nicht wird – es wird niemals wieder gut –, aber zum ersten Mal, seit Milo fort ist, habe ich das Gefühl, dass es helfen könnte.

»John, gib ihr dein Handy«, sagt die Frau.

John schaut mich genauer an. »Moment mal. Kennen Sie Florence und Guillaume überhaupt? Wurden Sie von ihnen eingeladen?«

Oh, verdammt. Natürlich stoße ich ausgerechnet auf einen typisch misstrauischen Engländer. »Nun … ich kenne sie nicht persönlich, nein«, sage ich. »Aber …«

Seine Frau rollt mit den Augen. »Um Gottes willen, John. Lass die arme Frau doch ihren Mann anrufen. Du kannst doch sehen, dass sie eine Menge mitgemacht hat!«

Verlegen schaue ich an mir hinunter. Ja, das kann man eindeutig sehen.

»Ist ja gut.« Der Mann zieht ein vergoldetes Handy aus der Tasche. »Wie wär's, wenn Sie mir die Nummer sagen, und ich wähle für Sie?«

Gott sei Dank. Ich spule Edwards Nummer herunter, die Zahlen kommen mir ganz automatisch über die Zunge.

»Es klingelt.« John reicht mir sein Handy.

Mein Herz klopft, während ich darauf warte, dass Edward

abnimmt. Irgendwie fühlt es sich so an, als würde ich heute das erste Mal seit Jahren mit ihm sprechen – oder es zumindest das erste Mal seit Jahren wieder wollen. *Komm schon*, sage ich innerlich und trommle ungeduldig mit dem Fuß auf dem weichen Gras. Sicher wird er gleich drangehen. Er muss sein Handy in der Nähe haben, wo ich doch vermisst werde. Richtig?

»Hallo, Sie haben Edwards …«

Mich verlässt der Mut, als das Handy mich zur Anrufbeantworteransage weiterleitet. Warum zur Hölle geht er nicht ans Handy? Was könnte er anderes machen, als nach seiner Frau suchen? Ich räuspere mich und mache mich bereit, ihm eine Nachricht zu hinterlassen.

»Hi, Edward.« Allein seinen Namen auszusprechen fühlt sich ungewohnt an. »Ich bin's. Ich wurde am Bahnhof bestohlen, und mein Handy und meine Brieftasche sind weg. Ich weiß nicht, in welchem Hotel wir sind, daher kann ich dich nicht finden.« Ich schlucke und frage mich, was ich sonst noch sagen kann. Ich kann ihm ja kaum sagen, dass er Johns Handy anrufen soll, und dann den ganzen Abend hier warten, oder? Angesichts des finsteren Blicks, den ich mir gerade einhandle, sollte ich wohl besser zum Ende kommen. »Wie auch immer, ich habe das Handy von jemandem ausgeliehen, um dich anzurufen. Ich werde versuchen, dich auf andere Art zu erreichen.«

Enttäuscht lege ich auf und gebe John das Handy zurück. Ich weiß, dass wir uns in letzter Zeit fremd geworden sind und dass Edward mehr oder weniger sein eigenes Leben lebt – genau wie ich. Aber ich schätze, ich habe immer noch daran geglaubt, dass er für mich da sein würde, wenn ich ihn wirklich bräuchte, wirklich mit ihm reden wollte … wie er es immer war. Angst frisst sich in meine Eingeweide. Hat sich das geändert? *Hat* er uns aufgegeben?

»Alles in Ordnung, meine Liebe?« Die Frau sieht mich besorgt an, und ich schüttle den Kopf.

»Es geht mir gut.« Ich zwinge mich zu einem Lächeln, um den beiden zu zeigen, dass ich nicht verrückt bin. »Können Sie … mir vielleicht den Weg zum Marais beschreiben?«

John nickt. »Gehen Sie draußen nach links, dann laufen Sie zehn Minuten geradeaus. Sie stoßen automatisch auf die Rue des Quatre-Fils. Gehen Sie da wieder links. So kommen Sie zum Zentrum.«

»Okay.« Ich versuche, mir seine Anweisungen einzuprägen. »Danke für das Handy. Einen schönen Abend noch.«

John nickt erneut, ergreift dann den Arm seiner Frau, und die beiden verschwinden wieder in der Nacht. Ich gehe zurück durch das Stadthaus und über den Innenhof und schiebe die schwere Tür auf. Die Straße ist jetzt noch leerer, und die Musik verblasst, je weiter ich die Party hinter mir lasse. Obwohl jeder Muskel in meinem Körper schmerzt, laufe ich schneller.

Ich weiß nicht, wo du bist, Edward, sage ich in meinem Kopf, als würde ich ihm mittels Telepathie eine Nachricht übermitteln. *Aber ich werde dich finden.*

Endlich.

KAPITEL 35

EDWARD, SAMSTAG, 20 UHR

»Okay, Monsieur. Wir sind fertig.«

Ich öffne langsam die Augen, als die Stimme des Barbiers meine sehr angenehme Fantasievorstellung – die bald schon Wirklichkeit werden könnte? – von Fiona und mir im Bett unterbricht. Ich fahre mit einer Hand über mein Kinn und spüre nichts als weiche Haut.

Ich setze mich auf, nehme den Spiegel entgegen, den der Mann mir hinhält, und ziehe bei meinem Anblick überrascht die Augenbrauen hoch. Ja, das bin ich, aber ich sehe nicht mehr so aus wie damals, als ich noch keinen Kinnbart trug. Mein Ebenbild starrt zurück, und das, was ich sehe, lässt mich zusammenzucken: Ich sehe nicht den offenen, neugierigen Blick des jungen Manns, der ich einst war, sondern einen Mann mit leicht hängenden Wangen, die zu den Tränensäcken unter meinen Augen passen. Ich mag die Haare entfernt haben, die Jahre jedoch kann ich nicht auslöschen. Dennoch, ich wollte eine Veränderung, und die habe ich bekommen.

Ich reiche dem Barbier seinen Spiegel. »Vielen Dank«, sage ich und gebe ihm ein paar Euro.

Er nickt und greift nach einem Handtuch, um sauber zu machen, und ich kehre zurück zu der Ladenzeile, wo die Verkäufer damit beginnen, die Kunden in Richtung der Ausgänge zu drängen. Die riesige Wanduhr zeigt beinahe zwanzig Uhr an: noch drei Stunden, bis Fionas Zug ankommt. Ich habe das Gefühl, dieser Tag ist endlos. Normalerweise verfliegen die Stunden dank Arbeit und Freunden – und Fiona – in einem angenehmen Nebel. Ein Tag nach dem anderen trägt mich weiter und weiter fort von den Ereignissen der Vergangenheit. Aber jetzt, ohne meinen gewohnten Tagesablauf, fühlt es sich an, als würde die Zeit stillstehen.

Draußen auf der Straße sind die Cafés und Restaurants voller Leute, die den Samstagabend genießen. Ich gehe an einem Paar vorbei, das sich an einem riesigen Austernteller gütlich tut, und mein Magen knurrt. Ich erinnere mich daran, wie Zoe mich dazu brachte, welche zu probieren. Ich hatte anfänglich meine Zweifel – sie sahen eher aus wie etwas, das man in den Müll wirft, nicht wie etwas, das man essen kann. Aber sobald ich eine probiert hatte, konnte ich nicht mehr genug davon bekommen. Gott, es ist ewig her, dass ich zuletzt welche gegessen habe.

Ob Fiona Austern mag, frage ich mich und reiße meine Gedanken fort von Zoe und zurück zu der Frau, die jetzt wichtig ist. Sie wird vermutlich ausgehungert sein, wenn sie endlich ankommt; vielleicht finden wir ein Lokal, das Austern im Angebot hat. Ich versuche, mir vorzustellen, wie Fiona mir gegenübersitzt, während wir Austern schlürfen, sehe aber doch wieder nur Zoe.

Vielleicht kaufe ich etwas Champagner für später, denke ich und nicke dem Mann hinter der Theke zu, als ich einen Laden betrete. Ich wähle eine kalte Flasche aus dem Kühlschrank und lege ihm ein paar Geldscheine hin. Danach begebe ich mich möglichst langsam zurück in Richtung Hotel, um die Zeit zu überbrücken.

Dort angekommen, lege ich die verpackten Dessous auf das Bett, und mein Handy piept. Ich ziehe es aus der Tasche und stelle fest, dass ich einen verpassten Anruf und eine Sprachnachricht habe. Seltsam, dass ich es nicht habe klingeln hören, aber die Pariser Straßen sind auch nicht unbedingt für ihre Stille bekannt. Der Anruf kommt von einer Nummer, die ich nicht kenne, aber der Ländercode ist Großbritannien. Ich rufe meine Mailbox an und trommle ungeduldig mit den Fingern auf die Bettdecke, während ich darauf warte, zu erfahren, von wem die Nachricht ist.

»Hi, Edward, ich bin's.«

Meine Finger beenden den Anruf, als hätten sie einen eigenen Willen. Ich starre auf das Handy, als würde Zoe gleich daraus hervorspringen … das Letzte, was ich jetzt will. Ich weiß nicht, warum sie von einer fremden Nummer anruft – ist sie in England mit jemand anderem zusammen, so wie ich es hier bald sein werde? In Anbetracht der Tatsache, wie wenig ich über ihr aktuelles Leben und – wie ich gerade erst herausgefunden habe – darüber weiß, wie sie ihre Tage verbringt, liegt es sicher nicht außerhalb des Möglichen. Ich habe keine Ahnung, warum sie anruft, aber es ist mir auch egal. Ich will dieses Wochenende für mich, ohne die Komplikationen und die Traurigkeit der vergangenen Jahre.

Ich stecke das Handy zurück in meine Tasche und schwöre mir, nur zu reagieren, wenn Fiona anruft.

Kapitel 36

Zoe, Oktober 2010

In dem Moment, in dem ich meine Augen öffne, trifft mich die Erkenntnis wie ein Schlag: Heute werde ich heiraten. Heute werde ich versprechen, Edward zu lieben und zu ehren, bis der Tod uns scheidet. Die Worte erklingen in meinem Kopf, und ich setze mich aufrecht hin, während mich eine Welle der Übelkeit überrollt. Immerhin weiß ich, dass das nicht die Nerven angesichts der bevorstehenden Zeremonie sind; es ist das Baby in mir. Jetzt, da ich akzeptiert habe, dass meine Zukunft feststeht, haben sich meine Sorgen bezüglich ›für immer‹ in Luft aufgelöst.

Ich schüttle den Kopf und schwinge meine Beine über die Bettkante. Hätte ich gewusst, dass es so einfach ist, meine Angst vor dem Heiraten zu überwinden, hätten Edward und ich uns niemals getrennt. Aber auf seltsame Weise bin ich auch froh, dass wir es getan haben. Es hat nur bestätigt, wie sehr wir zusammen sein wollen, selbst wenn ein Baby nötig war, damit ich den Sprung wage.

Meine Hand gleitet zu meinem Bauch. Es ist noch früh – ich bin ungefähr im dritten Monat –, aber ich werde diesem kleinen Geschöpf auf ewig dankbar sein, dass es Edward und mich wieder zusammengebracht hat. Wer weiß, was passiert wäre, wenn ich nicht schwanger geworden wäre? Ich würde gern glauben, dass wir einander wiedergefunden hätten, aber das Ergebnis wäre vielleicht anders ausgefallen.

Seltsam, wie ich damals, als Kate mir sagte, sie wäre schwanger, dachte, ein Neugeborenes wäre der ultimative Todesstoß für ein frischgebackenes Ehepaar. Stattdessen war es unser Retter. Und obwohl ich noch immer furchtbare Angst habe, bin ich auch ganz aufgeregt, dieses Baby kennenzulernen, diese perfekte Mischung aus Edward und mir. Außerdem wird Kate mich bei jedem Schritt unterstützen – ich habe sie bereits vorgewarnt, dass sie morgens, mittags und abends panische Anrufe erwarten kann. Zum Glück ist sie als Erste Mutter geworden und weiß, was zu tun ist. Wenn ich sie so mit Olivia sehe, weiß ich, dass es schwer wird … aber ich kann es trotzdem kaum erwarten, zu spüren, wie mich die knubbligen Arme meines Babys umklammern, oder es sanft in den Schlaf zu wiegen.

»Heute heiratest du!« Kate springt auf mein Bett, und ich stöhne erneut, als es auf und ab schwingt. Ich schwöre, sie ist aufgeregter als ich, obwohl es nicht die Art Zeremonie ist, die sie gewollt hätte. Tatsächlich ist es das genaue Gegenteil ihrer sorgfältig vorbereiteten Hochzeit. Mit nur einem Monat Planungszeit – man darf mich ruhig eitel nennen, aber ich wollte wenigstens noch Größe 40 tragen können – haben wir uns für einen kleinen Raum in der Islington Town Hall entschieden, nur mit Kate und Giles sowie unseren Eltern als Gästen.

Ich lächle und denke an den Moment zurück, in dem wir unseren Eltern erzählt haben, dass wir heiraten würden – und ich schwanger bin. Natürlich hatte ich Edwards Mom und Dad schon vorher kennengelernt: Sie sind nett, aber ein wenig distanziert und kalt, als wollten sie einem nicht zu nahe kommen (Edwards Mutter verteilt sogar Luftküsschen). Ich hatte gehofft, die Neuigkeit, dass sie ein Enkelkind bekamen, würde sie etwas auftauen lassen, aber sie bewahrten wie immer Haltung, während ich über Entbindungszeiten und Morgenübelkeit schwadronierte. Meine eigenen Eltern waren das genaue Gegenteil. Mom konnte es kaum erwarten, meinen Bauch anzufassen, und gab mir Ratschläge zu allem, von Schwangerschaftsstreifen bis hin zu Sodbrennen. Früher hatte sie mich mit ihren unerwünschten Ratschlägen in den Wahnsinn getrieben, jetzt sog ich alles auf wie ein Schwamm.

»Na los, machen wir dich fertig!« Kates aufgekratzte Stimme ist mir etwas zu munter für diese Uhrzeit, und ich halte mir die Ohren zu.

»Uns bleiben doch noch Stunden«, beschwere ich mich und bin versucht, mich noch mal hinzulegen.

»Ja, und hast du dich mal angeschaut? Die werden wir auch brauchen, damit du nicht mehr aussiehst wie die Braut von Dracula, sondern, äh … na ja, mehr wie jemand, den Edward heiraten wollen würde.«

Ein paar Stunden später bin ich vom Kopf bis zu den Zehenspitzen aufgebrezelt. Meine Locken wurden mit mehreren Schichten Haarspray fixiert, meine Wimpern mit schwerem Mascara bedeckt, und ich kriege meine Lippen kaum auseinander, so viel Gloss klebt daran. Aber als ich mich im Spiegel erblicke … *wow*. Ich sehe aus wie eine echte Braut, auch wenn mein Hochzeitskleid nur ein tailliertes Vintage-Kleid ist, das ich im Secondhandgeschäft um die Ecke gekauft habe.

»Du bist wunderschön«, sagt Kate und beäugt mein Spiegelbild. »Und ich sage das nicht nur, weil ich Angst vor den Schwangerschaftshormonen habe, die, wie ich weiß, gerade durch deinen Körper rasen.«

Ich lache, denn es stimmt: Emotional bin ich in letzter Zeit etwas instabil. Edward scherzt schon dauernd, dass er mir eine Taschenlampe besorgt, damit ich ihm signalisieren kann, wann er wegbleiben soll. Ich frage mich, was er gerade tut. Eins ist sicher: Diese Art der Vorbereitung ist es nicht. Ich kann von Glück reden, wenn er sich rasiert und seine ausgebeulten Jeans gegen eine Hose ohne Loch eintauscht.

Ich drehe mich zur Seite und betrachte mein Profil im Spiegel. Glücklicherweise ist mein Bauch noch relativ flach – na ja, so flach, wie sonst eben auch.

»Alles klar, Kleines«, flüstere ich. »Dann lass uns mal heiraten.«

Kapitel 37

Ich bin wieder draußen auf der Straße. In diesem Sarg-großen Hotelzimmer hab ich es allein nicht mehr als zehn Minuten ausgehalten. Immer dann, wenn es kurz mal still ist, fallen die unerwünschten Gedanken wie wütende Wespen über mich her: wie Zoe mich ausgeschlossen hat, wie sie gelogen hat, wie sie diejenige war, die alle Entscheidungen für uns getroffen hat. Ich werde mich in ein Café setzen und noch ein Bier trinken, dem Treiben auf der Straße zusehen … alles ist besser, als allein auf dem Zimmer zu bleiben.

Ich sinke in den Korbstuhl eines der vielen Lokale, die die Straße säumen, und nippe an dem Bier, das der Kellner mir gebracht hat. Normalerweise trinke ich nicht so viel, aber es gibt nur wenig, was ich sonst tun kann, während ich auf Fiona warte. Außerdem will ich entspannt und gut gelaunt sein, wenn sie ankommt, nicht völlig abgelenkt von den Gedanken an meine abwesende Frau. Ich klimpere mit dem Wechselgeld in meiner Tasche und frage mich, ob ich noch ein paar Euro mehr aus dem Automaten holen sollte. Während ich den Inhalt meiner Tasche in meine Hand schütte und durchsehe, fällt mir auf, dass mein Ehering nicht darunter ist. Ich schaue in der anderen Tasche nach, aber dort ist er auch nicht.

Verflucht.

Ich fummle mich durch die Ansammlung an Münzen, Schlüsseln und einzelnen Tic Tacs, aber der Ring ist nirgendwo zu finden. Habe ich wirklich meinen Ehering verloren? Die Erkenntnis trifft mich hart. Ich wusste, dass meine Ehe vorbei ist – die Uhr abzulegen, die ich von Zoe bekommen habe, hat diese Entscheidung bereits vorweggenommen –, aber das hier scheint wie ein finaler Urteilsspruch von oben zu sein. Eine Mischung aus Nostalgie und Traurigkeit ergreift mich. Wie sehr wir uns auch voneinander entfremdet haben, dieser Ring war eine Erinnerung an das, was wir hatten, was wir einander versprochen haben: Liebe, für immer. Jetzt ist diese Erinnerung fort. Es sollte keine Rolle spielen, aber irgendwie tut es das doch.

Meine Gedanken wandern zurück zu unserer Hochzeit – dem besten Tag meines Lebens, bevor Milo geboren wurde. Ein Teil von mir konnte das alles gar nicht glauben: Zoe als meine Frau und ein eigenes Kind. Ich konnte ihr den Ring gar nicht schnell genug an den Finger stecken. Als sie dasselbe bei mir tat, blickte ich den Ring an und dachte, dass er dort auch noch am Tag meines Todes sein würde.

Bis dass der Tod uns scheidet.

Das kommt hin – nur, dass es weder meiner noch Zoes Tod war.

Meine Kehle wird eng, und Emotionen drücken meine Brust zusammen. Ich nehme einen großen Schluck Bier. Ich beschließe, dass ich zurück zu Hause als Erstes mit Zoe reden und ihr sagen werde, dass ich ausziehe. Ich bin mir sicher, es wird ihr egal sein – sie spürt die Distanz ebenso wie ich. Zur Hölle, sie ist diejenige, die sie geschaffen hat. Ich werde bei meinen

Eltern unterkommen, bis ich etwas gefunden habe. Vielleicht eine Wohnung wieder in London. Ich kann es kaum erwarten, aus diesem Dorf rauszukommen, in dem die Bäume und die Blumen und die Stille – Dinge, derentwegen wir ursprünglich dorthin gezogen sind – sich jetzt anfühlen, als wollten sie mich ersticken. Ich brauche Lärm, kreischende Sirenen und nächtliche Partygänger.

Ich brauche *Leben*.

Kapitel 38

Edward, November 2010

Ich habe diese Szene so oft in Filmen gesehen, aber nie geglaubt, sie selbst einmal zu erleben. Heute haben wir unseren ersten Ultraschalltermin, bei dem wir das Baby sehen werden, das in meiner Frau wächst.

Meine Frau. Ich kann es gar nicht oft genug sagen. Ich liebe den Klang dieser beiden Wörter und nutze jede Gelegenheit, sie in ein Gespräch einzuwerfen. Zoe rollt dann immer mit den Augen und belehrt mich lachend: »Ich habe auch immer noch einen Namen!«, aber ihre leuchtenden Augen beweisen, dass es ihr ebenso gefällt – trotz all ihrer Proteste. Die Heirat hat unsere Beziehung auf ein neues Level gehoben.

Und der nächste Schritt? Eltern. Ich schüttle den Kopf, während Zoe auf den Untersuchungsstuhl klettert, und erinnere mich an ihre Worte vor gefühlt ewigen Zeiten. *Wir und Eltern! Kannst du dir das vorstellen?* Und jetzt sind wir hier, nur sechs Monate davon entfernt, unser Baby zu bekommen. Ich kann es kaum erwarten. Ich habe Zoe einen Riesenstapel Schwangerschaftsbücher gekauft, und obwohl ich es vor meinen Kumpels niemals zugeben würde – von denen die meisten immer noch jeden Abend im Pub ihr Bier runterkippen –, habe ich selbst die meisten davon ebenfalls gelesen.

Ich weiß, dass das Ganze für Zoe nicht einfach ist. Schließlich ist sie es, deren Körper sich aufbläht, deren Mutterleib das Baby schützt, und es ist ihre Milch, die es ernähren wird. Sie ist diejenige, nach der das Kind rufen wird, wenn es krank ist, wenn es mitten in der Nacht aufwacht, wenn es sich die Knie aufschlägt. Sie wird seine *Mutter* sein, die ultimative Person im Leben jedes Kindes, die ultimative Trösterin und Beschützerin. Kein Vater kann mit dieser heiligen Bindung mithalten, aber ich habe vor, die beste Nummer zwei zu werden, die es geben kann.

»Gut, würden Sie sich bitte hinlegen?« Die Ärztin nimmt das Ultraschallgerät in die Hand, und Zoe lehnt sich zurück, wobei das Papier unter ihr raschelt.

»Ich hebe nur Ihr Shirt an und verteile dieses Gel auf Ihrem Bauch …«

Ich ergreife die Hand meiner Frau, und meine Augen mustern die Konturen ihres Bauchnabels, als könnte ich sehen, was sich darunter befindet. Zoe drückt meine Finger, und an ihrem Gesichtsausdruck kann ich erkennen, dass sie sich noch immer Sorgen macht. Ich habe den Großteil der letzten Nacht damit zugebracht, ihre Zweifel zu zerstreuen.

»Was, wenn etwas nicht in Ordnung ist? Was, wenn sie den Herzschlag überprüfen und es schlägt nicht mehr? Was, wenn …« Sie hat den Kopf geschüttelt, ihr sonst so aufgewecktes Gesicht ist blass und verkniffen.

»Es wird alles gut«, habe ich wieder und wieder gesagt und sie in die Arme genommen. Ich bin nicht sicher, woher ich weiß, dass alles gut wird, aber ich weiß es einfach. Ich weiß, dass dieses Kind, dieses Überraschungsbaby, einfach sein soll. Es hat uns beide zusammengebracht und wird das als Teil unserer Familie auch weiterhin tun.

Der Bildschirm erwacht zum Leben, als die Ärztin mit dem Gerät über Zoes Bauch fährt, und Zoe verzieht das Gesicht. Sie hatte solche Angst, dass die Ärztin nichts würde sehen können, dass sie literweise Wasser getrunken hat und schon vor einer halben Stunde dringend aufs Klo musste. Ich kann mir kaum vorstellen, wie es ihr jetzt geht.

»In Ordnung. Da ist Ihr Baby.«

Zoe hebt den Kopf, und ich beuge mich vor, um den Bildschirm anzustarren. Da vor uns, ganz fest zusammengerollt, ist unser Kind. Mein Herz beginnt zu klopfen, und ich drücke Zoes Finger. Obwohl es eher nach einer Kaulquappe als etwas Menschlichem aussieht, überspült mich eine Welle des Stolzes.

»Geht es ihm gut?« Zoes Stimme klingt angespannt.

»Im Moment sieht alles gut aus«, sagt die Ärztin. »Ich nehme nur noch ein paar Maße.« Sie bewegt die Sonde weiter, klickt ein paarmal mit der Maus und lächelt uns dann an.

»Möchten Sie das Geschlecht wissen?«

»Das können Sie sagen?«, frage ich und runzle die Stirn. »Ich dachte, das kann man erst viel später feststellen.«

»Nun, manchmal. Aber ich bin mir jetzt schon ziemlich sicher.« Ich schaue Zoe an. »Wollen wir es wissen?«

Sie nickt. »Aber unbedingt!«

»Es ist ein Junge«, sagt die Ärztin.

»Ein Junge! Wir bekommen einen Sohn!« Ein breites törichtes Grinsen zieht meine Lippen auseinander, und Zoe grinst mich ebenfalls an. Mir war natürlich beides recht, aber insgeheim hatte ich auf einen kleinen Jungen gehofft. Jemanden, mit dem ich den Ball kicken, den ich später auch zu Spielen mitnehmen und mit dem ich, während er aufwächst, diese besondere Vater-Sohn-Beziehung haben könnte. Ich war vorher schon aufgeregt, aber jetzt platze ich beinahe.

Dieses Kind ist das Wichtigste in meiner Welt – in *unserer* Welt –, und ich werde sein Leben so glücklich und erfüllend machen, wie ich nur kann. Das ist mein Versprechen an ihn, und ich müsste schon tot umfallen, um es zu brechen.

Kapitel 39

Ich drehe mich auf der geschäftigen Straße im Kreis und bin fast versucht, Edwards Namen zu rufen und abzuwarten, ob er wie auf magische Weise auftaucht. Ich habe Johns Richtungsanweisungen genau befolgt und laufe schon seit einer gefühlten Ewigkeit im angeblichen Zentrum des Marais herum. Aber noch immer habe ich keine Ahnung, wohin ich gehen soll – natürlich nicht. Wie dumm zu denken, ich könnte einfach die Straßenblöcke ablaufen und ihn finden.

Obwohl ich keine Ahnung habe, wo sich Edward physisch aufhält, fühle ich mich ihm emotional näher als seit einer Ewigkeit. Ja, es gibt noch immer viel, das uns trennt, und ich weiß, ich kann die Jahre des Schweigens nicht mit ein paar Worten ungeschehen machen, aber … Milo mag fort sein, doch die Erinnerung an ihn verbindet uns noch immer. Edward auszuschließen bedeutet, auch viele gute Erinnerungen an meinen Sohn auszuschließen, an eine Familie, die ich einst hatte. Das ist mir jetzt klar.

Na gut, Zeit, eine Telefonzelle zu finden und ein R-Gespräch zu führen. Diesmal wird er bestimmt abnehmen. Aber zuerst

173

brauche ich einen Augenblick, um zu Atem zu kommen. Ich hatte mir als Ziel gesetzt, so schnell wie möglich hierherzugelangen, als könnte ich durch das Überwinden der Entfernung zwischen uns auch die Mauern einreißen. Ich bin so unglaublich müde, dass mein Körper praktisch vibriert. Ich fühle die sich anbahnenden Kopfschmerzen, wie sie sich in meinen Schläfen sammeln und den Druck hinter meinen Augen erhöhen.

Ich lehne mich gegen eine Ladenfront und lasse mich auf eine Steintreppe sinken. Die Straßen hier sind geschäftig und die Nacht um mich herum lebendig. Das Gemurmel von Stimmen und das Tröten von Hupen erinnern mich an London, an jene Zeiten, in denen ich die Elektrizität der Stadt in mich aufsog – einfach nur herumlief und mich an der Möglichkeit erfreute, dass die vor mir liegende Nacht *überallhin* führen könnte. Underground-Clubs, mitternächtliche Singalongs im Kino, Independent-Theaterbühnen irgendwo im Nirgendwo: London war meine Spielwiese, und ich liebte alles daran. Ich liebte es auch, Edward zu zeigen, was die Stadt zu bieten hatte. Gott, dieses Mädchen – dieses Paar – scheint jetzt so weit weg zu sein.

Auch die Eigenarten von Londons urbaner Szene fühlen sich ungeheuer weit weg an. Das hier ist ein wunderschöner Abend, inklusive all dieser Pariser Klischees, die ich immer gehasst habe: Das Lachen der Gäste in den zahllosen Cafés schwebt durch die warme Luft, Leute gehen Händchen haltend spazieren, und Straßenlaternen leuchten wie Fackeln vor dem sternenübersäten Himmel. Ich schüttle den Kopf und erinnere mich, wie ich Edward damals gewarnt habe, er dürfe Paris für unsere Hochzeitsreise nicht einmal in Betracht ziehen – auf keinen Fall würden wir uns dieser stereotypen Vorstellung von Romantik hingeben.

Jetzt möchte ich die Zeit zurückdrehen und diesem Mädchen sagen, es solle vielleicht etwas sanfter sein. Nicht so viel

Widerstand leisten, jeden Augenblick genießen, Ehefrau und Mutter zu sein ... solange es währt, selbst wenn das bedeutet, ein paar Nächte auf Achse zu opfern und ein paar Stereotype zu akzeptieren. Lustigerweise wäre diese wunderschöne Straßenszene genau das, was mir gefallen hätte, als Milo klein war, bevor ein schäbiger Pub zum meinem Tages-Highlight wurde. Ich war nicht mehr das Mädchen, das bis zum Morgengrauen unterwegs war. Die Zeit hatte mich verändert; Mutter zu sein hatte mich verändert. Und die Trauer hat mich noch einmal verändert.

Jetzt allerdings, in diesem Moment, bin ich einfach nur versessen auf diesen riesigen Teller mit Austern auf dem Tisch mir gegenüber und ergriffen von der Art, wie der Mann leicht den Arm seiner Partnerin berührt und dann lächelt, als wäre sie seine ganze Welt.

Mein Magen knurrt, und meine Hand fährt nach unten und über die Narbe auf meinem Bauch, die einzige physische Erinnerung daran, dass ich ein Kind zur Welt gebracht habe. Noch Monate nach Milos Unfall konnte ich die schwache weiße Linie nicht ansehen. Ich zog mir meine Kleidung so schnell wie möglich über, aus lauter Sorge, ich würde zusammenbrechen, wenn ich sie sähe. Aber jetzt ... meine Finger berühren meine Haut. Jetzt bin ich froh, dass ich sie habe: Sie ist ein Beweis, dass mein Sohn existiert hat, ein Beweis, dass mein Körper ihn versorgt und ihm das *Leben* geschenkt hat – selbst wenn ich ihm auch den Tod gebracht habe.

Kapitel 40

»Zoe!«

Edwards Stimme reißt mich aus dem Schlaf, und ich setze mich im Bett auf. »Uh«, bringe ich heraus und berühre die feuchte Bettdecke unter mir. Es fühlt sich an, als hätte ich auf einem riesigen nassen Fleck geschlafen. »Hast du etwas verschüttet?«

Edward lacht. »Nein. Ich glaube, das kommt von dir.«

»Von mir? Nein«, sage ich verschlafen und lege mich wieder hin. »Ich hab nichts zu trinken mit ans Bett genommen. Diesmal jedenfalls nicht.« Edward beschwert sich immer über meine Sammlung leerer Tassen und Gläser auf dem Nachttisch.

»Zoe, wach auf.« Edward rüttelt an meinem Arm. »Ich glaube, deine Fruchtblase ist geplatzt.«

Beinahe augenblicklich beginnt mein Puls zu rasen. Natürlich, das ist es – wie hatte mir das nicht klar sein können? Nur eins von vielen Dingen, die ich mir in den letzten neun Monaten einzuprägen versucht habe. Dem Himmel sei Dank für Kate und ihr umfassendes – wenn auch manchmal etwas *zu* umfassendes – Wissen über Schwangerschaften.

»Oh, verflucht.« Ich setze mich wieder aufrecht hin, stehe dann vorsichtig auf und zupfe meinen nassen Schlafanzug von meiner Haut. Ich schätze, die Kontraktionen, die ich seit heute Morgen hatte, waren doch nicht nur Vorwehen.

Edward hat meine Krankenhaustasche schon geholt und schlüpft in seine Hose. »Na los, zieh dich an. Wir fahren ins Krankenhaus.«

Ich schüttle den Kopf und lache. »Entspann dich! Wir können noch warten, bis meine Wehen stärker werden. Im Moment fühlen sie sich eher an wie Regelschmerzen. Wenn wir jetzt gehen, schicken sie uns wieder nach Hause und sagen uns, dass wir später wiederkommen sollen.«

Edward schüttelt den Kopf. »Ist mir egal. Komm schon.«

Ich zucke mit den Achseln, weiß ich doch, dass es sinnlos ist, mit ihm zu diskutieren, wenn er diesen störrischen Gesichtsausdruck hat. Außerdem will ein Teil von mir ebenfalls so schnell wie möglich ins Krankenhaus, um sicherzustellen, dass genug Zeit für eine PDA ist. Zum hundertsten Mal erinnere ich mich an Kates Gesicht und ihre Schmerzensschreie, und ich erschaudere. *Auf keinen Fall* will ich eine natürliche Geburt.

Im Krankenhaus lege ich mich auf den Untersuchungstisch und versuche, durch den Schmerz zu atmen, der in meinem Unterleib an Intensität zunimmt.

»Ist alles okay?«, frage ich, als die Hebamme die unteren Regionen meines Körpers abtastet und mich dann an den Überwachungsmonitor anschließt. Sofort höre ich den galoppierenden Herzschlag meines Babys, und Aufregung durchfährt mich. Ich kann es kaum erwarten, ihn kennenzulernen!

Die Hebamme starrt auf die Zahlen, die auf dem Bildschirm aufleuchten, und runzelt die Stirn. »Lassen Sie mich kurz die Ärztin holen, ich bin gleich zurück.«

Edward und ich starren einander an, und er drückt meine Hand. »Was, glaubst du, bedeutet das?«, frage ich ihn. »Sie würde die Ärztin doch nicht holen, wenn alles gut wäre, oder?«

»Warten wir einfach ab, was die Ärztin meint«, sagt Edward mit fester Stimme, aber an seinem zusammengepressten Kiefer kann ich erkennen, dass er sich ebenfalls Sorgen macht.

Nach einer gefühlten Ewigkeit kommt eine gestresst aussehende Ärztin herein. Sie wirft einen Blick auf den Monitor und den entsprechenden Ausdruck und sieht dann zu mir hinunter. »Aus irgendeinem Grund ist Ihr Baby in Gefahr – sein Herzschlag fällt ab. Wir müssen so schnell wie möglich entbinden. Ich werde die Schwestern anweisen, Sie für einen Kaiserschnitt vorzubereiten.«

Meine Kinnlade klappt herunter. »*Einen Kaiserschnitt?*« Ich hatte erwartet, dass diese Geburtssache lange dauern würde – mindestens einen Tag, wenn nicht länger. Das hat mich nicht gestört. Ich dachte, ich könnte die Zeit gut gebrauchen, um die Verwandlung von mir in eine Mutter zu verarbeiten. Der Gedanke, dass jetzt alles so schnell passieren soll, jagt mir einen Riesenschreck ein.

Aber nichts davon spielt eine Rolle, wenn es darum geht, unser Kind zu schützen. Ich sehe zu Edward hoch, und er nickt.

»Wir tun, was wir müssen, um ein gesundes Baby zu bekommen«, sagt er und spricht damit exakt meine Gedanken aus. Mir wird klar, wie gut es war, *dass* wir so früh ins Krankenhaus gefahren sind, dass ich nicht versucht habe, weiter mit Edward zu diskutieren und zu Hause zu bleiben, wie man es uns gesagt hatte. Schuld überkommt mich bei dem Wissen, dass ich mein Baby hätte in Gefahr bringen können, wenn ich meinen Willen durchgesetzt hätte … auch wenn ich zu dem Zeitpunkt nicht wusste, was ich jetzt weiß. Warum war ich nicht die übermäßig fürsorgliche Person?

Als ich in den OP geschoben werde und das grelle Licht mich blendet, presse ich meine Augen zu und schwöre insgeheim, dass ich ab jetzt alles in meiner Macht Stehende tun werde, um mein Kind zu schützen.

KAPITEL 41

Als ich den Klang von Stimmen wahrnehme, die an mir vorbeiziehen, öffne ich abrupt die Augen, und mein Herz rast. Gott, bin ich tatsächlich gerade eingedöst? Ich hieve mich hoch, und meine Muskeln protestieren bei jeder Bewegung. So müde ich auch sein mag, ich darf nicht einfach inmitten einer fremden Stadt auf dem Gehweg einschlafen – auch wenn ich nichts Wertvolles mehr bei mir habe, das man stehlen könnte. Jedenfalls nichts Materielles. Ich beginne zu fühlen, dass es trotz allem vielleicht etwas *in mir* gibt, an das ich mich klammern kann. Ein zögerliches Gefühl der Hoffnung, vielleicht weitermachen, vielleicht wieder am Leben teilnehmen zu können.

Ich zwinge meine Füße vorwärts, während ich gedanklich noch einmal Milos Geburt durchlebe. Die Art, wie er in den Armen der Hebamme lag und mich ansah, als wäre ich das Einzige, was er in dieser seltsamen neuen Welt kannte – das Einzige, das Sinn ergab in diesem Ansturm neuer Sinneserlebnisse, während die Luft an seinen Lungen zerrte.

Mein Schwur, ihn zu beschützen. Der Schwur, den ich gebrochen habe.

Ich umrunde eine Ecke, und eine Menschenmenge blockiert den Gehweg. Ich kann nichts hören, aber so, wie die Leute ihre Hälse recken, ist mir klar, dass sie bei etwas zuschauen. Ich quetsche mich durch die eng aneinandergedrängten Körper und versuche, vorwärtszukommen. Plötzlich erblicke ich einen Mann und eine Frau ganz in Schwarz, die in einer lautlosen Performance auf dem Gehweg tanzen. Sie bewegen sich in einer geraden, schmalen Linie, als stünden sie auf einem Drahtseil – sie schwanken, sie fallen, sie gleiten wieder zusammen. Ihre Glieder winden sich umeinander, sodass sie nicht mehr zu unterscheiden sind, und dann stoßen sie sich voneinander ab und balancieren wieder auf ihrem separaten Abschnitt des Drahtseils.

Es ist faszinierend: so eine Art Show, zu der ich Edward vor Milos Geburt mitgenommen hätte. Ich lächle und erinnere mich, wie er mich nach unzähligen Vorstellungen fast jedes Mal verwundert fragte, was das nun eigentlich hatte bedeuten sollen, dann aber trotzdem behauptete, dass es ihm gefallen habe. Ich bin mir nicht sicher, ob das stimmte, aber er kam trotzdem immer wieder mit … mir zuliebe. Ich frage mich, ob er das jetzt noch immer tun würde. Ich kann mich nicht einmal an das letzte Mal erinnern, dass wir uns gemeinsam etwas angesehen haben, nicht einmal vor Milos Unfall. Ich würde lügen, wenn ich behauptete, es hätte mir nicht gefehlt, aber ein Kind zu haben füllt nach und nach diese Leere, bis es einfach dein ganzes Leben ausmacht. Zumindest bei uns.

Während ich zusehe, wie sich die Tänzer bewegen und verbiegen, frage ich mich, was passieren würde, wenn ihnen jemand ein Baby zuwürfe. Wer würde es fangen: der Mann oder die Frau? Würde es sie aus der Balance werfen, oder würde sich das Baby nahtlos in ihre Bewegungen einfügen? Wie würden sie einander wieder umarmen – auf dieselbe, alles überwindende Art –, wenn doch einer von ihnen immer das Baby halten muss?

Sie würden sich nie wieder mit dieser Selbstvergessenheit bewegen, nicht als Paar.

Der Gedanke lässt eine Erinnerung an Edward und mich wach werden, an die ersten Tage im Krankenhaus nach Milos Geburt. Es war eine verrückte, für mich aufgrund der Schmerzmittel auch verschwommene Zeit, in der ich versuchte, ihn an die Brust zu legen, ohne dass er auf meine Narbe drückte, und ich verzweifelt versuchte zu begreifen, dass ich jetzt Mutter war, verantwortlich für dieses winzige, schreiende und hilflose Ding. Interessanterweise schien Edward keine Probleme zu haben. Er hielt Milo, als hätte er es schon tausendmal getan, und wechselte die Windeln wie ein Profi. Ich hingegen hatte Angst, das Baby zu zerbrechen, und war noch damit beschäftigt herauszufinden, welche Windelseite überhaupt die richtige war.

Aber selbst angesichts all der Zweifel und der Unsicherheit, eingesperrt in einem Krankenhauszimmer nur mit dem anderen und unserem Baby, waren diese wenigen Tage wie eine Hochzeitsreise unserer neuen Familie. Wir waren glücklich, einfach nur da zu sein, Milo beim Schlafen zu beobachten und ihn, diese Kombination aus uns beiden in lebendiger Form, staunend zu betrachten.

»Aber denken Sie immer daran, bevor Sie zu dritt waren, waren Sie zu zweit«, sagte eine Hebamme lächelnd, als sie uns dabei zusah, wie wir unser Baby anhimmelten, als wäre es das Einzige auf der Welt. Auf *unserer* Welt.

Und das war er. Und die Hebamme hatte unrecht. Natürlich waren wir schon vor Milo zusammen gewesen, aber er hatte uns erst wieder zusammengebracht. Seit meinem Antrag, bei der Hochzeit, dem Beginn unseres ›für immer‹, war er bei uns gewesen. Natürlich liebten wir einander seit dem Tag, an dem wir uns begegnet waren. Aber Milo war vom ersten Stich an in den Stoff unserer Ehe eingenäht gewesen.

Ich vermute, darum machten uns all die unvermeidlichen

Veränderungen, die ein Baby mit sich bringt, nicht viel aus, und wir gewöhnten uns schnell an die Dreierdynamik. Unser Sexleben kam eine Weile zu einem ziemlich dramatischen Stillstand, aber bei wem ist das nach einer Geburt nicht so? Und ja, wir gingen nicht mehr so viel aus wie früher – okay, wir gingen gar nicht mehr aus, Punkt. Und auch wenn ich mich manchmal danach sehnte, die Wohnung zu verlassen, die jetzt mit Babyzeug zugepflastert war, war ich zum Großteil doch zufrieden, zu Hause zu bleiben und sicherzustellen, dass Milo gut schlief. Rückblickend war ich vielleicht sogar etwas selbstzufrieden; wie sich das Leben doch in solch ein wundervolles Muster gefügt hatte, uns Stich für Stich eine warme, gemütliche Decke nähte, in die wir uns einwickeln konnten. Milo fügte sich *in der Tat* nahtlos in unsere bisherige Zweisamkeit ein. Ich liebte die Welt, die wir geschaffen hatten, und wollte für immer darin bleiben. Damals glaubte ich, dass das möglich war.

Ich halte inne und versuche zu atmen, während mich wieder einmal der Schmerz durchzuckt und mein Inneres wie ein Erdbeben zum Erschüttern bringt. *Bevor es drei gab, gab es zwei.* Können wir wieder dahin zurück, nur zu zweit zu sein, unseren Tanz als Liebende, nicht als Eltern, wiederaufnehmen? Wissen wir überhaupt, wie das geht? Die Menschen, die sich vor all diesen Jahren in South Bank begegnet sind, gibt es so nicht mehr. Wir haben uns verändert, das steht außer Frage. Wir werden uns niemals mehr so unbekümmert bewegen wie einst, ob mit oder ohne Kind.

Ich schüttle den Kopf und erinnere mich an mein Gespräch mit Kate, kurz nachdem Edward und ich Schluss gemacht hatten, als sie mir sagte, dass man an die andere Person glauben muss und daran, dass die gemeinsame Liebe stark genug ist, um die Krise zu überwinden. Ich stoße meinen Atem aus und frage mich, ob ich noch daran glaube, ob der Glaube, den ich einst an uns hatte, nur mit uns als Familie funktionierte. Die

Antwort darauf kenne ich nicht, aber es fühlt sich gut an, Fragen zu stellen – *anwesend* zu sein, anstatt wie in einem Nebel umherzuwandern.

Es wird geklatscht und gejubelt, und die zwei Tänzer verneigen sich. Ich setze meine Suche nach einer Telefonzelle fort. Falls Edward nicht abnimmt, werde ich meine Eltern anrufen. Da diese Reise ihr Geschenk war, müssen sie den Hotelnamen noch irgendwo haben. Aber zehn Minuten später habe ich noch immer keine gefunden und bin langsam erschöpft. Gibt es überhaupt noch Telefonzellen? Es ist jetzt völlig dunkel, und abgesehen von den Cafés sind die meisten Läden geschlossen, nur die Waren in den Schaufenstern sind noch beleuchtet. Vor mir öffnet sich eine Tür, und Licht überflutet die Treppe eines großen Steingebäudes. Ich blinzle, und mein Herz macht einen Satz, als ich das Wort ›Polizei‹ lese. Dort wird man mich doch sicher das Telefon benutzen lassen, wenn ich erkläre, was passiert ist, oder? Ganz bestimmt.

Ein kleines Lächeln zieht über mein Gesicht, als ich die Treppe hocheile. Ich bin nur noch Sekunden davon entfernt, mit meinem Mann zu reden. Ich bin mir sicher, dass er diesmal antworten wird.

KAPITEL 42

Ich bin offiziell betrunken. Mein Hirn ist benebelt, mein Gesicht fühlt sich taub an, und meine Sicht ist verschwommen. Es fühlt sich seltsam an, aber auch gut, als wäre ich an einen anderen Ort gelangt, an dem mich nichts berühren kann; nichts kann durch diesen Schleier zu mir durchdringen. Fühlt es sich so für Zoe an, frage ich mich, wenn sie an ihren eigenen Ort verschwindet? Falls ja, kann ich es beinahe verstehen.

Nicht dass das irgendetwas besser macht, denke ich, und meine Hand wandert automatisch zum Ringfinger. Ich berühre die Haut dort, wo ich sonst immer den Ring trug, und stelle fest, wie weich und empfindlich sie sich anfühlt. Ich sehe einen kleinen weißen Kreis, und auch auf der Haut selbst ist er abgezeichnet, aber das wird mit der Zeit verschwinden.

Verdammt, es ist fast schon zehn! Wo zur Hölle steckt Fiona? Ich greife nach meinem Handy, wähle ihre Nummer und trommle mit den Fingern auf dem Tisch, während ich darauf warte, dass sie rangeht.

»Du wirst das echt nicht glauben«, sagt sie, als sie abnimmt.

Sie klingt so wütend und genervt, wie ich sie noch nie vorher erlebt habe.

»Was denn?«

»Sie haben gerade verkündet, dass sie uns aus dem Zug holen und mit dem Bus irgendwo ins Nirgendwo karren, um uns über Nacht in ein Hotel zu stecken. Sie hoffen, dass sie den Fehler in den nächsten Stunden beheben können, damit wir morgen früh ankommen.«

Ich sacke innerlich zusammen, als ich höre, wie sich meine Pläne für die Nacht in Luft auflösen. Verdammt! Sie wird erst morgen früh hier sein? Was zur Hölle soll ich denn ganz allein in Paris tun? Zurück in dieses winzige Hotelzimmer zu gehen käme einem vorzeitigen Tod gleich. Bei dem Gedanken zucke ich zusammen.

»Das ist schrecklich, Fiona«, sage ich und habe wirklich Mitleid mit ihr. Was ein kurzer und unterhaltsamer Abstecher werden sollte, um mich zu treffen, hat sich für sie in einen Albtraum verwandelt. »Es tut mir so leid. Hast du alles, was du brauchst?«

»Na ja, abgesehen von meinem Schlafanzug.« Sie lacht.

»Hör mal, ich kann total verstehen, wenn du morgen einfach nur umkehren und nach Hause fahren willst«, sage ich und überlege, ob ich vielleicht auch einfach zurückfahren sollte. Aber ... nach Hause zurückzukehren bedeutet, sich mit Zoe und der bevorstehenden Unterhaltung auseinanderzusetzen und ... ich brauche noch etwas mehr Zeit, um meine Gedanken und Pläne zu sortieren.

»Ich fahre nicht nach Hause«, sagt Fiona entschieden. »Ich komme nach Paris, und wenn es das Letzte ist, was ich tue! Und wenn ich morgen früh ankomme, haben wir zumindest noch den ganzen Tag zusammen, bevor wir nach Hause müssen. Machen wir das Beste daraus.«

Ich lächle und bewundere ihren Optimismus und Elan. »In

Ordnung. Halte mich auf dem Laufenden, was deine Ankunft angeht, wir sehen uns dann am Bahnhof. Schlaf gut.«

»Du auch. Bis bald.«

Sie legt auf, und ich stecke das Handy zurück in meine Tasche, während mich ein Gefühl der Dringlichkeit überkommt. Ich habe eine ganze Nacht durchzustehen, und ich weiß, dass ich nicht werde schlafen können – zumindest nicht einfach so. Was ich brauche, ist mehr Alkohol, um meine Sinne zu betäuben.

Ich bedeute dem Kellner, mir noch ein Bier zu bringen, und kippe es dann in einem Zug runter.

KAPITEL 43

ZOE, SAMSTAG, 22 UHR

Ich ziehe die Tür auf und trete in das gleißende Licht der Polizeiwache. Ich muss blinzeln, während sich meine Augen daran gewöhnen, und mache einen gammligen Tresen aus, hinter dem ein unglaublich gelangweilt dreinschauender Mann mit Schnauzer sitzt. Es ist Samstagabend, und dieser verlassenen Wache nach zu urteilen scheinen sich die Pariser alle gut zu benehmen.

Ich halte einen Augenblick inne. Das jetzt durchzuziehen, mich wiederfinden zu lassen, bedeutet, mich der Kälte und der Anspannung und dem Schmerz zu stellen, vor denen ich mich versteckt habe. Bin ich dazu bereit? Ich atme tief ein, und die Antwort kommt ganz von selbst: Ja. Die letzten Stunden haben mir gezeigt, dass ich mich nicht verstecken muss. Dass ich an Milo denken kann, ohne zu zerbrechen, und dass es in Ordnung ist, zu *fühlen*. Die Schuld wird immer auf mir lasten, wie Sandsäcke, die auf meine Brust drücken. Aber vielleicht … vielleicht kann ich etwas tiefer einatmen und dafür sorgen, dass sich meine Lungen mit genug Luft füllen.

»Entschuldigung«, sage ich, nachdem ich mich dem Tresen genähert habe.

»Ja?« Der Mann sieht mich an, und ich bin froh, dass er tatsächlich Englisch spricht.

»Ich wurde im Gare du Nord bestohlen und habe mein Handy und meine Brieftasche verloren.«

Der Mann seufzt und zieht einen Zettel hervor, von dem ich nur vermuten kann, dass es sich um einen Polizeibericht handelt. »Wann ist das passiert?«

»Ähm, heute gegen Mittag.« Wie bizarr, dass es tatsächlich erst heute war. Es fühlt sich an, als wäre es vor Jahren passiert.

Der Sergeant runzelt die Stirn. »Und Sie haben bis jetzt gewartet, um es zu melden?«

Ich kann spüren, wie ich rot werde. Wie soll ich erklären, dass ich nicht gefunden werden wollte, keine Hilfe wollte? Plötzlich wird mir klar, dass das auch ein Teil meines Problems war, nachdem Milo uns verlassen hatte: Ich ließ mir von niemandem helfen – nicht von Kate, nicht von meinen Eltern und nicht von Edward. Es wäre mir wie Betrug vorgekommen, als hätte es meine Trauer leichter zu ertragen gemacht, wenn ich mich auf andere gestützt hätte. *Warum hast du nicht auf ihn aufgepasst? Warum hast du ihn nicht aufgehalten? Wie konntest du zulassen, dass das passiert?* Die Fragen erklangen wieder und wieder in meinem Kopf und erinnerten mich daran, dass ich es nicht verdiente, es leichter zu haben, es nicht wollte. Wenn, dann wollte ich es mir noch schwerer machen.

Er schüttelt den Kopf. »Tut mir leid, Madame, aber die Chance, Ihre Sachen zu finden, liegt bei fast null.«

»Das ist in Ordnung«, sage ich. Es war mir gar nicht in den Sinn gekommen, dass sie sie wiederfinden könnten. »Ich muss eigentlich nur meinen Mann kontaktieren. Könnte ich bitte Ihr Telefon benutzen?«

Der Sergeant nickt und bittet mich, die Nummer aufzuschreiben. Dann wählt er sie und reicht mir den grauen Hörer, der aussieht, als wäre er in einem früheren Leben weiß gewesen.

Ich lausche dem blechernen Klingeln und runzle die Stirn. Ich weiß, dass Edward in letzter Zeit nicht gut auf mich zu sprechen ist, aber er wird doch sicher wissen wollen, wo ich bin? Selbst wenn er nicht unterwegs ist oder versucht, mich zu finden, muss er doch zumindest sein Handy in der Nähe haben. Warum zur Hölle geht er nicht dran?

»War mein Mann hier?«, frage ich hoffnungsvoll, als ich auflege. »Edward Morgan. Wir haben uns heute Morgen aus den Augen verloren, als wir ankamen, und hatten keine Möglichkeit, uns zu kontaktieren. Vielleicht hat er mich als vermisst gemeldet.«

Der Mann blättert ein paar Zettel durch und schüttelt dann den Kopf. »Nein, es gibt keinen polizeilichen Eintrag zu Ihnen oder Ihrem Mann«, sagt er.

»Oh.« Okay. Aber egal, wie genervt er auch von mir sein mag, ich kann einfach nicht glauben, dass er *nichts* tut, um mich zu finden. Man muss schon ziemlich gleichgültig sein, wenn es einem egal ist, dass die Reisepartnerin – ganz zu schweigen von der eigenen Frau – in einer fremden Stadt verschwindet, oder?

Zeit für Plan B: meine Eltern. Ich schreibe ihre Nummer auf und reiche sie dem Mann, wohl wissend, dass ich sie vermutlich wecken werde. Solange ich mich erinnern kann, sind sie jeden Tag um exakt zweiundzwanzig Uhr ins Bett gegangen, mit Ausnahme der ersten schrecklichen Nächte nach Milos Unfall, als meine Mutter stundenlang an meinem Bett saß und in dem Stuhl döste, in dem ich meinem Kind früher die Brust gegeben hatte, nur um da zu sein, falls ich aus meinem Dämmerzustand aufwachen würde.

Schmerz durchzuckt mich, als ich darüber nachdenke, wie ich sie in den letzten Jahren abgewiesen habe, bis zu dem Punkt, dass ich mich nicht einmal mehr erinnern kann, wann ich sie zuletzt angerufen habe. Schlechte Tochter, schlechte Mutter … schlechte Frau. *Mein Gott.*

»Hallo?« Dads Stimme klingt schroff und müde.

»Dad, ich bin's. Es ist alles okay«, sage ich schnell, bevor er in den Notfallmodus schalten kann. »Es ist nur, Edward und ich wurden getrennt, und er geht nicht an sein Handy. Ich brauche nur den Namen des Hotels, das ihr für uns gebucht habt, wenn du ihn noch finden kannst.«

In der Leitung entsteht eine Pause, und ich kann mir vorstellen, wie sich Dad im Bett aufsetzt und den Kopf schüttelt, während er zu verarbeiten versucht, was ich gesagt habe. »Du bist in Paris?«, fragt er, und ich kann Mom im Hintergrund hören, die wissen möchte, was los ist.

»Ja.« Ich trommle mit einem Finger auf den Tresen. »Wo sollte ich denn sonst sein?«

»Edward hat heute angerufen«, sagt Dad langsam. »Er meinte, du wärst vielleicht zurückgekommen, und bat mich, das zu überprüfen. Also bin ich zum Haus gegangen, und alle Lichter waren an, und es lief laute Musik. Du hast die Tür nicht aufgemacht, als ich geklingelt habe, aber …«

Ich beiße mir auf die Lippe, während mich die Schuld durchfährt. Er muss den Satz gar nicht beenden; ich weiß genau, was er sagen wird: Ich mache die Tür fast nie auf. Es ist einfacher, sich zu verstecken, als sich den Menschen zu stellen, selbst wenn diese Menschen meine Eltern sind.

»Das war vermutlich die Putzfrau«, sage ich. Nach Milos Geburt entschied Edward, eine Haushaltshilfe zu engagieren, um den Druck auf uns beide zu verringern – und um sicherzustellen, dass unser Haus nicht zu einer Keimgrube verkommen würde, die unserem Baby schaden könnte. Und obwohl es keinen Grund gibt, sie weiter zu beschäftigen, haben wir ihr nie gekündigt. Ich hatte sie gebeten, heute zu kommen, damit ich ihrem festen Blick und den fragenden Augen entgehen konnte, die ihre Verwunderung darüber deutlich machten, wie es mir ging und warum ich das alles nicht selbst konnte.

»Was brauchst du? Was können wir tun?« Dads Stimme wird lauter, und ich höre, wie Mom am anderen Apparat abnimmt, um sich ins Gespräch einzuschalten.

»Zoe, geht es dir gut?« Ihre Stimme ist voller Sorge und Liebe, und meine Augen werden feucht. Zum ersten Mal wird mir wirklich klar, wie viel Sorgen sie sich all die Zeit um mich gemacht haben müssen – all diese *Jahre*. Und ich tat nichts, als jedes Hilfsangebot abzulehnen. Ich schlucke meine Emotionen hinunter, da ich mir bewusst bin, dass der Sergeant mich beobachtet.

»Hi, Mom. Es geht mir gut. Ich brauche nur den Namen des Hotels, dann kann ich dorthin gehen und Edward treffen.«

»Einen Moment, ich schaue nach.« Dad legt das Telefon ab, und ich höre, wie sich seine Fußschritte entfernen.

»Schätzchen, wusstest du bis gerade eben nicht, wo du bist? Was hast du denn nur die ganze Zeit gemacht?«

Ich schüttle den Kopf. Wie soll ich das erklären? »Eigentlich nichts.« Auch wenn es sich so anfühlt, als hätte ich ein Jahr gelebt.

»Okay, ich habe die Unterlagen hier.« Glücklicherweise rettet mich Dad davor, das Ganze genauer ausführen zu müssen. »Es ist … das Hotel Le Marais.«

Ich bitte den Sergeanten um einen Stift und schreibe es auf. »Danke.«

»Ruf uns an, wenn du wieder bei Edward bist, ja?«, bittet mich Mom.

»Das werde ich.«

»Versprochen?«

Ich nicke und wünschte, ich könnte mich durch die Leitung in ihre Arme beamen und sie so fest drücken, wie ich es als kleines Mädchen immer tat. Ich kann mich nicht mehr an das letzte Mal erinnern, dass ich einen von ihnen umarmt habe. »Versprochen.«

»In Ordnung. Sei vorsichtig. Bis bald.«

»Tschüss.« Ich gebe dem Sergeanten das Telefon zurück, der sich den Hotelnamen auf dem Notizzettel anschaut.

»Lassen Sie mich einen Beamten holen, der Sie hinbringt«, sagt er und winkt jemandem an einem der Schreibtische hinter ihm.

»Oh nein, schon gut, ich kann laufen«, antworte ich, obwohl sich meine Fußsohlen bei jeder kleinen Belastung anfühlen, als würde jemand mit Messern hineinstechen.

Er schüttelt den Kopf. »Es ist spät und dunkel, ich schicke Sie nicht allein da raus.« Ein Mann kommt zu ihm an den Tresen. »Kommen Sie, Sergeant Pelletier wird Sie fahren.«

Ich bin zu müde, um zu diskutieren, und der Gedanke an das Bett, das mich erwartet, ist zu reizvoll. »Okay.«

Eine kurze Fahrt später biegt der Polizeiwagen in eine enge Straße ein und wird dann vor einem Hotel langsamer. Auf den ersten Blick kann ich sehen, dass es die Art von Ort ist, die Edward hasst: klein, versteckt, urig und mit engen Gängen, sodass man das Gefühl hat, eher im Haus der alten Tante auf dem Land zu sein als im Paris des einundzwanzigsten Jahrhunderts. Ich grinse, als ich mir vorstelle, wie er darauf reagiert haben muss.

Ich nicke dem Polizisten dankend zu, steige aus dem Wagen und ziehe die Tür auf. Drinnen beäugt mich die Rezeptionistin neugierig; zweifellos fragt sie sich, warum ich mit einer Polizeieskorte auftauche. Aber ich will keine Zeit mit Erklärungen verschwenden. Ich will einfach nur in mein Zimmer und jemand Vertrautes sehen. Edward sehen.

Bei dem Gedanken daran, ihm gegenüberzutreten, steigt meine Anspannung. Es ist so lange her, dass wir uns berührt haben; dass er versucht hat, mich zu berühren. Wird er mich von sich schieben? Oder wird er seine Arme um mich schlingen und mich an sich ziehen, wie er es zahllose Male in der Vergangenheit getan hat – der Vergangenheit vor Milos Unfall? Wird er froh sein, mich zu sehen, oder enttäuscht, dass ich nicht kilometerweit weg bin, wie er dachte?

Ich atme tief durch und versuche, ruhig zu bleiben, während der Lift nach oben wackelt. Die Türen öffnen sich, ich bahne mir einen Weg durch den nur schwach beleuchteten Flur und stecke dann die Schlüsselkarte in die Tür. Ich drücke sie auf und frage mich, ob ich klopfen soll, ermahne mich dann aber selbst, mich nicht so anzustellen. Wir leben schon ewig zusammen – natürlich muss ich nicht klopfen. Aber irgendwie fühlt es sich wie ein erstes Date an oder zumindest das erste Treffen nach einer langen Zeit der Trennung.

»Edward?«, rufe ich, als ich hineingehe, und horche auf irgendwelche Geräusche oder ein Zeichen, dass er da ist. Aber abgesehen vom gedämpften Verkehrslärm, der durch das Fenster dringt, ist das Zimmer still. Ich sinke auf das Bett und genieße den Komfort der weichen – wenn auch klumpigen – Matratze unter mir. Nach allem, was passiert ist, ist es schwer zu glauben, dass ich tatsächlich hier bin. Ich habe das Hotel gefunden, auch wenn mein Mann nicht da ist.

Wo könnte er sein? Ich schüttle den Kopf, während ich die endlosen Möglichkeiten im Geiste durchgehe. Wenn er davon ausgegangen ist, dass ich nicht herkomme, könnte er überall sein. Er war niemals ein starker Trinker, also ist es unwahrscheinlich, dass er durch die Kneipen zieht. Er macht vermutlich einen Spaziergang, vertritt sich die Beine und atmet die Nachtluft ein, bevor er ins Bett geht. Ich erinnere mich, wie er oft stundenlang am Fluss in London und später mit Milo in seinem Buggy durchs Dorf gelaufen ist – *wir* stundenlang gelaufen sind.

Ich sinke auf das Bett und erinnere mich an Sonne, die durch frische grüne Blätter fällt, das Knirschen der Räder des Kinderwagens auf dem Kies und wie Milos dunkle Wimpern auf seinen rosa Wagen ruhten, während er in seine Decken eingewickelt schlief. Ich strecke die Arme aus, als könnte ich dadurch die Erinnerung näher an mich heranziehen, und meine Hand berührt eine verpackte Schachtel. Ich setze mich auf und frage mich, was wohl darin sein mag. Edward war nie sonderlich gern shoppen – na ja, bis vor Kurzem, als er anfing, in diesen schrecklichen Skinny Jeans und den angeberisch leuchtenden Hemden herumzulaufen. Was er wohl gekauft hat?

Ich reiße das Papier auf und runzle überrascht die Stirn, als meine Finger zarten Satin und Spitze berühren. *Wow*, denke ich, während ich das Kleidungsstück heraushole und ausschüttle. Hat er das aus London mitgebracht? Oder es hier gekauft, für mich, bevor er dachte, dass ich nach Hause gefahren bin? Und bedeutet das, er will, dass es zwischen uns wieder besser wird? Das ist das Erste, was er mir gekauft hat, seit … nun, seit den ersten Monaten nach Milos Unfall, als er mir Blumen, mein Lieblingsparfüm und Schokolade mitgebracht hat, als würde das Appellieren an meine Sinne mich zu ihm zurückbringen. Die Blumen verwelkten, das Parfüm blieb ungeöffnet, und die Schokolade verschimmelte. Und dann hörte er auf, mir Dinge zu kaufen.

Hoffnung durchströmt mich, als ich die Dessous an meinen Körper halte. Okay, er hat die Größe nicht mehr ganz im Kopf, und der Stil ist etwas zu altbacken für meinen Geschmack, aber der Gedanke zählt – ein Gedanke, der mir zeigt, dass ich ihm noch wichtig bin, zumindest wichtig genug, um mir das zu kaufen. Vielleicht … vielleicht haben wir eine Chance herauszufinden, wie wir wieder ein Paar sein können. Es wird anders sein, als wir früher mal geplant hatten – das Traumhaus gefüllt mit unseren Kindern –, aber auch *wir* sind jetzt anders.

Ich springe aus dem Bett und erinnere mich an meine strähnigen Haare, meinen verschwitzten Körper und den nicht sonderlich angenehmen Geruch. Ich will diese Kleidung nicht mit meinem Dreck besudeln. Ich laufe durchs Zimmer, hinein in das kleine Bad, drehe die Dusche so heiß wie möglich auf, stelle mich unter den Wasserstrahl, schrubbe mich ab und sehe dabei zu, wie sich meine Haut in der wohltuenden Hitze rot färbt und der Schmutz fortgewaschen wird.

KAPITEL 44

EDWARD, OKTOBER 2011

Ein Jahr. Ein Jahr Mann und Frau. Heute vor einem Jahr haben wir unsere Gelübde abgelegt, uns das ›für immer‹ geschworen. Ich hebe mein Champagnerglas und nehme staunend zur Kenntnis, wie schnell das Jahr vorübergegangen ist. Ich weiß, dass das jeder sagt, aber die Zeit fliegt tatsächlich, sobald man ein Kind hat. Es ist eine sichtbare Erinnerung daran, wie schnell sich alles verändert. Ich kann kaum glauben, dass Milo jetzt schon sechs Monate alt ist. Der Kleine zappelt und grunzt, während er zu krabbeln versucht. Er ist ein hartnäckiges Kerlchen, das niemals aufgibt, was meistens in Tränen und Geschrei endet, bis es mir gelingt, ihn abzulenken. Zoe findet es anstrengend, das weiß ich, aber diese Eigenschaft wird ihn später im Leben weit bringen. Die Hartnäckigkeit, meine ich, nicht die Tränen.

Ich lächle und schaue Zoe auf der anderen Seite des Sofas in die Augen, während sie an ihrem Glas nippt. Es war ein wunderschönes Jahr voller erster Male, und ich werde leicht wehmütig, dass dieses Jahr jetzt ein Ende findet. Eingepfercht in einer winzigen Wohnung im Herzen einer lauten Stadt zu wohnen, macht nicht alles einfach, und unser Baby hat den abendlichen Ausgehgewohnheiten definitiv einen Riegel vorgeschoben – aber unser kleiner Junge ist das alles wert. Wir sind eine Familie, eine stabile Einheit aus drei Personen, und ich liebe es, wie Milo uns auf eine Art verbunden hat, die anders nicht möglich wäre. Ich kann kaum das nächste Kapitel unseres Lebens erwarten.

»Oh, das schmeckt so *guuuuuut*.« Zoe nimmt noch einen Schluck von ihrem Champagner und schließt verzückt die Augen. Nach anfänglichen Schwierigkeiten stillt sie Milo noch, daher trinkt sie längst nicht so viel wie früher. »Weißt du, das ist genauso gut wie ausgehen. Ich glaube nicht, dass ich die Energie hätte, meine Haare zu kämmen, geschweige denn die Wohnung zu verlassen.« Sie gähnt und trinkt aus. Milo zahnt momentan und war gestern die halbe Nacht wach. Und wir natürlich mit ihm, da wir uns damit abgewechselt haben, ihn zu wiegen und mit ihm herumzuwandern, bis er endlich wegnickte. Ich fühle mich wie ein Zombie, aber Aufregung durchzuckt mich, als ich daran denke, was ich für heute Abend organisiert habe.

Es klopft an der Tür, und ich springe vom Sofa. Nun gut, Zeit, den Plan in die Tat umzusetzen.

»Wer ist denn das?« Zoe runzelt die Stirn. »Hast du schon Essen bestellt?«

Ich schüttle den Kopf, während ich das Zimmer durchquere. »Du wirst es gleich erfahren«, sage ich und versuche, geheimnisvoll zu klingen.

»Hallo! Frohen Jahrestag!« Zoes Eltern drängeln sich in das winzige Zimmer, ihr Vater stolpert beinahe über Milos Lauflernwagen.

Zoe drückt sich vom Sofa hoch. »Was macht ihr zwei denn hier?«, fragt sie und umarmt ihre Eltern.

»Babysitten, und mehr dürfen wir nicht verraten.« Ein

Lächeln überzieht das Gesicht ihrer Mutter, und Zoe sieht mich überrascht an. In den letzten zwölf Monaten haben wir mehrfach darüber nachgedacht, ihre Eltern zu bitten, den Kleinen zu hüten, damit wir mal ausgehen können – nur für ein Essen, nachdem Milo eingeschlafen ist. Aber … ich konnte nicht. Ich konnte mich nicht dazu überwinden, ihn bei anderen zu lassen, selbst wenn es seine Großeltern sind. Was, wenn er weint? Was, wenn er wieder zum Einschlafen gebracht werden muss, mit unserer Art, ihn zu streicheln und zu schaukeln, und dem Lied, das nur wir kennen? Es hat nicht viel gebraucht, um Zoe zu überzeugen, also haben wir den Lieferdiensten dieses Jahr ordentliche Umsätze beschert.

Es fühlt sich immer noch nicht gut an, Milo zu verlassen, aber … nun, das hier ist für uns alle, für den nächsten Abschnitt unseres Lebens. Es ist eine gewagte Aktion, aber ich glaube, Zoe ist bereit. Ich weiß, dass ich es bin. Wir haben viel darüber geredet, und ich glaube, sie kann sich mit dem Gedanken anfreunden.

»Babysitten? Wirklich? Nun, dann kommt rein!« Zoe winkt ihre Eltern ins Zimmer und räumt dabei Spielzeug und anderen Babykram aus dem Weg. Sie dreht sich grinsend zu mir um. »Ich weiß, ich habe gesagt, ich bin zu müde, aber es wäre *wirklich* schön, auszugehen und etwas zu unternehmen. Danke, Schatz.« Sie legt mir eine Hand auf den Arm, und ich beiße mir auf die Lippe. Ja, wir werden ausgehen, aber es wird vermutlich nicht so, wie sie denkt. »Ich muss mich nur schnell umziehen und etwas überwerfen, auf das nicht gepullert oder gespuckt wurde!«

»Du siehst doch immer gut aus«, sage ich und meine es auch so. Egal, wie müde sie ist oder was sie trägt, Zoe hat so eine Art an sich, einen Raum zum Strahlen zu bringen. »Du musst auch nichts Schickes anziehen. Was du jetzt trägst, ist völlig in Ordnung.«

»Für unseren ersten Abend allein seit Ewigkeiten?« Zoe schüttelt den Kopf. »Nein. Auf keinen Fall. Gib mir zehn Minuten. Ich bin gleich wieder da.«

Ich plaudere ein bisschen mit Zoes Eltern, erkläre ihnen Dinge zu Milo, erzähle ihnen von seinen neuesten Fähigkeiten und was sie tun können, falls er aufwacht.

»Okay, bereit!« Zoe erscheint in einer Wolke ihres Lieblingsparfüms. Es ist so lange her, dass ich sie Make-up und ›normale‹ Kleidung habe tragen sehen, dass ich sie mit offenem Mund anstarre. Gott, sie sieht so sexy aus. Ich kann es kaum erwarten, später wieder mit ihr nach Hause zu gehen.

»Du siehst fantastisch aus.« Ich küsse ihre glänzenden Lippen.

»Sehr hübsch, Liebling«, sagt ihre Mutter. »Und jetzt raus mit euch beiden und habt eine schöne Zeit. Ich habe das Handy hier, wir rufen an, falls wir euch brauchen. Los!«

Zoe lacht, als sie uns aus der Tür scheucht. »Das musst du mir nicht zweimal sagen. Komm schon, Edward!« Sie greift nach meiner Hand und zieht mich die Treppe hinunter. »Gott, es fühlt sich so seltsam an, weder Milo noch seine Sachen zu tragen! Also, wohin gehen wir?«

Ich hebe meinen Finger. »Keine Fragen. Warte einfach ab, du wirst es schon erfahren.«

»Okay …« Sie hakt sich bei mir unter, und wir gehen den belebten Gehweg bis zu der Stelle, an der ich mein Auto geparkt habe. Jetzt, da der Plan angelaufen ist, beginnen erste Zweifel an mir zu nagen. Vielleicht sollte ich sie vorwarnen, ihr sagen, wohin wir fahren. Sie glaubt, wir gehen Abendessen oder ins Theater oder an einen der Orte, an denen wir früher häufiger waren. Der Ort, den ich ihr zeigen will, ist jedoch für uns beide eine Premiere.

»Ooh, das Auto! Also geht es raus aus unserem Viertel. Hmm.« Sie steigt ein, und ich schließe die Tür, starte den

Motor und navigiere uns durch die vollen Straßen der Stadt.

»Wohin fahren wir?«, fragt Zoe mehrere Minuten später, nachdem wir London hinter uns gelassen haben. »In einen dieser Pubs auf dem Land? Oder ein Landhaus mit einem tollen Restaurant? Komm schon, Edward, gib mir einen Tipp.« Sie knufft mich in die Seite.

Ich schiele auf das Navi. »Wir sind fast da. Glaube ich. Nur noch durch diesen Kreisverkehr … da, da wären wir.« Ich lächle, als ich das Auto über die enge Landstraße in das Dorf namens Cherishton im tiefsten Surry steuere. Der Ort hat dank eines Schnellzugs nach Waterloo eine gute Anbindung an die Innenstadt. Das ist einer der Gründe, warum die Häuser hier so teuer sind, schätze ich, aber ich habe eins gefunden, von dem ich sicher bin, dass Zoe es lieben wird. Ich jedenfalls habe mich sofort verliebt. Ein Angebot abzugeben, ohne das vorher mit ihr zu besprechen, war riskant, aber es ist nicht bindend, und ich wollte das Haus an niemand anderen verlieren. Dieser Ort ist einfach perfekt für uns.

»Es ist hübsch hier, oder?« Ich beäuge Zoe von der Seite, als wir in das malerische Dörfchen einfahren, mit seinen strohgedeckten Cottages links und rechts der Straße, einem Dorfplatz flankiert von einem Pub, einer Kirche, einer Postfiliale und sogar einem Bioladen und einem Café. Auf dem Gehweg laufen zwei Mütter, die lachend und plaudernd ihre Kinderwagen schieben. Die untergehende Sonne lässt die Bäume golden leuchten, und ich kann an Zoes Gesicht ablesen, dass auch sie beeindruckt ist.

»Es sieht aus wie auf einer Postkarte«, sagt sie. »Aber warum sind wir hier?«

»Wart's ab.« Ich biege in eine kleine Nebenstraße ein, fahre an der Kirche vorbei, und dort, direkt am Ende der Straße, steht mein Traumhaus. *Unser* Traumhaus, wie ich hoffe. Um es mit den Worten der Immobilienmaklerin zu sagen: Es ist ein altes steinernes Farmhaus, Mitte des achtzehnten Jahrhunderts erbaut, und kürzlich aufwendig renoviert worden. Es gibt eine riesige Küche mit einer Inseltheke und Frühstückshockern, ein separates Esszimmer und ein gemütliches Wohnzimmer mit einem riesigen Kamin. Oben befinden sich vorn im Haus das Hauptschlafzimmer mit angeschlossenem Bad und hinten noch zwei weitere Schlafzimmer, noch ein Bad und ein kleines Zimmer, das Zoe als Büro nutzen kann.

Aber das Beste ist der Garten, betretbar durch eine Glastür von der Küche aus. Er ist mindestens viertausend Quadratmeter groß und komplett von Bäumen und Büschen eingesäumt, sodass Milo herumlaufen kann, ohne dass die Gefahr besteht, er könne verschwinden. Vor meinem geistigen Auge sehe ich bereits eine Rutsche, zwei Schaukeln und vielleicht sogar ein Trampolin, auf dem er seine überschüssige Energie rauslassen kann. Milo, der in einem bunt bepflanzten Garten einem Ball hinterherläuft. Eine Küche, die mehr als eine Person betreten kann, ohne dabei unfreiwillig eine Partie Twister zu spielen.

Einfach fantastisch.

Ich fahre die Einfahrt hinauf, und der Kies knirscht unter den Wagenreifen.

»Warum halten wir hier?«, fragt Zoe und trägt noch etwas Lipgloss auf. Eine Frau winkt von drinnen durch das Erkerfenster, und ich winke zurück. »Wer ist das?«

»Nun.« Ich atme tief durch. »Du weißt doch noch, dass wir darüber geredet haben, uns etwas Größeres zu besorgen, uns das in der Stadt aber nicht leisten können?«

»Ja …« Zoe neigt den Kopf, ihr Blick fliegt von mir zum Haus und zurück zu mir.

»Ich habe mich vor einer Weile auf einer Immobilienbüro-Website angemeldet. Sie haben mir Informationen geschickt, wenn neue Häuser frei wurden. Ich wollte nur ein Gespür für den Markt bekommen – ich war nicht ernsthaft auf der Suche oder so –, aber dann habe ich eine E-Mail bekommen zu diesem hier. Ich konnte es mir gestern nach der Arbeit anschauen und, na ja … es ist fantastisch.«

Zoe öffnet und schließt den Mund. »Du willst hier *leben*?« So, wie sie das Wort ausspricht, klingt es, als würde ich sie bitten, ihre Sachen zu packen und in die Sahara zu ziehen. »Ich weiß, es stand zur Debatte, etwas weiter rauszuziehen, aber wir sind hier verdammt noch mal auf dem Land!«

Ich schlucke. »Okay, es ist nicht direkt in London, aber es ist auch nicht weit weg. Wir können trotzdem reinfahren, wann immer wir wollen. Und hättest du nicht gern dein eigenes Büro? Und einen Garten für Milo, in dem er herumrennen kann? Einfach … Platz, um dich auszubreiten?«

Zoe schaut mir direkt in die Augen, und ich kann sehen, wie es in ihrem Kopf arbeitet. Es ist viel zu verdauen, aber wenn sie das Haus erst einmal von innen gesehen hat, wird sie überzeugt sein.

»Mehr Platz wäre nicht schlecht«, sagt sie schließlich. »Aber …«

»Na komm.« Ich beuge mich zu ihr, gebe ihr einen Kuss und löse ihren Gurt. »Sag nichts mehr, bis du den Rest gesehen hast.«

»Von außen sieht es hübsch aus«, gesteht sie leicht widerwillig ein. Steine säumen den Fußweg, und die Bäume am Rand bilden eine Art Bogen. Die rot glänzende Tür sieht aus, als würde sie uns hereinwinken.

Ich greife nach Zoes Hand, und zusammen gehen wir den Weg zum Haus hinauf. Ich schlage den schweren Türklopfer gegen die massive Tür und warte darauf, dass die Maklerin uns öffnet. Die Tür schwingt auf, und ich versuche, meine Aufregung nicht zu deutlich zu zeigen, als ich erneut den breiten Flur mit dem Eichenholzboden betrete, das Oberlicht sehe, das die letzten Sonnenstrahlen hineinlässt, und die hübschen cremefarbenen Wände. Es gefällt mir noch besser als gestern, wenn das überhaupt möglich ist.

»Kommen Sie herein«, sagt die Maklerin und winkt uns aus dem kühlen Herbstabend hinein in das warme Innere.

Eine halbe Stunde später haben wir fast jeden Winkel des Hauses ergründet, und die Maklerin schaut auf die Uhr.

»Ich dränge Sie ja nur ungern, aber ich habe in ein paar Minuten eine Besichtigung auf der anderen Seite des Dorfs«, sagt sie. »Ich gebe Ihnen Bescheid, sobald der Verkäufer sich zu Ihrem Angebot geäußert hat. Er befindet sich gerade im Ausland, daher ist es immer etwas schwierig mit dem Kontakt.«

Ich nicke und zucke zusammen, als ich Zoes überraschten Blick wahrnehme. Ich wollte derjenige sein, der ihr von meinem Angebot erzählt, und vielleicht … vielleicht hätte ich vorher mit ihr reden sollen. Aber ich war so zuversichtlich, dass ihr das Haus gefallen würde … Ihr vorsichtig neutraler Gesichtsausdruck im Moment verrät mir leider gar nichts. Während der gesamten Besichtigung habe ich versucht, Augenkontakt mit ihr herzustellen, aber sie hat mich ignoriert. Ich beiße mir auf die Lippe und hoffe, dass ich mich nicht geirrt habe.

»Also, was denkst du?«, frage ich Zoe, als wir wieder im Auto sitzen.

Sie schließt ihren Gurt und rutscht auf dem Sitz herum. »Was hat die Maklerin gemeint mit deinem Angebot? Du hast bereits eins gemacht, ohne zuerst mit mir zu reden? Verdammt, wir haben uns doch noch gar keine anderen Häuser angeschaut!«

»Ich weiß, ich weiß, aber dieses Haus … na ja, ist es nicht ideal? Es gab viele Interessenten, und ich wollte die Gelegenheit nicht verpassen. Wir können das Angebot auch jederzeit zurückziehen, wenn es dir nicht gefällt. Natürlich treffen wir die Entscheidung gemeinsam.«

Es ist so still im Auto, dass ich das gedämpfte Zwitschern der Vögel draußen hören kann.

»Hör mal, ich weiß, dass das für uns eine große Veränderung bedeuten würde«, fahre ich fort. »Aber denk doch nur daran, wie fantastisch es für Milo wäre. Die Straßen sind sicherer, wir würden tatsächlich mal unsere Nachbarn kennenlernen, und die Maklerin sagt, dass die Grundschule großartig ist.«

Zoe seufzt. »Es ist ein wunderschönes Haus«, gesteht sie schließlich. »Viel Platz, die ganzen eigentümlichen Details, und ich liebe den Garten. Und anscheinend hast du deine Entscheidung schon getroffen.« Sie hält inne. »Es ist nur so weit weg von dem, was wir kennen, von unserem aktuellen Leben. Wir lieben die Stadt, können mit Milo jederzeit ins Café um die Ecke oder mit der U-Bahn ins Londoner Zentrum.«

»Und das ist momentan auch schön«, sage ich, »aber was ist, wenn Milo laufen kann? Er wird Platz wollen, um zu rennen und zu spielen, keine Cafés und Museen. Bei diesem Umzug geht es nicht um uns, sondern um ihn – unsere Familie.« Eine Familie, von der ich unbedingt möchte, dass sie noch größer wird. Wie heißt es so schön: neues Haus, neues Baby?

»Weißt du was? Du hast recht.« Zoe lächelt, aber ich bin mir nicht sicher, ob es ihre Augen erreicht.

»Wirklich?« Ich habe beinahe Angst nachzufragen, falls sie ihre Meinung ändert, aber ich möchte sichergehen. Ich will keinesfalls, dass sie unglücklich wird, weil sie denkt, sie müsse *mich* glücklich machen. Ich will, dass das unser gemeinsamer Traum ist.

Sie nickt. »Ja. Es ist ein wunderschönes Haus, und für

Milo wird es toll sein. Der Garten ist fantastisch, und wenn wir wirklich einmal ausgehen wollen, gibt es ja den Schnellzug, nicht wahr? Ist ja auch nicht so, also würden wir im Moment viel unternehmen. Es wird sicherlich eine Umstellung, aber ich werde mich daran gewöhnen. *Wir* werden uns daran gewöhnen.«

»Ich liebe dich, Zoe. Das wird einfach perfekt.« Ich nehme sie in den Arm, ziehe meine Frau so eng an mich, wie es der Autogurt ermöglicht. Ich habe sehr gern in Zoes Wohnung gewohnt – es gibt dort so viele Erinnerungen –, aber ein Ort, der uns gehört, den wir ganz nach unseren Wünschen gestalten können?

Ich werde endlich das Gefühl haben, zu Hause zu sein.

KAPITEL 45

Durch meine vom Alkohol getrübten Sinne nehme ich gerade noch so wahr, dass mein Handy klingelt. Ich blicke auf die Anzeige, sehe, dass es Zoes Eltern sind, und dann, dass mich irgendwann auch eine unbekannte französische Nummer angerufen hat.

Ach, was soll's. Ich stecke das Handy zurück in meine Tasche und stehe auf – und die Nacht um mich herum fängt an zu schwanken. Jetzt erinnere ich mich auch wieder, warum ich normalerweise nicht viel trinke: Von Bier wird mir schwindlig, und ich weiß bereits, dass ich die halbe Nacht mit einem Fuß auf dem Boden verbringen und beten werde, aus diesem Karussell aussteigen zu können, das ich freiwillig betreten habe. Zoe hat mich immer ein Leichtgewicht genannt, und im Vergleich zu ihr damals stimmte das auch. Vor Milo konnte sie Tequila-Shots wie Wasser runterkippen und schien, als wäre nichts passiert. Ich musste nur einen Shot trinken und wankte für den Rest des Abends. Ein Rollentausch par excellence.

Und das war auch nicht der einzige Rollentausch in unserer Ehe, denke ich und schlurfe in Richtung Gehweg. Ich war derjenige, der sie zu unserem Traumhaus überredet hat, derjenige, der noch ein Kind wollte. Und bei Milo war ich derjenige, der an jeder Ecke eine Gefahr lauern sah, der aufstand, wenn Milo schrie, während sie durchschlief. Ich schätze, wenn Männer die Brust geben könnten, hätte ich auch das gemacht.

Ich beschwere mich jedoch nicht. Ich habe diese Zeit mit meinem Sohn geliebt, die frühen Morgenstunden, wenn das Haus noch still war und der Himmel draußen gerade erst langsam hell wurde. Ich wischte seine Tränen weg, hob seinen warmen, weichen Körper aus dem Bett auf meinen Schoß und schaukelte ihn vor und zurück, bis er nach einigem Gähnen und Herumzappeln bereit war, es mit der Welt aufzunehmen.

Ein Anflug von Zorn erreicht mich durch den Alkoholnebel, der alles um mich herum abdämpft. Warum hat Zoe nicht besser auf ihn aufgepasst? Warum hat sie seine Hand nicht etwas fester gehalten? War es wirklich so schwer, ein Kind – *unser* Kind – zu beschützen? Ich weiß, ich habe gesagt, dass ich ihr nicht die Schuld gebe, und das tue ich auch nicht … meistens jedenfalls. Aber auch wenn ich ihr gesagt habe, dass es mir ebenso hätte passieren können, wäre es das nicht. Niemals.

Ich habe ihr vergeben … oder nicht? Ab und zu, wenn ich es nicht erwarte, überkommt mich eine Welle der Wut, die wie eine Armee beißender Ameisen über mich herfällt, sodass mein gesamter Körper prickelt und sticht. Sie hat unser Kind verloren. Sie hat ihn losgelassen. Manchmal kann ich es nicht ertragen, in ihrer Nähe zu sein. Und in letzter Zeit passiert das immer häufiger. Ich kann es kaum erwarten, das Haus zu verkaufen und zurück in die Stadt zu ziehen, zurück zum Fluss, an dem ich immer stundenlang laufen konnte.

Zurück in das Leben, das ich vorher hatte.

Ich schlurfe in Richtung Hotel und meines Bettes, die Wut auf Zoe treibt mich voran. Plötzlich ist mein Zorn ganz auf sie konzentriert, als wäre sie der Blitzableiter für den Horror und die Schmerzen der vergangenen Jahre. Ich will sie finden, sie anschreien und ihr meine gesamte Frustration in das gleichgültige Gesicht schleudern. Mein Leben ist ein Albtraum, und das ist allein ihre Schuld.

Ich will gerade die Hoteltür öffnen, als ich meine Meinung ändere. Das Letzte, was ich will, ist im Bett liegen und stundenlang zusehen, wie sich das Zimmer dreht. Ich bin stark betrunken und muss warten, bis ich wieder etwas nüchterner bin. Außerdem hat mir meine Wut einen Energieschub verliehen, der so intensiv ist, dass ich das Gefühl habe, ohne Pause einen Marathon laufen zu können.

Eine Gruppe Kerle, vermutlich Studenten, läuft lachend an mir vorbei, sie grölen in amerikanischem Akzent irgendetwas über einen Club, der irgendwo in der Nähe sein soll. Ich war noch nie großartig für Clubs zu begeistern, aber im Moment würde ich jede Gelegenheit wahrnehmen, um diesen Rausch loszuwerden. Ich bin so betrunken, dass es mir sogar egal ist, wie albern ich beim Tanzen aussehe.

»Hey!« Ich winke, und sie drehen die Köpfe in meine Richtung. »Könnt ihr mir sagen, wo der Club ist?«

Ein paar von ihnen heben bei meinem Anblick fragend die Augenbrauen, und mir wird plötzlich bewusst, dass ich alt genug bin, um ihr Vater zu sein. Nun, vielleicht nicht ganz, aber diesen Eindruck mache ich vermutlich auf sie.

»Klar.« Einer von ihnen winkt mich heran. »Komm, wir bringen dich hin.«

Ich halte mit ihnen Schritt und versuche, mir nicht anmerken zu lassen, wie betrunken ich bin. Ihr Geplänkel untereinander füllt meine Ohren, alles vom Aufreißen heißer Mädels bis zu … mehr heißen Mädels. Ich lächle, schüttle den Kopf und fühle jede Minute meiner einundvierzig Jahre. Es scheint Äonen her zu sein, dass ich single und mit meinen Kumpels einen trinken war. Da ich Ehemann und Vater war und eine

Tragödie erlebt habe, liegen Welten zwischen uns.

Aber diese Typen wissen nichts davon. Sie sehen nur einen alten Kerl, der eine gute Zeit haben will. Und verdammt, die werde ich haben, koste es, was es wolle. Ich wette, morgen werde ich das bereuen, aber damit befasse ich mich später.

»Es ist gleich hier.« Einer der Kerle zeigt auf eine unauffällige Tür am Ende einiger Stufen, die nach unten führen. Ich höre bereits den dröhnenden Bass, folge ihnen die Treppe hinab und gebe dem Mann an der Tür ein paar zerknitterte Scheine. Die Luft im Club ist abgestanden, und bei dem Stroboskoplicht, das in einer irrsinnigen Geschwindigkeit aufblitzt, muss ich ununterbrochen blinzeln. Die Musik ist so laut, dass ich die Vibration in mir spüre, und ich werde ständig von den Leuten um mich herum angestoßen. Genau das hätte ich noch vor wenigen Jahren gehasst, aber jetzt heiße ich diesen Ansturm auf meine Nerven willkommen.

Ich kämpfe mich bis zur Bar durch und bestelle zwei Tequila-Shots. Ich stürze sie beide runter und begebe mich wieder mitten hinein in die Menge, dorthin, wo ich die Tanzfläche vermute. Während der Alkohol langsam meine Kehle hinabrinnt und sich in meine Eingeweide brennt, spüre ich, wie sich mein Körper von ganz allein im Rhythmus des Beats zu bewegen beginnt, als würde etwas Urtümliches in mir einem alten Ruf folgen. Ich wackle mit dem Kopf vor und zurück, und alles vor meinen Augen verschwimmt.

KAPITEL 46

ZOE, SAMSTAG, MITTERNACHT

Die kleine Uhr auf dem Nachttisch zeigt Mitternacht an, und nach dem langen Tag in der Sonne und all meinem Umherlaufen kämpfe ich darum, wach zu bleiben. Frisch geduscht, nach Seife und nicht Schweiß riechend und mit ordentlich gelocktem Haar sitze ich auf der Bettkante und warte auf Edward. Es widerstrebt mir, mich hinzulegen, da ich sonst einschlafen könnte, und dieses Etwas von Nachthemd, das er mir gekauft hat, juckt wie verrückt. Es sieht ziemlich scheußlich aus an mir, aber ich bin gerührt, dass er sich solche Mühe gegeben hat ... etwas, was ich jahrelang nicht mehr getan habe. Kein Wunder, dass es zwischen uns so gekommen ist.

Ich schaue erneut auf die Uhr und stöhne, als ich bemerke, dass seit meinem letzten Blick gerade mal eine Minute vergangen ist. Wo zur Hölle ist er nur? Mehrfach habe ich über das Zimmertelefon versucht, sein Handy zu erreichen, bin aber immer sofort bei der Mailbox gelandet, ohne dass es überhaupt geklingelt hat. Ich trommle mit den Fingern auf die Bettdecke. Ich hoffe, es geht ihm gut. Schon irgendwie witzig, dass ich mir jetzt Sorgen um ihn mache, nachdem ich doch den ganzen Tag nicht wusste, wo ich war.

Das laute Grummeln meines Magens überrascht mich. Ich kann mich nicht daran erinnern, wann ich zuletzt hungrig war. Normalerweise zwinge ich mich dazu, etwas Müsli oder eine Scheibe Brot oder irgendetwas zu essen, nur um einigermaßen bei Kräften zu bleiben. Die Zeiten, als die Gedanken ans Abendessen der Höhepunkt meines Tages waren, sind lange vorbei.

Früher gingen Edward und ich jeden Sonntagmittag auswärts essen, eine Tradition, die wir auch nach Milos Geburt aufrechterhielten, selbst nachdem wir aus der Stadt fortgezogen waren. Es war unmöglich, unseren Sohn in einen Hochstuhl zu zwängen, nachdem er angefangen hatte zu laufen, aber der Dorfpub hatte einen riesigen Garten, in dem er herumrennen konnte. Wir wechselten uns beim Spielen mit ihm ab und schaufelten uns das heiße Essen in den Mund, wenn wir Gelegenheit dazu bekamen. Es war vielleicht nicht die entspannendste Art, zu Mittag zu essen – und es hätte nicht weiter entfernt sein können von den trendigen Orten aus Glas und Chrom, die wir vorher aufgesucht hatten –, aber irgendwie fühlte es sich richtig an. Meine Erinnerungen sind erfüllt von Lachen, verschüttetem Wein auf Holztischen und der Art, wie Edward meinen Bauch tätschelte, nachdem ich aufgegessen hatte, obwohl er wusste, dass ich das hasste.

Jetzt gibt es kaum noch einen Bauch, den man tätscheln könnte. Wo einst Kurven waren, ist jetzt alles steif und knochig – wofür ich noch vor zehn Jahren alles gegeben hätte. Meine Brüste sind dank einer Kombination aus über einem Jahr Stillen und Gewichtsverlust förmlich eingefallen. Mein Körper ist einer der Gründe, warum ich nicht mehr das Bett mit Edward teile. Ich bemerke, wie er mich ansieht. Wo sein Blick einst hungrig war – als wäre ich ein köstlicher Nachtisch, den er unbedingt verspeisen will –, scheint er jetzt angewidert zu sein.

Ich erinnere mich, wie der Sex war, damals am Anfang. Ich erinnere mich, wie sich Edwards Zunge auf meinem Körper anfühlte, wie seine Lippen meinen Hals hinabglitten, wie er in mich eindrang. Ein Stromstoß durchfährt mich, und überrascht öffne ich die Augen. Ich weiß nicht mehr, wann ich das letzte Mal Erregung verspürt habe. Mein Körper schmerzt vor Verlangen und einer Art rastlosem Drang nach … Ich bin mir nicht ganz sicher. Sex? Nahrung? Ich weiß nicht, was die Erregung in mir im Moment befriedigen könnte.

Ich stehe auf und gähne, versuche verzweifelt, wach zu bleiben und mir vorzustellen, was passieren wird, wenn er durch die Tür kommt. Er wird überrascht sein, dass ich hier bin, das steht fest – auf gute Art überrascht, hoffe ich. Wenn er mich das tragen sieht, was er ausgesucht hat, sollte das die richtige Botschaft übermitteln: dass ich *hier* bin, dass ich anwesend bin. Es fühlt sich seltsam an, empfänglich für meinen Mann zu sein, nachdem ich mich so lange zurückgezogen habe. Aber ich bin jetzt bereit – vielleicht nicht für Sex, noch nicht, aber bereit zu reden, bereit für Berührungen.

Das Warten darauf, dass Edward durch die Tür kommt, erinnert mich an die Zeit, als wir in unser neues Haus gezogen sind, unser altes Leben hinter uns gelassen, uns aber noch nicht ganz an unsere neue Gegenwart gewöhnt hatten. Ich hatte mein Arbeitspensum reduziert, um den Übergang leichter zu machen, und ohne das Plaudern mit meinen Kunden, das vertraute Summen des Verkehrs vor meinem Fenster und das beruhigende Heulen der Sirenen fühlte sich das Haus … bedrückend an, als wären Milo und ich ganz allein auf der Welt, als gäbe es sonst niemanden. Der hübsche Garten machte es unnötig, dass wir wie sonst die überfüllten Spielplätze mit den rostigen Geräten aufsuchten, wie zahllose andere Stadtmütter, die verzweifelt ihren winzigen Gefängnissen zu entkommen versuchten. Das einzige Café im Dorf hatte nur von elf bis vierzehn Uhr geöffnet, und der Buggy passte nicht durch die Tür. Es gab keine Bibliothek als Rückzugsort an Regentagen, kein lärmendes Spielparadies und keinen lächerlichen Musikkurs, bei dem ich gemeinsam mit anderen Müttern mit den Augen hätte rollen können, während Milo die Maracas in den Mund nahm. Die Väter verschwanden auf magische Weise zu ihren Jobs in der Stadt, und auch wenn es viele Mütter in der Nähe gab, hatte ich doch bisher noch keinen richtigen Kontakt zu ihnen geknüpft.

Also zogen sich die Tage endlos dahin. Gegen sechzehn Uhr begann ich, mich nach menschlicher Interaktion zu sehnen (die über Babygespräche hinausging), und zählte die Minuten bis achtzehn Uhr, wenn Edward durch die Tür kommen würde, falls der Zug pünktlich war – was selten genug eintraf. Sobald er zu Hause war, Milo umarmt und mich geküsst hatte, fühlte ich, wie mich Zufriedenheit überkam, als läge ich in einer warmen Wanne. Wenn er allerdings spät dran war oder ein Meeting hatte, überkam mich der Zwang wegzulaufen, in die Stadt zu gehen, mich im Kino oder Theater zu verlieren oder einfach nur die geschäftigen Straßen entlangzulaufen.

Aber ich passte mich an – beziehungsweise hatte gerade damit angefangen, als Milos Unfall passierte. Ich lernte die anderen Mütter im Dorf bei meinen täglichen Spaziergängen mit Milo kennen, meine Eltern zogen in die Nähe, die Arbeit wurde wieder mehr, und die Minuten vergingen schneller. Langsam begann das Haus, das sich so erwachsen, so fremd angefühlt hatte, wirklich zu uns zu passen. Und langsam wollten wir beide mehr – mehr Familie, mehr Liebe, mehr Leben, um es zu füllen.

Und dann, innerhalb von lediglich einer Minute, fühlte sich das Zuhause, das wir gemeinsam geschaffen hatten, nur noch falsch an. Immer wenn ich es betrat, traf mich die Erinnerung an das, was wir verloren hatten: das idyllische Leben, gegen das ich mich vorher so gesträubt hatte.

Wie sehr ich mich doch jetzt danach sehne, es zurückzubekommen.

Ich sinke aufs Bett und dränge die Tränen zurück, die sich in meinen Augen ansammeln. Ich habe heute bereits mehr geweint als in den letzten zwei Jahren zusammen. Dieses Leben ist vorbei, und ich kann niemandem außer mir die Schuld dafür geben. Ich weiß nicht, wie es von hier aus weitergehen kann oder was Edward will. Dortbleiben? Das Haus verkaufen? Zurück in die Stadt ziehen?

Über all das können wir später reden, denke ich und gebe endlich dem Drang nach, mich hinzulegen. Das Wichtigste ist jetzt, dass wir uns wieder ... *finden*. Ich muss gähnen, meine Augen schließen sich, und die letzte Erinnerung, die mir durch den Kopf geht, bevor alles schwarz wird, sind Edward, Milo und ich, wie wir die rote Tür zu unserem neuen Zuhause öffnen.

Kapitel 47

Edward, Oktober 2012

Letztes Jahr um diese Zeit habe ich Zoe das Haus gezeigt. Mittlerweile haben wir uns gut eingelebt, und auch auf die Gefahr hin, selbstgefällig zu klingen – okay, auf die *Gewissheit* hin, selbstgefällig zu klingen –, das Leben ist einfach großartig. Noch besser, als ich es mir jemals vorgestellt habe. Es fühlt sich an, als würde ich das Schicksal herausfordern, wenn ich das denke, aber ich kann es nicht ändern. Wir sind jetzt zwei Jahre verheiratet und haben einen wundervollen Sohn.

Ich schüttle den Kopf und denke, dass es kaum besser sein könnte … na gut, vielleicht mit einem weiteren Baby, aber darum kümmern wir uns noch. Hoffe ich zumindest. Ich will noch ein Kind. Ich will, dass wir eine gerade Vier sind, keine krumme Drei. Ich will, dass Milo ein Geschwisterchen hat, was mir nie vergönnt war. Wenn ich Zoe einmal schwängern konnte, gelingt mir das sicher noch mal.

Ich sehe mich in der Küche um, während ich den Kühlschrank öffne, um den Champagner herauszuholen. Ich liebe dieses Haus. Es fühlt sich mittlerweile so an, als würden wir hier schon ewig leben – als wäre das der Ort, an den wir gehören.

Milo liebt es, so viel Platz zu haben, Zoe hat sich am Küchentisch eingerichtet, obwohl ich ihr gesagt habe, sie solle das kleine zusätzliche Zimmer nutzen, und zu meiner Überraschung habe ich tatsächlich mit dem Gärtnern begonnen – und es macht mir Spaß. Wir sind wohl zu echten Erwachsenen geworden, aber es fühlt sich richtig an, und ich kann es kaum erwarten, den Rest meines Lebens hier mit meiner Familie zu verbringen.

Ich reiche Zoe ein Glas, und sie hebt es an die Lippen. »Also, ich habe nachgedacht.«

»Oh, oh«, scherzt sie. »Ich kenne diesen Blick! Letztes Jahr hast du mich mit diesem Haus überfallen. Was hast du diesmal geplant?« Sie greift nach meiner Hand, und ich blicke nach unten. Unsere Eheringe klicken aneinander, als sich unsere Finger ineinander verschränken, und ein Glücksgefühl durchfährt mich, als ich mich an den Augenblick vor zwei Jahren erinnere, in dem sie endlich »Ich will« gesagt hat.

Milos Schreien ertönt durch das Babyfon, und wir müssen beide lachen.

»Perfektes Timing«, sagt sie. »Wie üblich!« Es ist ein Running Gag zwischen uns, dass, wann immer ich meinen Mund öffne, um etwas Wichtiges zu sagen, oder wir versuchen, Sex zu haben, oder auch nur unsere Augen für einen Augenblick schließen, unser Sohn zu schreien beginnt.

»Ich geh schon.« Ich stelle mein Champagnerglas ab und will aufstehen, aber Zoe drückt meinen Arm.

»Nein, *ich* gehe«, sagt sie, springt vom Sofa auf und geht die Treppe hoch, bevor ich protestieren kann.

Ich sehe ihr nach und nippe an meinem Glas, während ich über das Babyfon ihr Summen und beruhigendes Murmeln höre. Es ist wundervoll, Zoe dabei zuzuschauen, wie sie sich an das Muttersein gewöhnt. Sie war anfangs zögerlich, nicht sicher, was sie tun sollte und wie sie den Platz ausfüllen konnte. Aber mittlerweile ist es für sie ganz natürlich, und ich liebe es, diese

Verbindung zwischen Mutter und Sohn zu sehen. Sie scheint nicht einmal die Stadt zu vermissen, was nur beweist, dass es richtig war, hierherzuziehen.

»Okay.« Zoe macht es sich wieder auf dem Sofa gemütlich und nimmt ihr Glas in die Hand. »Ich glaube, es geht ihm jetzt gut. Was wolltest du sagen?«

»Nun.« Ich drehe mich zu ihr, greife nach ihrer Hand und atme tief ein. »Mit Milo wird es langsam einfacher, und wir haben noch ein Zimmer übrig ...«

»Du willst noch ein Baby«, beendet sie meinen Satz mit einem Lächeln, und ich hebe erstaunt darüber die Augenbrauen, dass wir wohl zum ersten Mal der gleichen Meinung sind.

Ich nicke. »Ich hätte gern noch eins. Es gibt keine Garantie, aber es hat einmal geklappt ...«

»Dann kann es wieder klappen.« Zoe drückt meine Hand. »Wir müssen es vielleicht lange versuchen, aber das ist ein Opfer, das ich bereitwillig bringe.«

»Wirklich?« Aufregung überkommt mich beim Gedanken an ein Neugeborenes in meinen Armen, daran, im Garten mit meinen zwei kleinen Kindern Fußball zu spielen. Ich bin überrascht, dass es nicht etwas länger gebraucht hat, sie zu überzeugen, aber ich freue mich auch, dass wir auf einer Wellenlänge sind.

Zoe nickt. »Ja. Im Übrigen, warum fangen wir nicht gleich an?« Ihre Hand gleitet mein Bein entlang nach unten. »Man muss den Tag doch nutzen.«

Ein Schauder des Begehrens durchläuft mich. »Frohen Jahrestag«, sage ich, während sie sich auf mich legt.

KAPITEL 48

ZOE, SONNTAG, 6:30 UHR

Langsam öffne ich die Augen, rekele mich im Bett und versuche herauszufinden, wo ich mich gerade befinde. Mein Fuß hat einen Krampf, und meine Beine schmerzen, und langsam dringt der seltsame gestrige Tag wieder in mein Bewusstsein. Ich blicke zur anderen Bettseite, aber Edward ist nicht da. Den ersten Lichtstrahlen nach zu urteilen, die durch den Schlitz in den dünnen Vorhängen fallen, ist es noch sehr früh am Morgen. Wo könnte er nur sein?

Erneut schnappe ich mir das Zimmertelefon und wähle zum zigsten Mal seine Handynummer, aber wieder lande ich direkt bei der Mailbox. Ich lege auf und trommle mit den Fingern auf das Bett. Es ist untypisch für ihn, die ganze Nacht wegzubleiben – zumindest glaube ich das. Jedenfalls ist es untypisch für den Edward, den ich kenne. Ist es möglich, dass er hergekommen ist, mich gesehen hat und wieder gegangen ist? Nein, das würde er nicht tun. Schließlich sind wir zusammen nach Paris gefahren. Ich schüttle den Kopf und frage mich, ob sich Edward so gefühlt hat, als ich verschwunden bin: verwirrt, besorgt und doch voller Hoffnung, dass ich jede Sekunde auftauchen könnte.

Er *wird* auftauchen, sage ich mir und unterdrücke die bekannte Sorge, die in mir aufsteigen will, nicht mehr bereit dazu, das von Neuem durchzukauen. Ich kann jetzt sowieso nicht mehr schlafen, also schäle ich mich aus dem schlecht sitzenden Nachthemd, lege es ordentlich aufs Bett und hebe es für ein andermal auf … vielleicht heute Nacht? Ich öffne den Koffer, um frische Sachen anzuziehen. Der Anblick meiner Jeans und T-Shirts neben Edwards Hemden und Socken entlockt mir ein Lächeln, und Hoffnung durchzuckt mich. Wir haben mehrere Jahre miteinander verbracht und so viel durchgestanden. Können wir es irgendwie schaffen, unsere Ehe wieder hinzukriegen?

Ich hüpfe unter die Dusche, um den Schlaf und die Müdigkeit zu vertreiben, brühe mir danach eine starke Tasse Instant-Kaffee mit dem Wasserkocher in unserem Zimmer auf, wobei ich bei dem bitteren Geschmack die Lippen verziehe. Der Kaffee schmeckt einfach furchtbar, aber ich brauche das Koffein. Heute möchte ich zum ersten Mal seit einer Ewigkeit wach und aufmerksam sein. Ich möchte *am Leben* sein.

Ich ziehe einen Stuhl vor das Fenster, ziehe es auf und atme die scharfe Kälte der Morgenluft ein, während die ersten Sonnenstrahlen das Gebäude gegenüber in Licht tauchen. Die Straße ist still, und die Ladenfronten sind noch geschlossen, aber selbst nach meinem langen Tag gestern will ich nicht drinnen bleiben und warten. Irgendwie habe ich das Gefühl, genau das die letzten Jahre getan zu haben … Worauf ich jedoch gewartet habe, weiß ich nicht. Darauf, dass der Schmerz vergeht? Die Schuldgefühle abebben? Jetzt will ich – muss ich – etwas tun, selbst wenn dieses Etwas nur darin besteht, durch die Straßen zu laufen, während die Stadt zum Leben erwacht.

Ich nehme den Kugelschreiber mit dem Hotellogo und einen Notizzettel und kritzle eine Nachricht für Edward, in der ich kurz beschreibe, was passiert ist, dass ich hier bin und bald zurück sein werde – und dass er bitte, bitte, *bitte* nicht ohne mich irgendwohin gehen soll. Ich beiße auf das Ende des Stifts und frage mich, ob ich noch mehr schreiben sollte: dass ich reden möchte … dass es mir leidtut. Ich schüttle den Kopf und starre auf das Papier. Ich kann das nicht aufschreiben. Diese Worte muss ich ihm von Angesicht zu Angesicht sagen, wenn ich ihn wiedersehe. Ich ergänze zwei Küsse unter meinem Namen, in der Hoffnung, dass sie meinen Gefühlszustand widerspiegeln, ziehe meine staubigen Schuhe an, schnappe mir eine Strickjacke aus dem Koffer und verlasse das Zimmer.

Meine Schritte hallen auf der Straße wider, während ich unter dem Bogendurchgang hindurch auf einen wunderschönen Platz gehe, der auf allen Seiten von Bögen gesäumt ist. Das letzte Mal, das ich so früh unterwegs war – oder so spät erst nach Hause gekommen bin – war … nein, ich werde jetzt nicht daran denken. Ich öffne ganz weit die Augen und genieße den Anblick um mich herum. Die Sonne trifft auf die Spitze der Gebäude und hebt ihre glorreiche Symmetrie hervor. Mitten auf dem Platz versprüht ein Springbrunnen Wasser, das in der Morgensonne glitzert. *Das würde Edward gefallen*, denke ich und frage mich, ob er den Platz bereits gesehen hat. Automatisch dreht sich mein Kopf nach links und rechts, als könnte ich ihn unter einem der Bögen entdecken, aber natürlich ist er nicht dort. Der Platz ist leer, abgesehen von einem armen Kerl, der wohl zu viel getrunken hat und dem von einem Hotelportier geholfen wird, während er sich in einer Ecke übergibt. *Ach, die Folgen eines Samstagabends*, denke ich und schüttle den Kopf. Es ist doch überall dasselbe.

Ich verlasse den Platz und gehe eine Straße hinunter, von der ich sicher bin, dass ich sie gestern schon entlanggelaufen bin. Am frühen Morgen sieht alles anders aus, wenn die uralte Schönheit der Gebäude nicht in Dunkelheit getaucht ist und die Gehwege friedlich und ruhig sind. Es ist, als würde sich die Stadt von der langen Nacht erholen, sich bereit machen für den Tag und all sein Potenzial. Auf eine gewisse Weise fühle ich mich genauso.

Ich bin dabei, umzukehren und zurückzugehen, als die Sonne auf etwas in einer Spalte im Gehweg fällt und mich die reflektierenden Strahlen blenden. *Nur eine Münze*, denke ich, als ich die Augen zusammenkneife, um mir das genauer anzuschauen. Aber es ist keine Münze, wird mir klar, und ich beuge mich weiter vor. Zwischen zwei Gehwegplatten eingeklemmt, steckt etwas, das wie ein Ring aussieht. Ich hocke mich unter Protest meiner Beinmuskeln hin und versuche, ihn mit dem Finger herauszubekommen. Es *ist* ein Ring, breit und golden, wie der Ehering eines Mannes.

Tatsächlich, denke ich, als ich ihn hin und her drehe, sieht er Edwards Ehering auffallend ähnlich. Aber das ist unmöglich, denn dieser Ring ist an seinem Finger festgewachsen. Er weigert sich sogar, ihn abzunehmen, um ihn vernünftig zu reinigen, selbst als er Farbe abbekam, während Edward Milos Zimmer strich. Eine Erinnerung steigt in mir auf, wie Edward mit Terpentin an seinem Finger herumwischte und lachend sagte, dass ich ihn schon umbringen müsse, wenn ich diesen Ring von seinem Finger bekommen wolle. Ich rollte nur mit den Augen und dachte daran, wie oft ich den Ring abnahm: beim Abwaschen, bei diesen nervigen Babyschwimmkursen, beim Duschen … und dass nicht der Ring die Beständigkeit einer Ehe symbolisiert, sondern die Verbindung zwischen zwei Menschen. Für ihn jedoch war dieser Ring alles.

Ich lehne mich gegen die Steinwand, halte ihn mir vor die Augen, um ihn genauer betrachten zu können, und streiche dann mit meinen Fingern über die Innenseite, um zu spüren, ob etwas eingraviert ist. Ich weiß, es ist unmöglich, dass der Ring Edward gehört, aber die Ähnlichkeit ist so bemerkenswert, dass mich etwas in mir dazu antreibt, es einfach … zu überprüfen. Unter meinen Fingerspitzen spüre ich die Unebenheit einer Gravierung, und mein Magen macht einen Salto. Langsam halte ich ihn noch näher vor meine Augen.

E & Z. Unser persönliches Happy End.

Ich starre die Buchstaben an und fühle mich tausendmal älter als die Frau, die diese Gravur zum ersten Mal sah, auch wenn es in Wahrheit nur ein paar Jahre her ist. Damals dachten wir, unser Happy End wäre ein Haus voller Kinder, erfüllt von Lachen. *Können* wir zu einem anderen Ende finden – gemeinsam?

Ich atme tief durch, und meine Finger schließen sich um den Ring. Ich weiß es nicht, aber ich will es versuchen. Reden, mich endlich öffnen und sehen, ob noch etwas zwischen uns vorhanden ist. Wir haben uns beide verändert, beide so viel durchgemacht, aber ich hoffe, es gibt noch etwas, das es wert ist, gerettet zu werden.

Ich gehe zurück zum Hotel, und sein Ring schmerzt in meiner Handfläche, so fest halte ich ihn umklammert. Jetzt, da der Schock, ihn gefunden zu haben, abgeklungen ist, überkommt mich ein Anflug von Sorge, der die Beklemmung noch verstärkt, die ich bisher erfolgreich unterdrückt habe. Der Edward, den ich kenne – den ich *kannte* –, hätte diesen Ring nicht freiwillig abgenommen. Wie hatte er also auf dem Gehweg landen können? Geht es Edward gut? Wurde er überfallen, und die Täter haben seinen Ring unabsichtlich fallen gelassen? Hat das etwas damit zu tun, wo er die ganze Nacht war?

Ich beschleunige meine Schritte über den Platz und drücke die Daumen, dass er zurück in unserem Zimmer ist. Im Rezeptionsbereich hängt der Duft nach Kaffee und warmen Croissants, und ich werfe einen kurzen Blick in den winzigen Essbereich, aber dort ist er nicht. Ich bin zu nervös, um auf den Aufzug zu warten, und nehme stattdessen die Wendeltreppe, immer zwei Stufen auf einmal. Mein Atem geht stoßweise, als ich mich der oberen Etage nähere. Als ich die Tür öffne, klopft mein Herz, und mir ist leicht schwindlig, aber ich bin mir nicht sicher, ob dafür der Treppenlauf oder meine Nerven verantwortlich sind.

Ich horche auf Duschgeräusche, auf das Platschen von Wasser im Waschbecken, auf irgendetwas, das mir zeigen würde, dass er hier ist. Aber meine Notiz liegt noch genau dort auf dem Kissen, wo ich sie hinterlassen habe, der Vorhang weht in der Brise des von mir geöffneten Fensters – und nirgends ein Zeichen von ihm.

Wo bist du? will ich aus dem Fenster hinausschreien, wie sie es immer in Filmen tun. Ich stelle mir vor, wie meine Stimme über die Schornsteine und grauen Schieferdächer schwebt, sich um den Eiffelturm wickelt und die Kuppel von Sacré-Cœur hinabgleitet.

Ist es verrückt zu denken, dass er mich irgendwie, irgendwo hören kann?

KAPITEL 49

Meine Sicht ist verschwommen, und mir ist kalt, obwohl ich schweißgebadet bin, und die pulsierende Musik und die blitzenden Lichter bereiten mir Übelkeit. Ich habe keine Ahnung, wie spät es ist, aber eins weiß ich: Ich muss zurück ins Hotelzimmer und schlafen. Es war gut, etwas Verrücktes zu tun, was ich jahrelang nicht getan habe – vielleicht auch nie –, aber ich bin zu alt, um das noch länger fortzusetzen.

Ich stolpere in Richtung Clubtür und die Treppe hinauf, greife nach dem Geländer, um nicht vornüberzukippen. Draußen kommt langsam Licht in den dunklen Nachthimmel, und die ersten Sonnenstrahlen berühren den Gehweg. Ich schließe meine brennenden Augen, öffne sie aber schnell wieder, als sich die Welt zu drehen beginnt. Gott, was habe ich mir angetan?

Gut, wo geht's zum Hotel? Ich habe nicht aufgepasst, als ich den Amerikanern zum Club gefolgt bin, aber ich glaube nicht, dass es sonderlich weit war. Auf jeden Fall denke ich, dass etwas gehen mir helfen wird, den Schwindel loszuwerden. Ich bewege mich zögerlich über den Bürgersteig und fühle mich, als würde ich durch Melasse waten.

Ein Schritt, dann noch einen. Ein Schritt, dann noch einen. Wenn ich mich darauf konzentriere, komme ich irgendwann an.

Nach einer gefühlten Ewigkeit, die wahrscheinlich nur ein paar Minuten gedauert hat, weiten sich meine Augen – so weit sie dazu in der Lage sind –, als ich einen Springbrunnen durch die Bögen erkenne. Das ist der Platz um die Ecke vom Hotel. Irgendwie habe ich es zurückgeschafft, und keinen Moment zu früh, denn meine Eingeweide fühlen sich an, als wollten sie sich oben und unten gleichzeitig entleeren. Ich beschleunige meinen Schritt, so gut es meine Muskeln erlauben, über das Grasstück, vorbei am Springbrunnen und …

Mir bleibt der Atem weg, als ich gegen einen der vielen Bögen krache. Ein scharfer Schmerz pocht in meiner Schläfe, und benommen halte ich eine Hand an meinen Kopf. An meinen Fingern klebt Blut.

»Monsieur?« Ein Mann steht plötzlich an meiner Seite und greift nach meinem Arm. »Monsieur, geht es Ihnen gut?«

Ich kann mich nicht einmal dazu bringen, zu antworten oder auch nur zu nicken, so stark ist der Schmerz in meinem Kopf. *Gut, dass ich betrunken bin, kommt mir als Gedanke. Sonst würde das wirklich wehtun.* Ich will lachen, aber in meinem Magen dreht sich gerade alles, und ich fürchte, die kleinste Bewegung würde dazu führen, dass ich mich übergeben muss.

Zu spät. Das ganze Bier und alles, was ich gegessen habe, platschen in einem Wasserfall auf den Gehweg. Der Mann geht mit angeekeltem Blick auf Abstand. *Ich ekle mich auch, Kumpel,* würde ich am liebsten sagen. Ich kann nicht glauben, in welchem Zustand ich mich befinde. Ich habe mich noch nie aufgrund von Alkohol übergeben müssen, und damit in meinen Vierzigern anzufangen ist einfach erbärmlich.

»Tut mir leid«, krächze ich und wische mir mit der Hand übers Gesicht. Er greift erneut nach meinem Arm und deutet auf eine leere Bank. Ich lasse mich darauffallen. Ich fühle mich einfach furchtbar. Ich kann spüren, wie das Blut an einer Seite meines Kopfs herunterläuft, und das Pochen wird schlimmer, als hätte jemand eine Spitzhacke in meinen Schädel gerammt.

»Ich habe einen Krankenwagen gerufen«, sagt der Mann. »Bleiben Sie hier sitzen. Er wird bald da sein.«

»Nein, nein.« Ich versuche, den Kopf zu schütteln, aber es schmerzt wie verrückt. »Ich brauche keinen Krankenwagen. Ich muss mich nur eine Minute ausruhen, dann kann ich in mein Hotel gehen. Es ist gleich da drüben.« Ich deute mit einem Arm in die entsprechende Richtung.

»Sie sind ziemlich hart gegen die Mauer gestoßen«, sagt der Mann mit autoritärer Stimme. »Und dieser Schnitt an Ihrem Kopf sieht aus, als müsste er genäht werden. Warten Sie hier.«

Ich will mit ihm diskutieren, aber mir fallen die Worte nicht ein. Ich habe auch nicht die Energie, mich zu bewegen. Wenn der Krankenwagen kommt, werden sie sehen, dass der Anruf unnötig war, und mich wegschicken. Ich lehne mich zurück, schließe wieder die Augen und bete, dass die Welt aufhört, sich zu drehen.

KAPITEL 50

ZOE, APRIL 2013

Ich starre das Blut auf dem Toilettenpapier an, und die Erkenntnis trifft mich im selben Moment: Ich bin nicht schwanger. Vor dem Bad hämmert Milo gegen die Tür und ruft so beharrlich »Mama! Mama!«, dass man meinen könnte, ich wäre auf den Mars ausgewandert, anstatt die wenigen Schritte vom Wohnzimmer nach unten auf unsere Toilette gegangen zu sein. Ich dachte immer, die Mütter, die behaupten, sie würden alles dafür geben, in Ruhe ins Bad gehen zu können, wären leicht verrückt. Wie schwer kann es sein, das Kind kurz allein zu lassen, um pinkeln zu gehen? Jetzt würde ich alles für ein bisschen Freiraum geben, um zu verarbeiten, dass es wieder einmal nicht geklappt hat.

Es ist erst ein paar Monate her. Sechs Monate, um genau zu sein, seit Edward und ich begonnen haben, es zu versuchen. Und obwohl ich weiß, dass das nicht sehr lang ist und dass es vermutlich nicht einfach wird, lässt mich allein die Tatsache des *Versuchens* an ein positives Ergebnis glauben. Ich war nie gut darin, einfach nur zu warten, auf das Schicksal zu vertrauen. Daher habe ich alles dafür getan, um schwanger zu werden:

diese schrecklichen Vitamine genommen, den Alkohol aufgegeben (!!) und sogar meine Temperatur überprüft, um festzulegen, wann mein Eisprung ist. Und trotzdem … nichts.

Es ist seltsam, dass ich, als ich nicht schwanger werden wollte und nicht glaubte, dass es passieren könnte, tatsächlich schwanger wurde. Und jetzt, wo wir bereit sind, klappt es nicht. Obwohl ich weiß, wo das Problem liegt, habe ich doch irgendwie das Gefühl, dass es meine Schuld ist. Oder eher die Schuld meines Körpers, da ich langsam nicht mehr das Gefühl habe, dass er mir gehört. Kate (die jetzt in einem Irrenhaus mit zwei Kindern, einem Hund und drei Hamstern lebt) sagt mir ständig, ich solle mich entspannen, dass es geschehen wird und dass wir das Leben mit einem Kind genießen sollten, solange wir können.

Und das tun wir auch, natürlich tun wir das. Niemand kann behaupten, Mutter zu sein wäre einfach, und manchmal pocht mein Kopf von der Gnadenlosigkeit der ganzen Angelegenheit. Aber genau wie ich es mir vorgestellt habe, lassen mich diese kleinen Momente jeden Tag – die Momente, wenn mir mein Kind seine Arme um den Hals schlingt oder wenn sein Kichern die Luft erfüllt – die Entbehrungen vergessen. Ich kann mich kaum noch an mein Leben vor ihm erinnern; irgendwie fühlt es sich leer an, ohne dieses Gewicht aus Liebe und Emotionen.

Edward versucht, ruhig zu bleiben, aber ich kann die Enttäuschung und die Sehnsucht in seinen Augen sehen, wenn ich ihm Monat für Monat sage, dass es nicht geklappt hat. Er nickt, umarmt mich und sagt dann nur, dass wir es weiter versuchen. Ich will fragen, wie lange – wie lange das alles so weitergehen soll, weil ich nicht glaube, dass ich jahrelange Fehlschläge verkraften kann. Stattdessen presse ich meine Lippen zusammen, atme seinen Duft ein und sage mir, dass es auch okay ist, wenn es nicht klappt. Wir haben unsere Familie, wir haben den wundervollsten Jungen der Welt, und alles andere wäre nur ein

Bonus. Vielleicht sind wir gierig, weil wir mehr wollen. Vielleicht *sollten* wir einfach das zu schätzen wissen, was wir haben. Das ist allerdings schwer, wenn aus jeder von Edwards Poren die Verzweiflung strömt.

»Mama kommt ja schon!«, rufe ich Milo zu, als das Hämmern und Schreien solche Ausmaße annimmt, dass ich befürchten muss, die Tür könnte gleich nachgeben. Seufzend ziehe ich meine Hose hoch, wasche mir die Hände und betrachte mein Spiegelbild.

Alles andere wäre nur ein Bonus, wiederhole ich wie ein Mantra, öffne die Tür, ziehe meinen zappelnden Sohn in meine Arme und atme seinen Kleinkindduft ein. Er beißt mir in die Nase und windet sich aus meiner Umarmung, und ich setze mich gerade auf den Boden, als die Haustür aufgeht.

»Daddy!« Milo reißt sich los, trottet auf seinen Vater zu und wirft seine knubbligen Arme um Edwards Beine.

»Hey! Schönen Tag gehabt?« Edward zerzaust Milos weiches braunes Haar, beugt sich dann zu mir herab und küsst mich. »Irgendetwas Neues?« Er weiß, dass meine Regel heute fällig ist, und ich versuche, nicht zu besorgt zu wirken, als ich meinen Kopf schüttle.

»Nein. Diesmal nicht.« Ich weiche Edwards Blick aus und sehe zu Milo, unfähig, die Enttäuschung in Edwards Gesicht zu ertragen. »Na los, Kleiner. Wie wär's, wenn du aufräumst, bevor du noch über ein Spielzeug stolperst?«

Wir sehen beide zu, wie Milo zu seiner Spielzeugkiste läuft und sie noch weiter ausleert, anstatt die Sachen hineinzupacken. Edward lacht, und ich stoße einen tiefen Seufzer aus. Es ist nur lustig, wenn man nicht schon den ganzen Tag Spielzeug weggeräumt hat.

»Komm her.« Edward zieht mich hoch und hinüber zum Sofa. Gott, es fühlt sich gut an, auf etwas Gepolstertem zu sitzen anstatt auf dem harten Boden, auf dem ich den ganzen Tag mit Milo gespielt habe. Ich lehne mich zurück und schließe die Augen. Ich spüre, wie ich endlich entspannen kann, jetzt, wo Edward zu Hause ist und das Gewicht der Verantwortung für Milo etwas leichter geworden ist.

»Ich habe nachgedacht …« Edwards Stimme erreicht mich, und widerstrebend öffne ich die Augen. »Ich weiß, wir versuchen es noch nicht so lange, aber vielleicht sollte ich ein paar Tests machen lassen, nur um zu sehen, wie die Dinge wirklich stehen.«

Ich setze mich auf und reibe mir die Augen. »Ja, das ergibt Sinn.« Wenn es ihn beruhigt, bin ich absolut dafür. »Was steht da als Erstes an?«

»Ich gehe erst mal zu unserem Hausarzt«, sagt Edward und streckt seine langen Beine aus. Ich ziehe eine Grimasse, als ich ein Loch in der Naht seiner Jeans sehe. Ich muss bald wirklich mit ihm shoppen gehen. »Beim letzten Mal hätte ich ungefähr einen Monat später einen Termin bekommen, davon würde ich diesmal auch ausgehen.«

Ich drehe mich zu ihm. »Beim letzten Mal? Was meinst du damit? Hast du diese Tests schon mal gemacht?«

Edward windet sich auf dem Sofa. »Na ja, nein. Ich bin nicht hingegangen.«

Ich runzle die Stirn und versuche, sie wieder zu glätten. Mom sagt mir immer wieder, dass ich Falten bekommen werde, und sie hat recht. »Warum nicht? Und wann war das überhaupt?« Ich denke an die letzten Jahre zurück und versuche, mich zu erinnern, ob er mir jemals erzählt hat, dass er sich testen lassen wolle, aber mir fällt keine Situation ein. Und warum sollte er es mir auch nicht erzählen?

»Es war, nachdem Kate mir erzählt hatte, dass du schwanger bist. Ich war mir nicht sicher, was ich denken sollte – ob es überhaupt möglich war –, also ging ich zum Arzt, der einen Termin für die Tests ansetzte. Aber als du mir dann gesagt hast, es sei nicht meins und dann doch, und das alles, nun … es schien nicht mehr wirklich nötig.«

»Ah.« Wir starren beide alles andere an, nur nicht einander. Es ist das erste Mal, dass wir über diese schreckliche Reihe von Ereignissen reden – über die schreckliche Sache, die ich getan habe. Rückblickend ist es mir unbegreiflich, wie ich Edward sagen konnte, dass Milo nicht sein Kind sei. Es ist mir unbegreiflich, dass ich den Mann, den ich liebe, den Mann, dessen Sohn in mir war, derart anlügen konnte.

Aber ich bin nicht mehr dieselbe Person. Ich bin nicht mehr die Frau, die sich vor dem ›für immer‹ scheute, davor, die Leere in ihrer Zukunft zu füllen, ein Leben voller Liebe aufzubauen. Meine Güte, ich will jetzt sogar mehr davon, trotz allem, was das beinhaltet – mehr schlaflose Nächte, noch weniger Freiheit und noch mehr Balanceakte.

Ich habe jetzt keine Angst mehr.

Kapitel 51

Das Heulen der Sirene eines sich nähernden Krankenwagens schneidet durch die Wand des Schmerzes, der mich gefangen hält. Ich versuche mein Bestes, mich in die entsprechende Richtung zu wenden, aber das macht es nur noch schlimmer. Ich muss mir den Kopf wirklich hart angeschlagen haben.

»Englisch?«, fragt der Sanitäter, als er mich erreicht, begleitet von dem Mann, der mir geholfen hat.

»Ja«, sage ich durch zusammengebissene Zähne. Selbst das bisschen Reden ist qualvoll.

Der Sanitäter versucht, meinen Kopf zu drehen, und ich muss laut aufschreien. Normalerweise wäre ich jetzt peinlich berührt, aber um ehrlich zu sein, bin ich noch immer zu betrunken, als dass es mir etwas ausmachen würde, und außerdem tut es höllisch weh.

»Wir nehmen Sie mit ins Krankenhaus«, sagt der Sanitäter. »Das muss ein Arzt nähen.«

»Nein, nein, nein«, protestiere ich. »Können Sie nicht einfach ein Pflaster draufkleben?« Plötzlich fällt mir etwas ein. Wie spät ist es eigentlich? Fionas Zug kommt bald an, und in diesem

Zustand kann ich sie keinesfalls treffen. Ich kann mir durchaus vorstellen, wie sie die einnehmende Kombination aus Alkohol und Erbrochenem aufnehmen würde. Ich muss wenigstens duschen. Ein Ausflug ins Krankenhaus – auch noch in ein französisches, bei dem ich keine Ahnung habe, was vor sich geht – ist nicht Teil meines Plans.

Aber der Sanitäter sieht das anders. Er greift bereits nach meinem Arm und hilft mir hoch. »Wenn Sie das nicht nähen lassen, bekommen Sie eine große … wie nennen Sie das? Narbe. Und riskieren eine Infektion. Kommen Sie. Es wird nicht lange dauern.«

Ja, klar. Seit wann sind Krankenhäuser für ihre Geschwindigkeit bekannt? Aber Fiona hat noch nicht angerufen, und ich will keine Narbe und auch keine Infektion. Seufzend lasse ich mich vom Sanitäter hinten in den Krankenwagen und zu einer Liege führen. Krachend schließen sich die Türen, der Motor wird gestartet, und ich schließe die Augen, als die Fahrt losgeht.

Das Geräusch der Türen, die wieder geöffnet werden, reißt mich zurück ins Bewusstsein. Ich versuche, mich hinzusetzen, aber der Schmerz ist so grell, dass ich meinen Kopf senke. Als mich die Sanitäter ins Krankenhaus tragen, prasseln die hellen Lichter, der Geruch nach Desinfektionsmittel, Staub und den Körpern vieler auf engem Raum gedrängter Menschen auf meine Sinne ein.

Plötzlich überkommt mich eine Welle der Erinnerung, so schnell, dass ich keine Zeit habe, sie zurückzudrängen.

Es ist der Tag von Milos Unfall, und Zoe hat gerade angerufen. Sie sitzt mit ihm im Krankenwagen, sagt sie, mit so flacher und lebloser Stimme, dass sie wie eine Fremde klingt. Sirenen plärren im Hintergrund, sie bittet mich, sie im Krankenhaus zu treffen und legt auf. Ich versuche, sie zurückzurufen, aber das Handysignal an dem gottverlassenen Ort, an dem mein Unternehmen seine Firmenfeier abhält, ist so schwach, dass ich nicht durchkomme.

Warum musste das ausgerechnet an dem einen Tag passieren, an dem ich kilometerweit von zu Hause weg bin?

Eilig verabschiede ich mich, nehme mir ein Taxi zum Bahnhof und bete zu Gott, dass bald der nächste Zug fährt. Dieses Mal ist mir das Glück hold. Ein Zug fährt mit quietschenden Bremsen ein, und ich betrete ihn mit pochendem Herzen. Zu dieser Tageszeit sind viele Sitzplätze frei, aber ich kann es nicht ertragen, mich hinzusetzen. Stattdessen stehe ich direkt vor der Tür, als würde das den Zug schneller fahren lassen. Ich wähle immer wieder Zoes Nummer, aber es klingelt nur, und dann geht der Anrufbeantworter an.

Während die Reihen der Vororthäuser und Schornsteine vorbeiziehen, füllt sich mein Kopf mit Bildern von Milo, wie er im Krankenwagen liegt – das heißt, wenn sie ihn dazu bringen konnten, dass er sich hinlegt. Wir haben immer gescherzt, dass er betäubt werden müsse, wenn ihn jemand dazu bringen wolle, still zu halten; ihn ins Bett zu bringen dauert manchmal Stunden. Vielleicht nur ein gebrochener Arm oder ein verdrehter Knöchel? Ein Schlag auf den Kopf, der beobachtet werden muss? Vielleicht sitzt er, zieht an den Gurten und schlägt gegen die Wand. Ich gehe in dem engen Raum auf und ab, mache mir meine Gedanken zu der Art des Unfalls und verfluche meine Frau, weil sie mir nicht mehr Details geliefert hat.

Endlich fährt der Zug in den Bahnhof ein. Ich drücke wieder und wieder auf den Türöffnerknopf, damit es schneller geht. Als die Türen endlich mit einem Zischen aufgehen, springe ich aus dem Zug, eile den Bahnsteig entlang, dann die Treppe hinauf und über die Brücke zu der wartenden Reihe Taxis.

»Royal Surrey Hospital, bitte«, sage ich, nach meinem Sprint kaum in der Lage zu sprechen. Noch einmal versuche ich, Zoe zu erreichen, das Handy in meiner Hand ist schweißnass. Erneut keine Antwort.

Ich gebe dem Fahrer hastig ein paar Geldscheine, als der

Wagen vor dem Krankenhaus hält, schlage die Tür zu und eile in die Notaufnahme. Wir waren schon einmal hier, vor ein paar Monaten, als Milo Krupp hatte. Gott, das war vielleicht unheimlich. Nur zu hören, wie er rasselnd atmete, ließ mich um sein Leben fürchten. Es machte mich physisch krank, ihn leiden zu sehen, und in dieser einen Nacht wurde mir klar, dass ich es nicht ertragen könnte, ihn zu verlieren.

Ich schiebe mich an einer Gruppe müde aussehender Leute zur Rezeption vor. Normalerweise läge mir nichts ferner, als mich vorzudrängeln – Zoe scherzt immer, dass ich eben ein waschechter Brite bin –, aber im Moment ist mir das völlig egal.

»Mein Sohn wurde vor ungefähr einer Stunde mit dem Krankenwagen hergebracht«, sage ich und wische mir den Schweiß von der Stirn. »Milo Morgan. Können Sie mir bitte sagen, wo er ist?«

Sie sieht aus, als wolle sie mich zurechtweisen, mich wieder anzustellen, aber irgendetwas in meinem Gesicht muss meine Verzweiflung deutlich gemacht haben, denn sie fragt nach seinem Geburtsdatum und klickt dann auf dem Computer herum.

»Setzen Sie sich doch gleich hierhin«, sagt sie in barschem Tonfall, doch ihre Augen sind weich geworden. »Ich hole jemanden, der Sie zu ihm bringt.«

Ich trete ein paar Schritte zurück, aber hinsetzen kann ich mich auf keinen Fall. Ich fahre mir erneut mit der Hand übers Gesicht, und wieder ist sie voller Schweiß. Irgendwo in diesem riesigen Monster von Gebäude ist mein Sohn. Ich muss ihn sehen, seine Hand halten und seine pausbäckige Wange küssen. Ich muss sicherstellen, dass es ihm gut geht oder dass es ihm bald wieder gut gehen wird. Er muss wissen, dass sein Daddy da ist.

»Mr Morgan?« Ein Pfleger taucht neben mir auf. »Kommen Sie bitte hier entlang.«

Ich folge ihm durch eine Reihe von Schwingtüren einen

Gang hinunter; das einzige Geräusch, das zu vernehmen ist, ist das Quietschen seiner Schuhe. Während wir uns von der Notaufnahme entfernen und über einen weiteren nichtssagenden Flur gehen, runzle ich die Stirn. Wohin gehen wir? Wurde Milo auf eine andere Station verlegt? Ich bin versucht nachzufragen, will den Mann aber auch nicht aufhalten. Ich will einfach nur so schnell wie möglich zu meiner Familie. Zum Glück läuft der Pfleger schnell, und ich kämpfe darum, mit ihm Schritt zu halten. Ich würde sogar rennen, wenn ich könnte.

Er dirigiert mich in einen Lift, drückt dann einen Knopf, und der Aufzug setzt sich in Bewegung. Als sich die Türen öffnen, fällt mein Blick auf ein blaues Schild mit weißen Buchstaben. Es dauert eine Weile, bevor sich die Buchstaben zusammenfügen, um ein Wort zu bilden, und als mein Gehirn dieses Wort verarbeitet hat, weigern sich meine Füße weiterzugehen. Ich kann mich nicht mehr bewegen. Ich gehe nicht dorthin. Das ist nicht der Ort, an den ich muss – nicht der Ort, an dem Milo ist. Die müssen sich geirrt haben.

Auf dem Schild steht ›Leichenhalle‹.

Der Pfleger hat bereits den halben Flur passiert, und das Quietschen seiner Schuhe hallt in dem jetzt stillen Gang noch lauter. Als er bemerkt, dass ich ihm nicht mehr folge, dreht er sich um.

»Mr Morgan?«

Ich bin immer noch auf der Stelle festgewachsen, und meine Muskeln zittern jetzt, als sich das Beben, das in mir begonnen hat, durch meinen Körper ausbreitet. Auch mein Kopf zuckt vor und zurück. Alles in mir, jede einzelne Zelle, lehnt ab, wohin dieser Mann mich führen will.

»Ich suche nach meinem Sohn«, sage ich, kaum in der Lage zu sprechen, so staubtrocken ist mein Mund. »Meinem Sohn. Milo Morgan.«

Der Pfleger kommt auf mich zu, und eine Mischung aus

Unsicherheit und Panik blitzt kurz in seinem Gesicht auf. Zum ersten Mal sehe ich, wie jung er ist – vermutlich noch keine zwanzig.

»Äh, ja, tut mir leid, bei der Rezeption hat man mir gesagt, ich solle Sie herbringen«, sagt er. »Wegen des Jungen, der mit dem Krankenwagen eingeliefert wurde, richtig?«

Ich nicke, und der Pfleger beißt sich auf die Lippe.

»Folgen Sie mir bitte.« Es klingt mehr nach einer schüchternen Frage als einer Aufforderung, und obwohl ich noch immer nicht glauben kann, dass ich am richtigen Ort bin, fühle ich mich auf seltsame Weise verpflichtet, diesem jungen Mann zu helfen. Ich zwinge meine Beine, sich auf ihn zuzubewegen, dann um die Ecke in einen anderen Gang, bis wir vor einem Raum halten. Es gibt ein kleines Fenster mit einem zugezogenen Vorhang, und ich kann spüren, wie mir der Atem stockt.

»Ihre Frau ist dort drin, zusammen mit Ihrem Sohn«, sagt der Pfleger, dreht sich dann um und läuft schnell wieder den Gang hinunter. Das Quietschen ist in schnellerer Abfolge zu hören, als könne er es nicht erwarten, der Szene zu entfliehen.

Ich kann noch immer nicht glauben, dass ich hier richtig bin, aber ich muss meinen Horror und meine Angst überwinden. Wie in einem Albtraum hebe ich langsam die Hand und klopfe an die Tür, und mein Herz rast, während ich auf wen auch immer warte, um mir die Tür zu öffnen. *Bitte lass es nicht Zoe sein. Bitte lass es nicht Zoe sein. Bitte lass es nicht Zoe sein.* Ein verzweifeltes Flehen geht mir durch den Kopf, als ich höre, wie sich Schritte nähern.

Ich sehe, wie sich der Türknauf dreht, dann erscheint Zoe, und alles in mir wird schwarz.

KAPITEL 52

Ich kann auf keinen Fall in diesem Hotelzimmer bleiben und einfach nur darauf warten, dass Edward auftaucht. Ich muss mich bewegen, etwas tun. Die Tage, in denen ich nur dahintrieb und darauf wartete, dass die Zeit vergeht, sind vorüber.

Ich stecke seinen Ehering in die Tasche und poltere die enge Treppe hinunter zur Rezeption.

»Können Sie mir sagen, wann Sie meinen Mann das letzte Mal gesehen haben? Edward Morgan?«, frage ich die Rezeptionistin. Es ist ein kleines Hotel, daher besteht die Chance, dass sie sich erinnert. Sie schaut mich mitleidig an und fragt sich vermutlich, was für eine erbärmliche Ehe wir führen, dass ich nicht einmal weiß, wo er ist.

»Ich habe ihn heute Morgen noch nicht gesehen«, sagt sie, »aber meine Schicht hat auch gerade erst begonnen.«

Ah, natürlich. »Falls Sie ihn sehen, würden Sie ihm bitte sagen, dass seine Frau nach ihm sucht? In unserem Zimmer liegt ein Zettel«, sage ich, da ich nicht auf weitere Details eingehen will. Sie sieht jetzt schon gelangweilt aus.

»Natürlich. Und darf ich Sie daran erinnern, dass Sie bis elf

Uhr auschecken müssen?«

Unverschämte Kuh, denke ich und ein Anflug von Panik durchzuckt mich. Was, wenn ich Edward bis zum Checkout nicht gefunden habe? Wie soll ich nach Hause kommen? Komisch, dass ich jetzt tatsächlich nach Hause will. Die letzten zwei Jahre habe ich versucht, von dort fernzubleiben.

Aber ich werde Edward wiederfinden. Natürlich werde ich das – all seine Sachen sind noch hier. Es sei denn … Meine Finger berühren den Ring in meiner Tasche. Es sei denn, ihm ist etwas passiert.

Er ist ein großer Junge, ermahne ich mich und verdränge die nagende Angst. Ich bin mir sicher, dass es eine völlig vernünftige Erklärung dafür gibt, warum sein Ring auf dem Gehweg lag. Ich beiße mir auf die Lippe und überlege, ob ich vielleicht ein paar Krankenhäuser anrufen sollte … nur für den Fall. Ich habe es Edward nie erzählt, aber das ist etwas, was ich im ersten Jahr nach Milos Unfall häufiger tat, wann immer er spät von der Arbeit nach Hause kam. Das Leben – oder der Tod – hatte mir gezeigt, wie einfach einem etwas genommen werden, wie schnell jemand, den man von Herzen liebt, für immer verschwinden konnte. Und obwohl ich in dieser Zeit nicht gerade an Edward festhielt – ich konnte nicht, ich fühlte mich einfach nicht danach –, gab es noch immer einen Teil von mir, der Angst hatte, ihn zu verlieren. Ich rief so oft an, dass sich das Krankenhaus weigerte, meine Fragen zu beantworten, und irgendwann hörte ich auf. Aber ich glaube nicht, dass meine Angst jemals geringer wurde.

Aber das hier ist nicht dasselbe, nicht einmal ansatzweise. Wir sind in einer fremden Stadt, er war die ganze Nacht nicht hier, und sein Ring lag auf dem Gehweg. Eine innere Stimme sagt mir, dass da etwas nicht stimmt. Ich gehe noch einmal zur Rezeption zurück. Mir ist klar, dass die Frau mich für verrückt halten wird, aber es ist mir egal. Mir ist schon seit Langem egal, was andere Leute über mich denken.

»Ich mache mir Sorgen um meinen Mann«, sage ich ihr jetzt. »Es ist nicht typisch für ihn, die ganze Nacht weg zu sein. Ich würde gern die Krankenhäuser in der Nähe anrufen, nur um sicherzustellen, dass er nicht dort ist. Wenn Sie mir die Nummer geben …«

»Ich mache das«, sagt sie und überrascht mich mit ihrem Hilfsangebot. »Es ist einfacher, wenn ich das übernehme.«

»Das wäre fantastisch, danke. Sein Name ist Edward Morgan, er ist groß und dünn mit dunklen Haaren … er müsste seinen Ausweis dabeihaben.« Ich beiße mir wieder auf die Lippe und denke, wenn er seinen Ehering nicht mehr hat, dann vielleicht auch nicht seine Brieftasche. Wie hoch ist die Wahrscheinlichkeit, dass wir in dieser Stadt beide ausgeraubt wurden?

Sie nickt und sucht auf ihrem Computer eine Nummer raus. Ich halte den Atem an, als sie wählt und dann etwas in schnellem Französisch in den Hörer spricht. Ich erkenne Edwards Namen, und dann nickt sie. »Ich habe das nächstgelegene Krankenhaus mit Notaufnahme angerufen. Ich bin in der Warteschleife; sie prüfen gerade die Zugänge. Es könnte etwas dauern.« Ihr Blick deutet auf einen Stuhl vor dem Tresen, aber ich kann mich auf keinen Fall hinsetzen.

Es geht ihm gut, sage ich mir. Es muss ihm gut gehen. Nach allem, was ich durchgemacht habe, kann ich ihn nicht auch noch verlieren. Nicht so.

Die Rezeptionistin antwortet demjenigen am anderen Ende der Leitung in einem Schwall Französisch und wendet sich dann an mich. »Er ist im Krankenhaus Hôtel-Dieu«, sagt sie, und mein Herz setzt einen Schlag aus.

»Geht es ihm gut? Was ist passiert?«

»Sie wollten mir nichts sagen«, sagt sie, wählt eine andere Nummer und spricht laut auf Französisch in den Hörer. »Ich habe Ihnen ein Taxi gerufen, es sollte in einer Minute hier sein. Es bringt Sie hin.«

»Danke«, bringe ich mit zitternder Stimme heraus. Irgendwie tragen mich meine Beine zur Tür, und mein Herz schlägt so stark gegen meine Rippen, als wolle es herausspringen. Das darf nicht passieren. Nicht schon wieder.

Das werde ich nicht zulassen.

KAPITEL 53

»Monsieur?« Beim Klang einer fremden Stimme öffne ich die Augen. Ein Arzt steht über mir und drückt und quetscht an meiner Kopfwunde herum. Verdammt, tut das weh.

»Das muss auf jeden Fall genäht werden«, sagt er, dreht sich um und zieht eine Schublade auf, in der die Folterinstrumente warten. »Einen Augenblick, bitte.« Er zieht einen Vorhang auf, und ich lege meinen Kopf mit einem Stöhnen wieder auf die harte Matratze. Mein Schädel pocht so stark, dass er sich praktisch mit jedem Pulsieren vom Kissen hebt, und je weniger ich über den Zustand meines Verdauungssystems nachdenke, desto besser. Was zur Hölle habe ich mir nur dabei gedacht, so viel zu trinken?

Meine Lider werden wieder schwer, und Zoes Gesicht taucht vor meinem inneren Auge auf, wie es an dem Tag in der Leichenhalle aussah: nicht meine Frau, nicht jemand, den ich kenne, jemand Erstarrtes ... jemand, der innerlich so blockiert ist, dass er sich kaum bewegen kann. Ich hätte sie umarmen oder es zumindest versuchen sollen, aber ich konnte nicht. Alles, was ich erkennen konnte, sobald meine Sicht wieder klar wurde, war Milo.

Ich hatte ihn nie zuvor so still gesehen. Selbst wenn er schlief, war er ein Wirbelwind, der sich ständig in seinen Decken verheddderte und vom Bett fiel. Sein Gesicht war kreideweiß, als hätte er sich wieder mal an Zoes Puder bedient. Auf einer Wange waren Kratzer und blaue Flecken, und in seinen Lippen waren zwei tiefe Schnitte. Aber abgesehen davon und von etwas Schmutz auf seiner Jeans (nicht anders zu erwarten), konnte ich nicht erkennen, was passiert war.

Zoe erklärte es in demselben flachen Ton, mit dem sie auch schon am Telefon gesprochen hatte. Während ihre Stimme den kleinen Raum füllte, hielt sie Milos Hand die ganze Zeit fest gedrückt. Ich erinnere mich, wie ich sie anstarrte und sah, wie sich ihre Lippen bewegten, jedoch nichts davon verstand. Ich versuchte verzweifelt, etwas oder jemanden zu finden, um es ungeschehen zu machen.

Ein Schrei löst sich in mir, der nichts mit meinem Kopf zu tun hat. Trauer überkommt mich mit voller Wucht, und diesmal kann ich sie nicht aufhalten. Sie füllt jede Faser meines Wesens, läuft in alle Ritzen und Hohlräume, bis ich das Gefühl habe, mein Körper ist vollständig mit Traurigkeit gefüllt, die so schwer wiegt wie Beton und mich auf das Bett drückt. Ich will aufstehen, entkommen, weggehen, wie ich es sonst tue, aber ich kann nicht – ich bin festgenagelt. Die Trauer drückt mit solcher Macht auf meine Lungen, dass ich kaum atmen oder irgendwelche Gedanken formen kann. Ein leiser Klagelaut verlässt meine Kehle, ein Klang, der eher animalisch als menschlich klingt.

Ich weiß nicht, wie lange ich so daliege, reglos auf dem Bett, während die Traurigkeit in mir tobt, als würde mir jemand Schläge in die Magengrube verpassen. Jeder Schlag raubt mir den Atem, als immer mehr Bilder von Milo auf dieser Liege in meine Gedanken eindringen. Ich flehe mein Gehirn im Stillen an, damit aufzuhören, aber ich habe die Kontrolle verloren. Ich habe keine Wahl, als mich der Sache zu ergeben.

Inmitten all dessen erfüllt Zoes versteinertes Gesicht meine Gedanken. Ist es das, was sie jeden Tag fühlt? Ist es das, womit sie lebt – einer Traurigkeit, die nicht nur passiv ist, sondern gewalttätig, die nach deinem Leben und deinem Lebenswillen greift? Falls ja, kann ich jetzt verstehen, warum es ihr so schwerfiel weiterzumachen. Wenn das die Norm ist, muss es schon eine Qual sein, eine einzelne Stunde durchzustehen. Kein Wunder, dass sie nicht mit mir sprechen konnte, nicht darauf reagieren konnte, was ich als meine Hilfe und Unterstützung für sie ansah.

Ein Schuldgefühl überkommt mich, als ich mir die Male in Erinnerung rufe – die vielen Male –, bei denen ich versuchte, sie zu animieren, und die Frustration, die ich fühlte, wenn nichts zu funktionieren schien. Milos Sachen einpacken, sie ermutigen, mehr Kunden anzunehmen … sogar sie zu fragen, es noch einmal mit einem Baby zu versuchen. Ich zucke zusammen, als ich ihren gequälten Blick vor mir sehe. Wenn in diesem Moment jemand versuchen würde, mich vorwärtszudrängen, ich würde ausholen und zuschlagen. Ich tat nur das, was ich für das Beste hielt, aber kann ich wirklich behaupten, dass meine Methode des Weitermachens mir etwas gebracht hat? Habe ich mir jemals erlaubt, richtig um meinen Sohn zu trauern? Die Traurigkeit, die bis in die Seele vordringt, länger als ein paar Sekunden zu spüren, bevor ich sie wieder von mir schob?

Ich taste mit meiner Hand nach meinem Ringfinger, an dem sich die Haut noch immer seltsam und nackt anfühlt, dann nach oben zu meinem kürzlich rasierten Kinn. Hier bin ich nun, versuche, jemanden aus mir zu machen, der ich nicht bin, versuche, die Zeit zurückzudrehen, indem ich mich rasiere und mich im Alkohol verliere. Hier bin ich, kurz davor, meine Frau, die Mutter meines Kindes, mit einer Frau zu betrügen, die ich mag, aber – sehen wir der Wahrheit ins Gesicht – nicht liebe und wahrscheinlich auch niemals lieben werde. Ich bin einundvierzig Jahre alt und liege in der Notaufnahme eines ausländischen Krankenhauses, nachdem ich mir wegen zu viel Alkohol den Kopf angeschlagen habe. Erbärmlich.

Und nichts davon hat geholfen, die Erinnerungen zu tilgen, denen ich entgehen will. Ich bin noch immer ein Mann, dessen Sohn gestorben ist und dessen Frau ihn verlassen hat. Und obwohl ich es jetzt etwas besser verstehe, wird nichts diese Tatsache ausradieren, wie sehr ich es auch versuchen mag.

Nicht einmal, mit Fiona zu schlafen.

Ich zwinge mich, die Augen zu öffnen, und schaue auf mein Handy. Fiona hat mir immer noch nicht ihre Ankunftszeit geschickt, aber es muss bald so weit sein. Ich werde mich hier zusammenflicken lassen, zum Hotel gehen und nachsehen, wann sie kommt. Ich werde sie am Bahnhof treffen und ihr sagen, dass es mir leidtut, aber ich nach London zurückkehren muss – dass das mit uns nicht weitergehen kann. Ich will sie nicht enttäuschen, besonders nicht nach der langen Zugreise, aber ich kann so nicht weitermachen. Ich will kein Tourist in dieser Stadt sein; ich will mich nicht mehr die ganze Zeit dazu zwingen, nach vorn zu schauen.

Ich will einfach nur nach Hause, selbst wenn ich nicht mehr sicher bin, wo genau das ist.

KAPITEL 54

Ich sitze im Wartezimmer des Arztes und versuche, ruhig zu bleiben, während ich auf die Ergebnisse meines Fruchtbarkeitstests warte. Ich weiß, ich bin nicht unfruchtbar – Milo ist der lebende Beweis dafür –, aber wenn wir nachhelfen müssen, damit Zoe wieder schwanger wird, ist es das Beste, wir finden es jetzt heraus. Ich hasse Zoes Gesichtsausdruck, Monat für Monat, wenn sie herausfindet, dass sie nicht schwanger ist. Ich hasse es zu wissen, dass es an mir liegt, dass unsere Familie noch nicht vollständig ist, wir Milo keinen Bruder oder keine Schwester schenken können. Ich will, dass Zoe und Milo alles haben, aber mein Körper spielt nicht mit. Diese Last zieht mich jeden Tag runter, ein beständiger Vorwurf lauert im Hintergrund unseres sonst glücklichen Lebens.

Und sosehr ich schon die Vorstellung allein verabscheut habe, in ein Röhrchen zu ejakulieren und es analysieren zu lassen, habe ich genau das getan. Wenn es eine Möglichkeit gibt, dafür zu sorgen, dass meine Geschlechtsteile richtig funktionieren, dann bin ich dabei.

»Edward Morgan?«

246

Ich folge dem Arzt in sein Büro, setze mich in den Stuhl und denke an dieselbe Situation vor ein paar Jahren zurück. Es fühlt sich an, als wäre es in einem anderen Jahrhundert gewesen, dabei kann ich mich noch genau an die Verwirrung und Unsicherheit erinnern, als ich versuchte herauszufinden, was ich tun sollte – und wie dann alles zerbrach, als mir Zoe sagte, das Baby sei nicht von mir. Ich bemühe mich, jetzt nicht daran zu denken, weil es keinen Sinn ergibt, den absoluten Schmerz, die Verletzung und dann die Erleichterung und Ungläubigkeit, als sie mir die Wahrheit sagte, noch einmal zu durchleben. Wir sind glücklich, unser gemeinsames Leben ist wundervoll, und es ist niemandem damit geholfen, alte Erinnerungen wieder hervorzukramen. Außerdem hat Zoe mir versprochen, mich nie wieder anzulügen, und ich glaube ihr.

»Wir haben die Ergebnisse Ihres Tests.« Der Arzt lehnt sich in seinem Stuhl zurück, und mein Herz beginnt, schneller zu schlagen. »Ihre Spermienzahl ist eher gering, vermutlich als Resultat Ihrer Krankheit als Kind, aber es gibt keinen Grund, warum Sie nicht auf natürliche Weise ein Kind zeugen sollten. Ich würde sagen, probieren Sie es noch sechs Monate und kommen Sie dann wieder, wenn Sie immer noch Probleme haben. In Ordnung?«

Ich atme laut aus. Mir war gar nicht bewusst gewesen, dass ich die Luft angehalten hatte. »Es ist also alles in Ordnung?«

Der Arzt nickt. »Das sollte es sein, ja.« Er rutscht auf seinem Stuhl herum, ein subtiles Signal dafür, dass diese Unterhaltung beendet ist.

Ich nicke, verabschiede mich, laufe durch die Gänge hinaus in den warmen Frühlingstag und fühle mich innerlich seltsam teilnahmslos. Ich sollte glücklich sein: Der Arzt hat mir gerade gesagt, dass es mir gut geht; nichts muss behandelt werden. Aber vielleicht *wollte* ich, dass etwas behandelt wird, etwas Hilfe, um diesen Druck, der auf mir lastet, leichter zu machen.

Stattdessen habe ich nichts vorzuweisen als eine geringe Spermienzahl und eine Frau, die ich noch immer nicht schwängern kann – zumindest nicht diesmal.

Ich halte auf dem Gehweg vor der Klinik inne und stelle mir noch sechs weitere Monate mit Zoes künstlich fröhlichem Tonfall vor, wenn sie mir sagt: Nein, diesmal nicht. Ich weiß, dass sie die Enttäuschung, die sie wirklich empfindet, nicht zeigen will … *mir* nicht zeigen will, da ich derjenige bin, der daran schuld ist. Ich bin derjenige, der ihr zum ersten Mal in unserer Ehe nicht das geben kann, was sie will, und es bringt mich um.

Ich stelle mir ihr Gesicht vor, leuchtend vor Optimismus und Hoffnung, wenn ich durch die Tür komme, nur um ihr dann zu sagen, dass ich keine Lösung, keine Antwort habe. Ich habe nur mich und meine schwächlichen Spermien. Und wie zur Hölle soll sich ein Mann jemals ausreichend dafür entschuldigen?

Ich schlage die entgegengesetzte Richtung ein, weg von meiner Frau und meinem Sohn.

KAPITEL 55

ZOE, SONNTAG, 9 UHR

Während das Taxi in Richtung Krankenhaus fährt, lehne ich mich im Sitz zurück und atme tief ein. Mir gehen so viele Gedanken durch den Kopf, dass ich unmöglich die Augen schließen kann, obwohl ich nur ein paar Stunden geschlafen habe.

Geht es Edward gut? Was ist passiert? Liegt er bewusstlos da, oder sitzt er höflich aufrecht und entschuldigt sich für die Unannehmlichkeiten, wie er es normalerweise tun würde? Ich schüttle den Kopf, und meine Locken berühren meine geröteten Wangen. Wenn ich nur etwas über seinen Zustand wüsste, wäre ich nicht so angespannt und würde mich nicht so fühlen, als träte ich eine Reise ins Unbekannte an, ständig hin und her schwankend zwischen schrecklicher Angst und einem genervten Augenrollen aufgrund der Probleme, in die er geraten ist.

Zum ersten Mal kann ich verstehen, wie schwer es für ihn gewesen sein muss, bei Milos Unfall auf der anderen Seite gestanden zu haben – nicht so schwer wie für mich, natürlich, da ich diejenige war, die die Schuld daran trug. Es war nicht meine Absicht gewesen, Edward im Ungewissen zu lassen, aber ich konnte selbst kaum sprechen. Allein seinen Kontakt in meinem Handy zu finden dauerte fünf Minuten; die Nummern verschwammen ständig vor meinen Augen. Und ich hatte gehofft … ich hatte gehofft, dass Milo es schaffen würde. *Hoffnung* ist solch ein schwaches Wort, um auszudrücken, was ich wirklich fühlte. Hätte ich mich verbrennen, erfrieren oder auf irgendeine andere Art foltern müssen, damit mein Sohn lebt, ich hätte es, ohne zu zögern, getan.

Dieser Ausdruck in Edwards Gesichts, als er die Tür zu dem Raum öffnete, in dem Milo lag – das ist etwas, was ich nicht vergessen kann: wie ein Abgrund, der sich vor ihm aufgetan hatte und in den er jetzt fiel. Ich hätte ihn trösten müssen, aber ich war bereits selbst hineingestürzt – das Einzige, was mich bei Bewusstsein hielt, war, Milos Hand festzuhalten, seine knubbligen Finger in meinen, wie sie es früher an jenem Tag hätten sein sollen. Und als ich sie losließ, stürzte ich ab.

Als ich Edward erzählte, was geschehen war, und er mir diese Worte entgegenschleuderte, diese Worte, die ich niemals vergessen werde, und dann aus dem Raum rannte, nachdem er die Tür mit solcher Wucht geöffnet hatte, dass sie gegen die Wand schlug …

Warum hast du nicht auf ihn aufgepasst? Warum hast du ihn nicht aufgehalten? Wie konntest du zulassen, dass das passiert?

Die Sonne strahlt grell vom Himmel, und ich schließe die Augen. Ich verurteile ihn nicht für seine Taten, seine Worte. Ich hätte ihn darauf vorbereitet, wenn ich es gekonnt hätte, aber wie soll man seinen Mann auf den Tod des eigenen Sohns vorbereiten? Ich konnte es ja selbst nicht einmal ansatzweise begreifen. Ich mache ihm auch seine Distanz nicht zum Vorwurf. Er hat versucht, mich aus meinem Loch zu ziehen, aber es war nicht seine Hand, die ich wollte. Ich wollte Milos und konnte mich nicht dazu durchringen, eine andere zu ergreifen.

Aber jetzt … jetzt will ich raus aus dieser Höhle. Ich *muss* raus. Wenn Edward und ich diese letzten zwei Jahre ertragen konnten und trotzdem zusammengeblieben sind (wobei ›zusammen‹ natürlich relativ ist), dann muss es noch etwas geben, das es sich zu retten lohnt. Es existiert ein Grund, warum wir beide geblieben sind, warum wir beide einverstanden waren, uns auf diese Reise zu begeben. Es existiert ein *Wir*, das wir wiederfinden müssen. Es wird nicht dasselbe sein – keiner von uns ist noch dieselbe Person. Aber vielleicht kann es noch immer etwas Besonderes sein, etwas, das wir zusammen neu aufbauen können.

Ich schlucke schwer. Wenn wir das tun wollen, müssen wir offen und ehrlich sein … keine Geheimnisse. Und das bedeutet, ihm auch zu erzählen, was an jenem schrecklichen Tag ein paar Monate nach Milos Tod geschehen ist, an dem ich abgehauen bin. Ich kann mir bereits seinen ungläubigen Gesichtsausdruck vorstellen, den Schock, dass ich es ihm nie erzählt habe. Ich bete, dass er es verstehen wird, dass er in der Lage sein wird, es zu verstehen. Ich muss diesen Sprung ins kalte Wasser wagen und dieses eine Mal darauf vertrauen, dass unsere Beziehung stark genug ist.

»Wir sind da, Madame.«

Ich blicke die imposante Steinfassade des Krankenhauses hinauf und bekomme einen kleinen Schock, als mir klar wird, dass ich gar kein Geld habe. *Verdammt.* Ich war den Anweisungen der Rezeptionistin gefolgt, ohne überhaupt darüber nachzudenken. Ich durchwühle meine Taschen und tue so, als würde ich nach Geldscheinen suchen, während der Fahrer ein sehr gallisch klingendes Seufzen ausstößt.

»Es tut mir so leid«, sage ich, weil ich jetzt verzweifelt aus diesem Wagen raus und ins Krankenhaus will. »Irgendwie kann ich mein Geld nicht finden.«

»Kein Geld?« Ich sehe die gerunzelte Stirn des Fahrers im Rückspiegel.

»Es tut mir leid, es ist nur, mein Mann ist hier in der Not-aufnahme, und ich bin einfach so losgestürzt …« Ich drücke die Daumen, dass sein Englisch gut genug ist, um meine zögerliche Erklärung zu verstehen.

»Gehen Sie, gehen Sie.« Er macht eine scheuchende Be-wegung mit seiner Hand, und ich rutsche vom Sitz, bevor er seine Meinung ändert.

Im Krankenhaus dringt der typische Geruch nach Desin-fektionsmittel und Politur in meine Nase, und ich schiebe die Erinnerungen von mir, die sich in meinem Kopf breitmachen wollen.

»Entschuldigung«, sage ich zu einer verhärmt aussehenden älteren Frau mit ordentlichem grauem Bob, die hinter einem Tresen sitzt. »Sprechen Sie Englisch?«

Sie nickt so schnell, als hinge ihr Kopf an einer Schnur. »Ja.«

Puh. Ich hätte auch wirklich nicht die Nerven gehabt, in diesem Moment mein gebrochenes Französisch zu bemühen. »Ich suche nach Edward Morgan. Er wurde irgendwann letzte Nacht eingeliefert, glaube ich.«

»Einen Augenblick.« Die Frau setzt ihre Brille auf und ver-bringt eine gefühlte Ewigkeit damit, auf ihrer Tastatur herum-zutippen. Mein Herz rast, und jeder Muskel in meinem Körper zuckt, während ich auf ihre Antwort warte. *Auf welcher Station er wohl liegt? Wie lang wird er bleiben müssen?* Ich starre auf ihren Mund und hoffe auf irgendein Zeichen der Bewegung.

»Er wurde gerade entlassen«, sagt sie schließlich, und erleichtert sacke ich zusammen. Entlassen. Es geht ihm gut. Oh, Gott sei Dank. Ich weiß noch immer nicht, was passiert ist oder warum er ins Krankenhaus musste, aber das spielt keine Rolle. Wichtig ist nur, dass es meinem Mann gut geht.

»Danke.« Ich nicke und spüre, wie sich ein Lächeln auf meinem Gesicht ausbreitet, ein Schimmer der Hoffnung und

Aufregung in meinem Bauch, zum ersten Mal seit … na ja, dem Abend vor Milos Unfall, schätze ich. Ich wende mich vom Tresen ab, laufe über den polierten Boden durch die schweren Türen und drehe mich nach links und rechts, als mir klar wird, dass ich natürlich auch kein Geld für die Rückfahrt zum Hotel habe. Ich werde wohl laufen müssen.

Meine Beine brennen, und ich zwinge sie schneller und schneller voran, nicht imstande, noch länger zu warten.

Mein Mann. Gott, wie ich ihn vermisst habe.

KAPITEL 56

ZOE, JUNI 2013

»Mehr, Mama! Mehr Marienkäfer!« Milo versucht, sich im Bett aufzusetzen, und greift nach meiner Hand.

Ich beuge mich vor und lege ihm seine blaue Kuscheldecke in den Arm. Wenn ich mir noch eine einzige Geschichte über den Marienkäfer ausdenken muss, den wir heute im Park gesehen haben, drehe ich durch.

»Nein, Schätzchen. Es ist jetzt Zeit zu schlafen.«

»Nein …«, protestiert mein Sohn lautstark, und ich küsse seine weiche Wange, während ich versuche, meine Hand aus seinem Griff zu befreien. Normalerweise wäre Edward damit dran gewesen, ihn ins Bett zu bringen, aber er ist irgendwo fernab der Zivilisation in Buckinghamshire auf einer Firmenfeier. Nach einem geschäftigen Tag voller Park, Park und noch mehr Park kann ich's kaum erwarten, es mir mit einem Glas Cabernet vor dem Fernseher gemütlich zu machen – obwohl ich den Wein vielleicht überdenken sollte. Ich könnte mich irren, aber meine Regel war vor ein paar Tagen fällig, und bisher war noch nichts zu sehen. Außerdem ist mir leicht übel, die Art von Übelkeit, die sich breitmacht und nicht wieder nachlässt.

Ich sage Milo Gute Nacht, schleiche mich aus dem Zimmer und hoffe, dass er schnell einschläft. Während ich vorsichtig die Treppe hinuntertapse, reibe ich mit der Hand über meinen Bauch. Könnte da ein Baby in mir wachsen? Endlich ein weiteres Kind, mit dem unsere Familie komplett wäre? Ich bete, dass dem so ist, schon allein, um meinen normalerweise zufriedenen und ausgeglichenen Ehemann zurückzubringen. Normalerweise bin ich die mit den Stimmungsschwankungen, aber seit er seine Testergebnisse bekommen hat, ist er immer anstrengender geworden. Es ist, als hätte der Arzt den Druck auf ihn, mich zu schwängern, erhöht, anstatt ihm die Angst vor möglichen Schwierigkeiten zu nehmen. Ich fürchte jetzt jeden Monat den Tag, an dem meine Regel kommt, weil ich weiß, dass er dann das Haus verlässt, um stundenlang herumzulaufen, und erst zurückkommt, wenn ich schon im Bett liege.

Er hat mich sogar schon gefragt, ob ich bereit wäre für Fruchtbarkeitsbehandlungen. Ich will noch ein Baby, aber die Kosten für diese Behandlungen sind astronomisch hoch, und es besteht immer noch die Chance, dass wir auf natürliche Weise empfangen können – eine sehr hohe Chance sogar, wenn meine Vermutung stimmt. Außerdem bin ich nicht scharf darauf, mich jeden Tag mit Hormonen vollzupumpen, ganz zu schweigen davon, meine Gebärmutter ›abernten‹ zu lassen, als wäre sie eine Obstplantage, auf der sich jeder bedienen kann. Ich will, dass dieses Baby natürlich entsteht, als wäre es uns vorbestimmt, und nicht, dass ihm mit Nadeln und Medikamenten zu einer Existenz verholfen wird.

Aber all das ist irrelevant, sollte ich jetzt schwanger sein. Ich nehme die Schachtel aus der Tüte und reiße die Folie auf. Dann schließe ich vorsichtig die Badtür, um Milo nicht zu wecken, der – ich schwöre es – ein überirdisches Gehör hat. Während ich versuche, auf das Stäbchen zu zielen, muss ich an den Tag denken, an dem ich herausfand, dass ich meinen kleinen Sohn bekommen würde. So viel hat sich seitdem verändert. Ich bin Ehefrau und Mutter, und ich lebe in einem kleinen Dorf in der Pampa. Hätte man mir damals gesagt, wie mein Leben verlaufen würde, hätte ich denjenigen für verrückt erklärt – und für noch verrückter, hätte er mir gesagt, dass ich damit glücklich sein würde.

Denn das bin ich, denke ich, stecke die Kappe auf das Teststäbchen und lege es auf den Waschtisch, um das Ergebnis abzuwarten. Ich bin glücklich. Es hat etwas gedauert, mich daran zu gewöhnen – sowohl an die Mutterschaft als auch an unser Haus –, aber ich kann mir jetzt kein anderes Leben mehr vorstellen, in dem ich glücklicher wäre. *Na ja,* gähne ich, *vielleicht eins mit mehr Schlaf.*

Ich nehme das Stäbchen vom Waschbecken und traue mich kaum hinzusehen. Als ich den zweiten rosa Strich sehe, der bedeutet, dass ich schwanger bin, überkommt mich ein merkwürdiges Gefühl: Aufregung und Hoffnung, gemischt mit etwas Besorgnis. Was, wenn ich überfordert bin? Was, wenn zwei zu viel sind? Was, wenn …

Ich schüttle den Kopf. Dank Milo weiß ich, dass man niemals darauf vorbereitet sein kann. Dass man es irgendwie einfach macht. Ich bekomme das hin. *Wir* bekommen das hin. Gott, ich kann es kaum erwarten, Edward davon zu erzählen. Er wird völlig aus dem Häuschen sein! Ich bin versucht, ihn jetzt sofort anzurufen, aber das ist nichts, was ich ihm am Telefon erzählen möchte. Ich will sein Gesicht sehen, das Funkeln in seinen Augen. Übermorgen kommt er zurück, bis dahin muss ich eben versuchen, die Neuigkeiten für mich zu behalten.

In der Zwischenzeit sollte ich mich wohl besser auf noch weniger Schlaf einstellen. Ich schlinge meine Arme um meinen Bauch und lächle.

Ein Baby!

Ich liebe es jetzt schon.

Kapitel 57

Ich humple aus dem Krankenhaus und fühle mich, als wäre ich um fünfzig Jahre gealtert. Mein Kopf sticht dort, wo der Arzt genäht hat, das Pochen – zwar gedämpft durch starke Schmerzmittel – hat noch immer nicht aufgehört, und mein Magen rumort. Ich rieche auch nicht sonderlich gut. Was ich wirklich brauche, sind eine Dusche, viel Koffein und ein Bett, aber wenn ich mich jetzt hinlege, werde ich ins Koma fallen und nicht in der Lage sein, Fiona rechtzeitig vom Bahnhof abzuholen. Mir wird schwer ums Herz bei dem Gedanken, ihr sagen zu müssen, dass ich das mit uns nicht kann, aber sobald sie mich gesehen haben wird, rennt sie vermutlich sowieso schreiend davon.

Ich blinzle in dem grellen Sonnenlicht und steige vorsichtig in ein Taxi. »Hotel Le Marais«, sage ich und erinnere mich an gestern, als ich dieselbe Adresse gemurmelt habe. Es fühlt sich an, als wären seitdem eine Million Jahre vergangen, als wäre die Person, die diese Worte gestern aussprach, jemand anderes, jemand, der eine endlose Leiter hochkletterte, um dem steigenden dunklen Wasser zu entkommen, das ihn zu verschlingen drohte. Und jetzt, wo es mich verschlungen hat – wo es mich eingeholt hat –, habe ich herausgefunden, dass ich damit umgehen kann. Dass es in Ordnung ist, die Dunkelheit ab und zu hereinzulassen; dass sie sogar dabei helfen kann, dieses Gefühl der Rastlosigkeit zu besänftigen. Und sie hat mir vielleicht auch dabei geholfen, ein bisschen davon zu verstehen, was in Zoe vorgegangen ist. Dass ihre Kälte nichts mit mir zu tun hatte. Es ging um *sie*, darum, jeden Tag mit dieser Trauer zu überleben. Zu schade, dass meine Erkenntnis zu spät kommt.

Oder etwa nicht? Ich drehe meinen Kopf in Richtung der Türme von Notre-Dame, und in meinem Kopf wirbelt alles durcheinander, Bilder aus den letzten zwei Jahren. Die Distanz zwischen uns, die fehlende Verbindung, das Schweigen. Können wir das jemals wieder überbrücken? Durch das Pochen in meinem Kopf fällt es mir umso schwerer, darüber nachzudenken.

Das Taxi hält vor dem Hotel, und ich steige aus in die frische Morgenluft. Die Straße ist jetzt voller Leben, die Caféläden sind hochgezogen und die Fenster geöffnet. Ich betrete die kleine Lobby und zwinge mich dazu, der Rezeptionistin ein Lächeln zu schenken, auch wenn bereits diese winzige Bewegung den Schmerz in meinen Schläfen explodieren lässt. Ihre Augen weiten sich, als sie mich sieht, und ich erröte, da mir klar wird, wie ich aussehen muss.

»Hat Ihre Frau Sie gefunden?«, fragt sie höflich lächelnd.

Ich runzle die Stirn. *Autsch*. »Meine Frau?« Ich frage mich, ob ich halluziniere? Hat der Schlag eventuell mein Hörvermögen beeinträchtigt?

Sie nickt. »Ja, Monsieur«, sagt sie langsam, als rede sie mit einem Kleinkind. In diesem Moment wäre ein Kind vermutlich cleverer als ich. »Ihre Frau. Sie hat spät letzte Nacht eingecheckt und ist ins Krankenhaus gefahren, um Sie zu finden. Sie ist noch nicht zurück.«

Ich bewege meinen Kopf hin und her und versuche, ihre Worte zu verstehen. Ist Fiona irgendwie vorzeitig angekommen? Glaubt sie, dass Fiona meine Frau ist? »Wie sieht sie aus?«

Die Rezeptionistin neigt den Kopf und denkt jetzt vermutlich wirklich, ich sei irre. »Klein, lockige Haare, hübsch.«

Oh mein Gott.

Ich stehe mit offenem Mund da. Das ist *Zoe*. Aber was zum Teufel macht sie hier? Hat sie ihre Meinung geändert und ist zurückgekommen? »Danke.« Trotz meines pochenden Schädels laufe ich die Treppe hoch und wühle in meiner Tasche nach dem Schlüssel. Ich stecke ihn ins Schlüsselloch und öffne die Tür.

Sie ist auf jeden Fall hier gewesen. Das Bett ist zerwühlt, und eine Welle der Schuld überkommt mich, als ich das Nachthemd sehe, das ich für Fiona gekauft habe. Zoe muss gedacht haben, es sei für sie. Ich sinke auf das Bett, den Kopf in die Hände gestützt. Da sehe ich plötzlich eine Notiz. Während ich die Zeilen lese, die erklären, was passiert ist, breitet sich mein Schuldgefühl aus, bis es in jede Pore gesickert ist. Während ich trinken und shoppen war, mich rasieren ließ – *verdammt, und im Club!* –, ist Zoe durch die Straßen von Paris gelaufen und hatte nichts dabei.

Plötzlich erinnere ich mich an die verpassten Anrufe von den fremden Nummern und nehme mein Handy, um den Anrufbeantworter abzuhören. Ihre Stimme erklingt, traurig und ängstlich, und ich sacke zusammen, als mich die Emotionen zu überwältigen drohen: Bedauern, Selbsthass und Verzweiflung über meine Handlungen. Ich habe versucht, sie zu finden, aber ich habe mich nicht genug bemüht. Ich *wollte* mich nicht bemühen.

Verzweifelt schlage ich mit der Faust aufs Bett. Wir sind uns vielleicht fremd geworden, aber ich will, dass sie sicher ist, glücklich, wenn möglich. Der Zorn, den ich ihr gegenüber in den letzten Jahren verspürt habe, ist verpufft, als hätte man den kochenden Kessel in meinem Inneren mit kaltem Wasser übergossen. Ich will sie jetzt nur noch sehen, sie umarmen und ihr sagen, dass sie nicht mehr verloren ist.

Und dass es mir leidtut.

Mein Handy klingelt, und ich zucke zusammen. Könnte sie das sein?

»In einer halben Stunde komme ich an! Endlich!« Fionas Stimme zirpt fröhlich durch den Hörer, ihre Aufgewecktheit bohrt sich wie ein Schraubenzieher in mein Trommelfell. »Du holst mich doch ab, oder? Ich hatte gehofft, wir könnten uns ein spätes Frühstück gönnen und dann nach …«

Ihre Stimme bricht ab, als der Zug vermutlich in einen Tunnel einfährt. Ich versuche, sie zurückzurufen, komme aber nicht durch. Eigentlich will ich jetzt auf keinen Fall das Hotelzimmer verlassen, falls Zoe zurückkommt, aber ich will auch nicht, dass Fiona allein am Bahnhof herumläuft – nicht, wenn sie mich erwartet, und nicht, wenn ich außerdem vorhabe, sie abzuservieren, nachdem ich sie hierher eingeladen habe.

Ich schnappe mir einen Stift vom Nachttisch und schreibe unter die Notiz, die Zoe mir hinterlassen hat, dass ich in ungefähr einer Stunde zurück bin und dass sie bitte hierbleiben und warten soll. Dann nehme ich, nur für den Fall, hundert Euro aus meiner Brieftasche und lege sie aufs Bett, wobei ich mich frage, wie sie die letzten vierundzwanzig Stunden ohne Geld überstanden hat.

Obwohl ich wirklich nicht gehen will, laufe ich die Treppe hinunter und bitte die Rezeptionistin, mir ein Taxi zum Gare du Nord zu rufen. Sie sieht mich seltsam an, tut aber, worum was ich sie gebeten habe. Ein paar Minuten später hält ein Taxi vor dem Hotel. Ich steige ein, und der Fahrer fährt los.

Ich halte Ausschau nach Zoes Lockenkopf auf dem Gehweg, aber schon bald hat der Verkehr das Taxi verschluckt, und ich kann nur noch andere Autos sehen.

Ich bin bald wieder da, sage ich in Gedanken, in der Hoffnung, dass sie mich irgendwie hören kann – auch wenn ich weiß, dass das lächerlich ist. *Bleib da. Bitte bleib da. Ich komme zurück.*

KAPITEL 58

Mein Herz klopft, und das Adrenalin schießt durch meine Adern, als ich die Straße zum Hotel entlangeile. Es ist nicht weit, aber die Strecke kam mir ewig lang vor. Endlich bin ich da. Edward müsste mittlerweile meine Notiz gesehen haben; er wird wissen, dass ich bestohlen wurde. Ich verstehe noch immer nicht, was ihm zugestoßen ist, aber ich will einfach nur sein Gesicht sehen und vielleicht … seine Arme um mich spüren.

Ich stürze ins Hotel, und die Rezeptionistin sieht vom Computerbildschirm auf.

»Ist mein Mann wieder da?«, frage ich außer Puste und mit dünner Stimme. Nach all der Anstrengung kann ich kaum atmen, geschweige denn Worte bilden.

Sie nickt. »Ja, er ist zurückgekommen, aber er ist vor … oh, ungefähr fünfzehn Minuten wieder gegangen.«

Mir rutscht das Herz so schnell in die Hose, dass es weh tut. »Er ist gegangen?«, krächze ich. »Er hat doch noch nicht ausgecheckt, oder?« Ich halte den Atem an. Das würde er doch sicherlich nicht tun, nachdem er meine Notiz gelesen hat.

»Nein, er hat nicht ausgecheckt«, sagt sie, und ich habe das

Gefühl, wieder atmen zu können. »Er ist zum Gare du Nord gefahren. Ich habe ihm ein Taxi gerufen.«

Ich schüttle den Kopf und versuche, die Worte zu begreifen. Zum Gare du Nord? Wenn er noch nicht ausgecheckt hat, warum würde er dorthin fahren? Es sei denn … er ist unterwegs, um nach mir zu suchen? Das ergibt allerdings keinen Sinn. Unser Zug nach Hause fährt erst am Nachmittag, und er hat beide Tickets. Warum würde er annehmen, dass ich ausgerechnet dort bin?

Ein ungläubiges Lachen entfährt mir. Diese ganze Sache wird langsam albern, als spielten wir Katz und Maus, indem wir uns kurz blicken lassen, um dann wieder zu verschwinden. Mir ist nicht danach, aufs Zimmer zu gehen und dort geduldig auf seine Rückkehr zu warten. Er hat einen Grund gehabt, zum Bahnhof zu fahren, also werde ich mich auch dorthin begeben – und wenn ich am Bahnsteig sitzen und warten muss, bis unser Zug nach Hause fährt. Irgendwie fühlt es sich richtig an, als würde sich der Kreis schließen. Vielleicht ist dem ja so.

Ich habe keine Wahl, als erneut zu laufen, und die Rezeptionistin reißt eine Papierkarte ab und zeichnet mir eine Route durch die Straßen bis zum Gare du Nord auf. Ich frage mich, was sie wohl von diesem seltsamen Paar hält, das durch die ganze Stadt irrt, ohne sich zu begegnen.

Mit jedem Schritt schmerzen meine Füße, als wäre jeder winzige Knöchel darin angeknackst. Meine Schuhe haben meine empfindlichen Füße wund gescheuert, und Blasen übersäen meine Sohlen wie ein gepunktetes Muster. Aber es ist mir egal, denn jetzt bin ich zum letzten Mal unterwegs, um Edward zu finden. Ich weiß nicht, woher ich das weiß, aber ich bin mir sicher.

Und so, nach allem, was wir durchgemacht haben – und nach allem, was noch vor uns liegt, denn ich weiß, dass das Leben nie einfach ist und ich noch einige Lasten mit mir herumtrage, die ich loswerden muss –, betrete ich erneut den Gehweg und überquere den Platz, um zu ihm zu gelangen. Der Springbrunnen glitzert in der Sonne, ein sanftes Schlaflied in meinen müden Ohren. Ein Mann und eine Frau mit runzligen Gesichtern und weißem Haar sitzen eng beieinander auf einer Bank. Trotz meiner allumfassenden Erschöpfung muss ich lächeln, als der Mann sanft den Kopf seiner Partnerin nach hinten dirigiert, um ihr zu zeigen, wie ein Schwarm Spatzen aufsteigt, ihre dunklen Körper ein starker Kontrast zu den roten Dächern. Hoffnung steigt in mir auf, als ich die nach oben gewandten Gesichter des Paares betrachte, das gleichzeitig die Köpfe dreht, um den Vögeln nachzuschauen, und mir wird klar, dass die Schönheit dieses Ortes – eine perfekte Art der Schönheit, der ich früher nichts abgewinnen konnte – genau das ist, was Edward und ich jetzt brauchen: unberührt, rein und unverschmutzt von den Fehlern unserer Vergangenheit.

Das Glucksen des Springbrunnens wird ersetzt durch plaudernde Leute, die Croissants auf voll besetzten Terrassen verspeisen, Autos, die durch die jetzt geschäftigen Straßen fahren, und Ladenbesitzer, die ihre Waren anpreisen. Ich erhasche einen Blick auf mein Spiegelbild in einem der Ladenfenster und zucke überrascht zurück. Mein Haar ist zerzaust, ich trage kein Makeup, und mein T-Shirt hängt an mir herunter, aber ich sehe … *lebendig* aus. Und das zum ersten Mal seit Langem.

Ich beschleunige meinen Schritt und hoffe, dass Edward noch am Bahnhof sein wird, wenn ich ankomme. Falls ich nicht irgendwo falsch abbiege, brauche ich laut Rezeptionistin ungefähr eine halbe Stunde. Mein Atem geht stoßweise, und mein Mund ist trocken, aber ich bin entschlossen, so schnell wie möglich anzukommen.

Ich vermisse ihn, denke ich erneut. Es war mir bis heute nicht klar; ich konnte nichts anderes fühlen als die Schwärze in mir. Aber jetzt spüre ich seine Abwesenheit so stark, als wäre er in diesen letzten Jahren physisch fort gewesen. Ich schiebe mich an den Leuten auf der Straße vorbei, trage das verzweifelte Verlangen in mir, sein Gesicht zu sehen. Je näher ich ihm komme, desto mehr sehne ich mich danach, ihn endlich zu sehen.

Ich laufe weiter, die Sonne steigt immer höher, und die Restaurants werden noch voller. Schließlich, als ich glaube, dass ich keinen weiteren Schritt mehr machen kann, kommt die Fassade des Bahnhofs in Sicht. Ich breche vor Erleichterung fast zusammen, zwinge mich aber, die geschäftige Straße zu überqueren und durch die Bahnhofstür zu gehen. Ich stehe am Eingang, die Leute eilen an mir vorbei, und ich frage mich, was ich jetzt tun soll. Soll ich an einem Ort bleiben und versuchen, ihn mit den Augen zu finden, oder soll ich herumlaufen und ihn auf diese Weise suchen? Mein Körper schreit nach einer Pause, aber etwas in mir zwingt mich voran. Nach der Starre der letzten Jahre kann ich jetzt nicht stillstehen. Ich muss diejenige sein, die ihn findet.

Während ich den Bahnhof durchkreuze, denke ich an gestern zurück, wie wir fast vierundzwanzig Stunden zuvor ankamen. Ein Tag – ein Tag und ich fühle mich so anders. Ich *fühle* tatsächlich; etwas in mir ist endlich wieder erwacht. Ich werde nie aufhören, mir die Schuld an Milos Unfall zu geben. Diese zerreißende Traurigkeit wird mich den Rest meines Lebens begleiten. Aber zumindest will ich jetzt ein Leben, und ich will, dass dieses Leben Edward beinhaltet.

Ich laufe die Bahnhofshalle auf und ab, wobei mir jeder Schritt ein Stöhnen abringt, und suche in den Läden, die ich beim letzten Mal ausgelassen habe. Wo könnte er nur sein? Von einem der Bahnsteige kommen Passagiere und fluten die Bahnhofshalle, und ich halte einen Moment inne. Dann gehe ich zurück zu einem der Cafés. Kaffeeduft erfüllt die Luft, und ich atme tief ein. Ich würde morden für etwas Koffein. Ich trete näher, um den Geruch noch besser inhalieren zu können, und mein Herz setzt aus. Da, mitten in der Menge, steht ein Mann, der Edward ziemlich ähnlich sieht.

Ist er es? Habe ich ihn tatsächlich gefunden? Mit rasendem Puls kneife ich die Augen zusammen, um besser sehen zu können. Er hat seinen Kinnbart abrasiert und sieht aus, als wäre er im Krieg gewesen – auf seiner Schläfe klebt ein Pflaster, und sein Hemd starrt vor Dreck –, aber er *ist* es. Wärme steigt in mir hoch, und ein Lächeln legt sich auf meine Lippen, während ich versuche, mich durch die Menge zu ihm durchzukämpfen. Ich habe keine Ahnung, was er hier macht, aber ich wusste, ich würde ihn finden. Und jetzt habe ich das getan.

»Edward!«, rufe ich, aber meine Stimme wird vom Lärm der Menschenmassen um mich herum geschluckt. Ich hebe eine Hand und versuche, mich durch das Meer der Reisenden zu drängen. Ich bin gerade dabei, über einen glitzernden Koffer zu steigen, als mich etwas innehalten lässt.

Edward ist nicht allein. Neben ihm steht plaudernd und lächelnd, dabei an einem Croissant knabbernd, eine schlanke Frau mit langem blondem Haar, jener Art Haar, die ich als Kind immer so geliebt habe. Er nickt und hält eine rosa Tasche fest. Unfähig, mich zu bewegen, sehe ich dabei zu, wie sie eine Hand auf das Pflaster an seiner Stirn legt und ihn dann in eine Umarmung zieht.

Ich beobachte die Szene, als wäre ich an einem anderen Ort, hinter einem Einwegspiegel. In meinem Kopf arbeitet es, als ich versuche, die Frau einzuordnen. Ich habe sie schon mal gesehen … *ah*. Es ist Fiona, Edwards Arbeitskollegin. Ich habe sie ein paarmal auf Firmenfeiern gesehen, und sie war immer sehr nett zu Edward – vielleicht etwas zu nett, worüber Edward und ich uns damals amüsierten. Ich versuche, die Ereigniskette zu entschlüsseln, versuche zu verstehen, warum sie hier ist. Da Edward sie hier getroffen hat, wusste er, dass sie kommt. Aber warum – warum sollte sie nach Paris kommen?

Ich schlucke schwer, die Gedanken rasen durch meinen Kopf. Edward wusste bis heute Morgen nicht, dass ich bestohlen wurde ... er dachte, ich wäre nach Hause gefahren. Hatte er sie gebeten herzukommen, sobald ich von der Bildfläche verschwunden war? Ein Wochenende mit einer anderen Frau, gesponsert von seinen Schwiegereltern? Ärger löscht die Wärme in mir aus, Ärger vermischt mit Schmerz. Wie lange läuft das schon? Ist sie der Grund, warum er so viel Zeit auf der Arbeit verbracht hat? Ich hätte nicht gedacht, dass ich imstande wäre, noch mehr Schmerz zu empfinden, aber offensichtlich bin ich das – Schmerz und Erniedrigung. Meine Wangen erröten, als mir klar wird, dass das Nachthemd und der Champagner nicht für mich waren. Sie waren für *sie*. Meine Finger wandern wie von selbst nach unten zu meiner Tasche, in der sich der Ring befindet, und ein bitteres Lachen entfährt mir. Ich schätze, jetzt weiß ich, warum dieser Ring nicht mehr an seinem Finger steckt.

Ich starre meinen Mann an, meine Augen gleiten über sein frisch rasiertes Gesicht. Er sieht mehr denn je so aus wie damals, als wir uns kennenlernten, aber er ist ein Fremder. Der Edward, den ich kenne, würde seine Frau niemals betrügen. Der Edward, den ich kenne, glaubte an Familie – an ein ›für immer‹. Ein weiterer Stich durchfährt mich, und mir wird übel. Der Edward, den ich kannte, ist fort. Wie dumm, wie naiv, wie absolut *idiotisch*, etwas anderes zu denken.

Blind vor Tränen schiebe ich mich durch die Menge, mein Fuß bleibt an einem Koffer hängen, und ich stürze zu Boden. Als ich falle, dreht Edward den Kopf in meine Richtung, und seine Augen treffen zielstrebig auf meine, als hätte ich ein Leuchtsignal abgegeben.

»Zoe!« Ich höre seine Stimme, während ich auf dem Boden darum kämpfe, mich zwischen all den Beinen und Aktentaschen wieder aufzurichten. Ich springe auf die Füße, halte den Kopf gesenkt und versuche verzweifelt, von hier wegzukommen. Ich habe Edward gefunden, ja, aber er ist nicht der Mann, den ich finden wollte. Und jetzt will ich mich nur noch in mich selbst zurückziehen, die Hoffnung in den hintersten Winkel verbannen und die vertraute Leere einsickern lassen, die den Schmerz und die Gefühle aussperrt und nur einen Hohlraum hinterlässt.

»Zoe!« Erneut höre ich seine Stimme und eile benommen durch die Menge, schließe mich dem Strom der Menschen auf einer Rolltreppe an und fahre hinab, hinab, hinab in die Tiefen der Stadt.

Kapitel 59

Zoe, Juni 2013

Nach einem Morgen endlosen Regens und verzweifelter Versuche, Milo zu beschäftigen, damit ich mich um meine Arbeit kümmern kann, ist die Sonne endlich hinter den Wolken hervorgekommen. Draußen ist alles nass, also habe ich beschlossen, mit Milo zur Spielgruppe in der Kirche zu gehen. So, wie er praktisch die Wände hochgeht, erinnert er mich an ein eingesperrtes Tier, und seine ruhelose Energie zehrt an meinen Nerven.

»Na komm, Milo. Ziehen wir deine Gummistiefel an.«

Milo kommt herbeigelaufen und lässt sich auf den Boden plumpsen, und ich versuche, ihm einen Stiefel überzustülpen. Wer auch immer diese Dinger so fabriziert hat, dass sie quasi unmöglich anzuziehen sind, hat einen Platz im Fegefeuer verdient. Als ich es endlich geschafft habe, ihm beide Gummistiefel und die Jacke anzuziehen, bin ich schweißgebadet. Ich werfe meinen alten Regenmantel über, schlüpfe in Turnschuhe, schnappe die Schlüssel und öffne die Tür.

»Warte auf Mami!«, rufe ich, als er in Richtung Gartentor rennt. Die Kirche ist nicht weit weg, aber die enge Dorfstraße hat viele Kurven, und es ist so gut wie kein Gehweg vorhanden. Milo grinst mich frech an, wartet dann aber doch und streckt mir seine kleinen Finger entgegen, damit ich ihn an der Hand nehme.

Ich lächle, als ich danach greife und das Vordertor öffne, meine Gedanken erfüllt von den großen Neuigkeiten, während wir über den Grasweg neben der Straße laufen. Es ist noch immer schwer zu glauben, dass wir zu dieser Zeit nächstes Jahr ein weiteres winziges Baby haben werden und Milo einen Bruder oder eine Schwester. Ich schaue auf ihn hinunter und frage mich, wie er damit wohl zurechtkommen wird. Sicher wird er etwas eifersüchtig sein, da er ja seit seiner Geburt der Chef des Hauses – und unserer – war. Ich halte meine freie Hand an meinen Bauch und bin mir sicher, dass er nach einer Eingewöhnungszeit ein toller großer Bruder sein wird.

»Eichhörnchen!« Milo zerrt an meiner Hand und zeigt auf das braune Tier, das über die Straße rennt. »Fangen, fangen!«

Durch sein plötzliches Ziehen verliere ich das Gleichgewicht und versuche, nicht hinzufallen. »Milo, halt!«, sage ich und neige mich wie der schiefe Turm von Pisa. Eine Welle der Übelkeit überkommt mich, und ich schlucke schwer. »Milo, komm jetzt …«

Seine Finger rutschen aus meinem Griff, und er läuft hinter dem Eichhörnchen her über die Straße. Ich greife nach ihm, aber meine Finger gleiten am Plastik seines Regenmantels ab, und ich bekomme ihn nicht zu fassen. »Milo!«, schreie ich mit hoher, angespannter Stimme und laufe ebenfalls auf die Straße. »Milo, komm sofort zurück!«

Aus dem Augenwinkel sehe ich ein graues Auto um die Kurve rasen. Bevor ich auch nur irgendetwas tun kann, ist das Auto nur noch wenige Meter entfernt. Noch einmal schreie ich Milos Namen, aber es ist zu spät. Er wird durch die Luft geschleudert und landet, ohne einen Laut von sich zu geben, im feuchten Gras. Eine Sekunde lang kann ich mich nicht bewegen, bin erstarrt vor Schock und Horror. Dann renne ich zu ihm, nicht wissend, ob er noch atmet.

»Milo?« Ich greife nach seinen Fingern, und Erleichterung durchströmt mich, als ich sie zucken spüre. *Mein Baby lebt. Oh, Gott sei Dank.* Blut sickert aus seinem Hinterkopf, und in seiner Lippe sind tiefe Furchen, wo er sich wohl gebissen haben muss. Ein Bein liegt in einem seltsamen Winkel, der Gummistiefel fehlt, aber abgesehen davon … nun, ich sehe nichts.

»Beweg dich nicht, Milo«, sage ich, auch wenn ich nicht weiß, ob er mich hören kann. Seine Augen sind geschlossen, die dunklen Wimpern sehen im Kontrast zu seinen blassen Wangen noch dunkler aus. »Du hattest einen Unfall, aber Mami ist hier.« Ein Schluchzen zerrt an meiner Kehle, aber ich unterdrücke es. Er darf auf keinen Fall merken, wie viel Angst ich habe. Ich muss stark für ihn sein.

»Oh mein Gott! Oh mein Gott! Geht es ihm gut? Ich habe den Notarzt gerufen.« Hinter mir erklingt die Stimme einer Frau. »Es tut mir so leid, ich habe ihn nicht gesehen. Oh Gott, es tut mir so leid.«

Sie redet weiter, während wir auf den Krankenwagen warten, aber ihre Stimme verschwimmt im Hintergrund. Regen beginnt, in dicken Tropfen vom Himmel zu fallen, und ich ziehe meine Jacke aus, um ein behelfsmäßiges Zelt für Milo zu bauen. Ich spüre weder die Kälte noch die Feuchtigkeit. Ich konzentriere mich ganz auf meinen Sohn, auf das Heben und Senken seiner Brust, und bete, dass es nicht aufhört.

Ich bete, dass er am Leben bleibt.

KAPITEL 60

Während ich auf Fionas Zug warte, laufe ich in der Bahnhofs-halle auf und ab. Natürlich ist er verspätet – es hätte mich auch gewundert, wenn nicht –, und ich muss an Zoe in unserem Hotelzimmer denken. Zumindest hoffe ich, dass sie dort ist. Ich habe mehrmals versucht anzurufen, aber niemand geht dran. Vielleicht schläft sie. Nach allem, was sie durchgemacht hat, verdient sie eine Ruhepause. Wie seltsam, dass es mir das letzte Mal, als ich an diesem Bahnhof war, davor graute, mit ihr allein im Zimmer zu sein. Jetzt kann ich es kaum erwarten, zurück-zukehren und sicherzustellen, dass sie in Ordnung ist. Ich weiß nicht, wie es dann weitergeht, aber ich muss sie einfach sehen. Mit ihr reden, ohne die Bitterkeit und Ablehnung, die die letz-ten Jahre überschattet haben.

Aber eins nach dem anderen. Zuerst muss ich mit Fiona sprechen. Ich werde ihr einen Kaffee besorgen und versuchen zu erklären, wie ich alles vermasselt habe. Ich drücke die Daumen, dass sie Verständnis dafür hat.

Ich zucke zusammen, als der Schmerz in meinem Kopf wie-der einsetzt. Da die Schmerzmittel langsam nachlassen, ist er jetzt sogar noch stärker. *Nur noch zwei Minuten*, denke ich, als ich zur Anzeigetafel schaue, dann kommt ihr Zug an. Ich lehne mich gegen einen Pfosten und schließe eine Sekunde lang die Augen, dann suche ich den Strom von Fahrgästen ab, der sich aus dem Zug ergießt.

Da ist sie. Ihr blonder Schopf taucht inmitten der Menge auf, und ich gehe ihr entgegen.

»Hallo! Du hast es endlich geschafft.« Ich lächle auf eine Art, die hoffentlich deutlich macht, dass wir nur Freunde sind, und sie zieht mich für einen Kuss auf die Wange an sich.

»Gott, was ist dir denn passiert?«, fragt sie. Ich muss ihr Anerkennung dafür zollen, dass sie nicht in Anbetracht meiner Alkoholfahne die Nase rümpft.

Ich schüttle den Kopf und nehme ihre Tasche. »Ich weiß. Frag lieber nicht.«

»Na, keine Sorge, ich bin ja jetzt hier. Ich bringe dich wieder in Ordnung.« Sie grinst mich flirtend an, und mir blutet das Herz.

»Komm, wir holen uns erst mal einen Kaffee«, sage ich und geleite sie durch die Menge zum nächstgelegenen Café. Ich kaufe uns zwei Becher Kaffee und ein Croissant, dann setzen wir uns an den letzten leeren Tisch.

Als wir es uns in den Stühlen bequem gemacht haben, streckt Fiona ihre Hand aus, um die Wunde an meinem Kopf zu berühren und zieht mich dann in eine Umarmung. »Also, was ist es denn nun passiert?«, fragt sie und lehnt sich wieder zurück. »Geht es dir gut?«

Ich schließe einen Moment die Augen und lasse die Ereignisse des Vortags noch einmal Revue passieren. Wo soll ich anfangen? Ich seufze und öffne meine Lider, und in dem Moment sehe ich sie.

»Zoe!« Das Wort platzt aus mir heraus, und Fiona dreht sich in die Richtung, in die ich starre.

»Zoe? Du hast Zoe gesehen?«, fragt sie stirnrunzelnd. Da ist nichts als ein Meer voller Gesichter.

Ich schüttle den Kopf, einen Augenblick lang bin ich unsicher, ob ich sie wirklich gesehen habe oder ob der Schlag auf den Kopf Halluzinationen ausgelöst hat. Aber nein, ich bin mir sicher, dass sie es war, auch wenn ich keine Ahnung habe, was sie hier am Bahnhof macht. Panisch drehe ich mich in alle Richtungen und versuche, sie wiederzufinden, aber das Meer der Reisenden hat sie verschluckt.

Verdammt. Ich atme schnell und versuche, die Emotionen im Zaum zu halten, die in mir hochsprudeln. Wenn sie mich und Fiona zusammen gesehen hat, was muss sie jetzt wohl denken? Ich kann es mir vorstellen.

»Ich muss zurück zum Hotel«, sage ich eindringlich zu Fiona, »und sehen, ob sie dorthin zurück ist.« Mein Verlangen, Zoe zu sehen, ist mittlerweile in Verzweiflung umgeschlagen. Sie darf auf keinen Fall denken, dass ich eine Affäre habe – auch wenn ich kurz davor stand, weiß ich doch jetzt, dass es nicht das ist, was ich will. Und ich will nicht, dass sie glaubt, es wäre mir völlig egal gewesen, dass sie vermisst wurde, und ich eine andere Frau eingeladen habe, um ihren Platz einzunehmen. Niemand könnte ihren Platz einnehmen, auch wenn sich die Dinge geändert haben, auch wenn nichts mehr so sein kann wie früher. Niemand kann das, und im Moment will ich es auch gar nicht versuchen.

Verwirrt starrt Fiona zu mir hoch. »Was macht denn Zoe hier?«

Ich seufze und lege eine Hand auf ihren Arm. Verflucht, was für ein Chaos. Ich bin ja solch ein *Mistkerl*. »Das ist eine lange Geschichte. Hör mal, es tut mir wirklich leid. Ich werde dir alles erklären, das verspreche ich. Aber jetzt muss ich erst mal Zoe finden.«

»Willst du, dass ich mitkomme?« Ihre Stimme klingt hart,

und ihre angespannten Schultern machen deutlich, dass sie nicht unbedingt glücklich ist mit dieser Wendung der Ereignisse. Was ich ihr auch kaum vorhalten kann.

»Nein!« Das Wort platzt etwas zu energisch aus mir heraus, und ich räuspere mich. »Ich meine, nein, danke. Hör mal, Fiona ...«

Sie legt eine Hand auf meinen Arm. »Ist schon gut, Edward. Na ja, so halbwegs.« Sie steht auf und greift nach ihrer Tasche. »Ich werde nicht so tun, als wäre ich nicht enttäuscht. Dieses Wochenende hätte viel Spaß machen können. *Wir* könnten viel Spaß miteinander haben. Mit dir zusammen habe ich immer eine gute Zeit. Aber wenn es nicht das ist, was du willst ...« Sie zuckt mit den Achseln. »Du bist ein toller Kerl, aber es ist eindeutig, dass du und deine Frau noch ein paar Dinge zu regeln habt. Und ich möchte da nicht hineingeraten.«

Erleichtert atme ich aus. »Kommst du zurecht? Willst du, dass ich dir einen Fahrschein für den nächsten Zug zurück kaufe?«

Sie hebt eine Augenbraue. »Nach allem, was ich durchgemacht habe, um hierherzukommen? Ich werde jetzt nicht umkehren und nach Hause fahren! Nein, ich werde mir Paris anschauen.« Sie schwenkt die Hand. »Mach dir keine Sorgen um mich. Ich setze mich in einen dieser blöden Stadttour-Busse und amüsiere mich allein.«

Ich nicke und küsse sie dann kurz auf die Wange. »In Ordnung. Es tut mir leid, Fiona.« Und das tut es auch. Sie ist eine wundervolle Frau, aber mir ist jetzt klar, dass sie nicht das ist, wonach ich gesucht habe.

»Schon okay, Edward«, antwortet sie und schwenkt die Tasche hin und her, als wäre sie bereit loszuziehen. »Und jetzt geh.« Sie gibt mir einen sanften Schubs. »Geh und finde deine Frau.«

KAPITEL 61

Ich folge dem Strom der Menschen eine endlose Rolltreppe hinab und durch einen stinkenden Gang, bis mich ein Drehkreuz aufhält. Das muss die Metro sein; ich bin so betäubt, dass ich die Schilder nicht einmal bemerkt habe. Ein Mann hinter mir stolpert gegen mich, und ich trete beiseite und sehe zu, wie die Leute nacheinander ihren Fahrschein in den Schlitz stecken und sich die Türen öffnen und schließen, öffnen und schließen.

»Madame?« Ich blinzle, als eine Frau mit freundlichen Augen und einer riesigen Kamera um den Hals mir einen Fahrschein hinhält. »Ich brauche diesen Fahrschein nicht mehr, und es sind noch ein paar Fahrten drauf. Möchten Sie ihn?« Ich kämpfe darum, ihren starken deutschen Akzent zu verstehen, nicke ihr dankend zu, nehme den Fahrschein und stecke ihn in den Schlitz. Die Türen öffnen sich mit einem Klappern, ich schiebe mich durch sie hindurch und laufe durch einen weiteren Gang, bis ich zu einem Bahnsteig gelange, der voll von Menschen ist.

Wie in Trance stehe ich da, während die Züge vorbeifahren, und spüre, wie die schmutzige Luft gegen mein Gesicht prallt,

276

genau wie die zahllosen Male in den Tagen nach Milos Tod – und wie eigentlich auch heute noch. Aber egal, wie lange ich hier auch stehen und mir eine alternative Realität wünschen mag, nichts wird ändern, was passiert ist.

Es gab einen Augenblick im Notarztwagen, direkt nachdem die Sanitäter meinen Sohn sanft hochgehoben und auf einer Liege festgeschnallt hatten, als es aussah, als würde er es schaffen. Ein gebrochenes Bein, sagten die Sanitäter, und ein Schlag auf den Kopf, aber seine Vitalwerte schienen stabil.

Ich stellte mir vor, wie Edward und ich sagen würden, dass wir noch mal Glück gehabt hatten, wenn Milo erst wieder sicher zu Hause mit seinem eingegipsten Bein im Bett läge. Ich stellte mir vor, wie ich eine Hand an meinen Bauch und über das Baby darin hielt, die andere mit den Fingern meines Sohnes verschränkt. Eine Erinnerung an das, was wir haben, und dass wir es wertschätzen müssen. Eine Erinnerung daran, dass wir das Leben nicht kontrollieren können, uns aber über alles, was wir haben, freuen können.

Und dann brachen Milos Werte ein. Als wir endlich im Krankenhaus ankamen, hatte sein Herz aufgehört zu schlagen. Eine massive innere Blutung, sagte der Arzt später, nachdem sie versucht hatten, ihn wiederzubeleben. Ich stand neben meinem Sohn, hielt seine Hand, konnte nicht loslassen … auch nicht, als sie mir sagten, dass sie ihn in die Leichenhalle verlegen müssten. Mein Handy klingelte und klingelte, und ich wusste, dass ich abnehmen sollte, dass Edward es erfahren musste, aber ich konnte nicht. Ich war erstarrt, mit meinem Sohn festgefroren, nicht in der Lage, den Griff zu lösen, denn ich wusste, sobald ich das täte, wäre er wirklich fort.

Der heiße Wind und das Geschepper einer weiteren vorbeifahrenden Bahn bringen mich zurück in die Gegenwart, und ich schüttle den Kopf. *Über das freuen, was wir haben.*

Alles, was ich jetzt habe, ist … nichts.

Kapitel 62

Zoe, September 2013

Milos Unfall ist jetzt fast drei Monate her. Drei Monate und doch fühlt es sich so an, als wäre es gleichzeitig gestern gewesen und auch vor Jahren. Das Einzige, was mir das Verstreichen der Minuten und Tage bewusst macht, ist das Baby in mir – das Baby, von dem Edward noch immer nichts weiß.

Ich weiß, es ist verrückt, dass ich es ihm nicht erzählt habe. Ich weiß, dass ich es tun muss. Es würde ihm Hoffnung geben, es würde ihn aufbauen, auch wenn er zurechtzukommen scheint. Er funktioniert, und das ist mehr, als man von mir sagen kann. Er steht am Morgen auf, zieht seine Sachen an ... er ist sogar letzte Woche wieder zur Arbeit gegangen. Ich bleibe stundenlang im Bett, bis der Hunger und meine Blase mich raustreiben. Ich schlinge hinunter, was an Auflauf oder immerwährender Lasagne noch im Kühlschrank steht, krieche dann zurück ins Bett und versinke im Schlaf. Schlaf ist zurzeit mein Retter, der die Welt und alles darin ausblendet. Alles, bis auf das Leben, das in mir wächst, beschützt von meinem schwachen Körper.

Dieses Baby ist mein Geheimnis, der einzige Teil von mir,

der wirklich lebendig ist. Ich schätze, deshalb will ich sie für mich behalten – denn aus irgendeinem Grund weiß ich, dass es eine Tochter ist. Sobald ich Edward davon erzähle, ist das Baby ein Teil der Welt, Teil des Stoffes, aus dem unsere Familie ist. Ich kann nicht ertragen, dass Milo kein Teil mehr davon ist. Ich will Edward keinen weiteren Grund geben, uns noch weiter von der Erinnerung an ihn zu lösen. Er scheint auch so schon entschlossen genug zu sein, genau das zu tun.

Bei dem Gedanken an Milos leeres Zimmer, an das ausdruckslose Gesicht meines Mannes, während er die Habseligkeiten unseres Sohnes einpackt – wie er sich einem Roboter gleich vor und zurück, vor und zurück bewegte und jede Kiste füllte, als bedeuteten die Sachen nichts, zucke ich zusammen. Ich versuche mir vorzustellen, diese Kisten auf einem Regal abzustellen und dann mit dem normalen Leben, dem *Alltag* fortzufahren, als wäre nichts geschehen … wie mein Mann es tut. Gott, gestern hat er mich gefragt, was wir aus dem Supermarkt bräuchten. Woher zur Hölle soll ich das wissen? Wie zur Hölle könnte mich das noch *interessieren*? Ich denke kaum daran zu atmen und ganz sicher nicht an unseren Vorrat an Toilettenpapier.

Ein scharfer Schmerz durchfährt mich, und stöhnend rolle ich mich im Bett auf die Seite. Das Haus ist glücklicherweise still – Edward ist bei der Arbeit, und meine Eltern haben sich den Morgen ausnahmsweise mal freigenommen, anstatt wie sonst über mich zu wachen. Ich ziehe die Knie hoch, als der Schmerz sich fortsetzt, meinen Unterleib ergreift und ihn zusammendrückt, wie man einen Waschlappen auswringt.

Ah, verdammt, tut das weh!

Ich schwinge meine Beine über die Bettkante, laufe durch den Flur ins Bad, um eine Paracetamol zu holen, und da fühle ich sie: die Nässe zwischen meinen Beinen, eine

Flüssigkeit, die innen an meinen Oberschenkeln hinunterrinnt. Panisch reiße ich meinen Slip runter, und mir stockt der Atem, als ich das Blut sehe. Ich sinke auf die Toilette, spüre, wie noch mehr Blut tropfend meinen Schoß verlässt, als ich mein Baby verliere und das letzte bisschen Leben in mir erlischt.

Kapitel 63

Nachdem ich Fiona zurückgelassen habe, nehme ich ein weiteres Taxi zurück zum Hotel und versuche, gedanklich nachzuvollziehen, warum Zoe am Bahnhof war. Hat sie das Geld, das ich ihr dagelassen habe, dazu verwendet, ein weiteres Ticket zu kaufen? Bedeutet das, dass sie jetzt in einem Zug nach Hause sitzt? Gott, ich hoffe nicht. Ich kann den Gedanken nicht ertragen, dass ich sie derart verletzt habe … falls es ihr überhaupt noch etwas ausmacht. Ich schätze, ich könnte verstehen, wenn dem nicht so ist, so kalt, wie ich ihr gegenüber war. Ich werfe eine weitere Schmerztablette ein, und mir wird klar, wie selbstsüchtig es von mir war, sie dazu zwingen zu wollen, zu mir zurückzukommen, mit dem Leben weiterzumachen. Man kann nach dem Tod des eigenen Sohnes nicht einfach ›weitermachen‹. Ich weiß das. Ich habe es jahrelang versucht.

Ich denke an die vergangenen Jahre und all die Dinge zurück, zu denen ich sie gedrängt habe. Heirat, das Haus, das zweite Baby … Ich war derjenige, der all das vorangetrieben hat. Vielleicht war es doch nicht sie allein gewesen, die den Verlauf unserer Beziehung bestimmt hat. Ich mag es ja gehasst haben, wie sie uns in den letzten Jahren förmlich wie Geiseln gehalten hat, aber diese ganze Angelegenheit betrifft uns beide, gemeinsam. Und das tut sie immer noch.

Hier bin ich nun, wieder einmal zurück im Hotel. Sie muss hier sein; dies muss das Ende dieser Odyssee sein. Nach all dem, was passiert ist, muss ich ihr sagen, dass ich es verstehe. Und dass ich sie liebe, denn das tue ich. Vergraben unter all dem Schmerz und der Ablehnung – und unter meiner eigenen Trauer, die ich nie ganz an die Oberfläche gelassen habe – sind die Gefühle noch vorhanden, für sie und für uns.

»Oh, Monsieur!« Der Kopf der Rezeptionistin schnellt nach oben, als ich eintrete, und mein Herz macht einen Sprung. Ich bin sicher, sie wird mir sagen, dass Zoe im Zimmer wartet. »Es tut mir so leid, aber es ist jetzt Zeit für den Check-out. Bitte packen Sie Ihre Sachen und verlassen Sie das Zimmer so schnell wie möglich, bald kommen andere Gäste.«

Verdammt. Es gelingt mir, mit dem Kopf zu nicken. »Okay.« Wie zur Hölle soll ich meine Frau finden, wenn ich von dem einzigen Ort vertrieben werde, an dem sie mich finden kann? Ich suche all meine Sachen in dem winzigen Zimmer zusammen und sehe, dass die Notiz noch unberührt daliegt und auch das Geld daneben nicht angefasst wurde. Zoe ist offensichtlich seit heute Morgen nicht mehr hier gewesen – ich kann mir nur vorstellen, dass sie am Bahnhof ausharrt und auf unseren Zug wartet. Es gibt ja keinen Grund für sie, hierher zurückzukommen, oder? Besonders, wenn sie denkt, dass ich mit einer anderen Frau zusammen bin.

Mein Gott.

Ich sinke aufs Bett und stütze meinen schmerzenden Kopf auf meine Hände. Dann nehme ich den Koffer, betrete erneut den Lift und übergebe der Rezeptionistin den Schlüssel. Ich habe noch ein paar Stunden, bis der Zug nach Hause fährt, und im Moment brauche ich dringend frische Luft, bevor ich vor

Schlafmangel oder Schmerzen umkippe.

Ich drücke die Türen auf und stehe auf dem Gehweg, eigentlich viel zu müde, um mich groß zu bewegen. Ein Drang nach etwas Ruhe, Frieden und Entspannung überkommt mich, und ich weiß, wohin ich gehen muss.

Es ist nicht weit bis zur Seine, aber jeder Schritt fühlt sich an, als würde ich durch Schlamm waten. Jeder Knochen in meinem Körper verlangt danach, dass ich mich hinsetze, hinlege und meine Augen wenigstens eine Sekunde lang schließe. Das Pulsieren in meinem Kopf ist zu einem dumpfen Pochen abgeklungen, und meine Wunde sticht, aber wenn ich es bis zum Fluss schaffe – um auf das Wasser zu starren, wie ich es früher so oft getan habe –, wird mein chaotisches Leben vielleicht wieder etwas erträglicher. Denn auch wenn ich in den letzten Jahren versucht habe, meine Welt so zu gestalten, dass ich in ihr zurechtkomme, weiß ich jetzt, dass das, was ich geschaffen habe, nur ein oberflächliches Konstrukt war, eine alternative Realität, die sich vor meinen Augen aufgelöst hat.

Ich überquere die Brücke zu einer kleinen Insel und gehe ein paar Stufen hinab zu einem Weg am Fluss. Ich laufe, atme den Geruch der Bäume und des Flusswassers ein, und langsam überkommt mich ein Gefühl der Ruhe. Als meine Beine mich keinen Schritt weitertragen wollen, sinke ich auf eine Bank, schließe die Augen und lasse mich vom Geräusch des Wassers, das gegen den Beton schwappt, in den Schlaf wiegen.

KAPITEL 64

Ich weiß nicht, wie lange ich schon hier stehe, während die Züge quietschend in den Bahnhof einfahren, aber es ist mir auch egal. Obwohl ich in einer fremden Stadt bin, Jahre nach dem Verlust meines Babys, fühlt es sich exakt an wie an jenem Tag: die absolute Leere, die Verzweiflung, die Endgültigkeit. Nachdem der Arzt mir bestätigt hatte, was ich bereits wusste – und die Überreste aus mir herausgeschabt hatte –, stand ich stundenlang am Bahnhof und dachte darüber nach, einfach in einen dieser Züge einzusteigen und zu verschwinden. Edward würde mit der Zeit damit zurechtkommen, wie es ihm auch bei Milo gelungen war, und niemals erfahren, dass ich noch ein Kind verloren hatte.

Nein, nicht verloren – *umgebracht*. Denn das war es, was ich getan hatte. Ich konnte Milo nicht beschützen, und ich konnte auch das Baby nicht beschützen, obwohl ich versucht hatte, sie vor allem zu bewahren, vor allem, das sie hätte verletzen können. Natürlich sagte der Arzt, dass das passieren konnte, dass Fehlgeburten häufig vorkamen, dass ich nichts hätte tun können – ein brutales Echo dessen, was mir die Leute nach Milos Unfall hatten weismachen wollen.

Der Tod dieses Babys war der letzte Nagel im Sarg meiner Mutterschaft, und als Edward wieder damit anfing, ein weiteres Kind bekommen zu wollen, konnte ich es nicht mehr ertragen. Ich musste mich abwenden, bevor er sehen konnte, wie sehr mich diese Worte verletzten. Noch ein Baby, das mein Mutterleib abstoßen würde? Ein weiteres Leben, das mir genommen würde? Nein, auf keinen Fall. Dieses Baby war ein Geschenk gewesen, und ich hatte es abgelehnt.

Vielleicht hätte er es verstanden, wenn ich ihm von der Fehlgeburt erzählt hätte. Aber ich konnte es nicht ertragen, mich weiteren Schuldzuweisungen zu stellen, sie in seinem Gesicht zu lesen, selbst wenn er die Worte niemals ausgesprochen hätte. Die Anschuldigungen, die er mir nach Milos Tod entgegengeschleudert hatte, waren tief in mein Herz eingebrannt. Ich konnte es einfach nicht wieder öffnen.

Und so stand ich da, an jenem trostlosen Tag, sah den vorbeifahrenden Zügen hinterher und konnte keinen Schritt vor oder zurück machen. Der Himmel verdunkelte sich, die Züge kamen seltener, und weniger Passagiere waren unterwegs.

»Letzter Zug nach London!«, rief der Stationsvorsteher schließlich, und der Zug fuhr in den Bahnhof ein. Meine Beine trugen mich vorwärts, und ich sank in den gepolsterten Sitz, während sich mein Unterleib noch immer schmerzhaft zusammenzog. In Waterloo stieg ich aus, lief durch die Vorhalle und setzte mich dann bis zum Morgen draußen auf eine Bank – eine Bank an der Straße, abgewandt vom Fluss. Ich rief Edward nicht an; ich rief niemanden an. Ich saß einfach nur da, betäubt, bis ein Teil von mir mich drängte, nach Hause zu gehen. Und seitdem nehme ich jeden Tag denselben Weg: von zu Hause bis Waterloo, von Waterloo nach Hause. Und dazwischen der Pub.

Jemand stößt gegen meinen Arm, und ich blinzle, kurzzeitig überrascht, um mich herum Französisch zu hören. *Zu Hause.*

Was ist das? Warum sollte es mich jetzt noch kümmern? Milo ist fort, Edward wird bald weg sein, und ich denke auch nicht wirklich an das Haus. Ich denke an die Menschen in meinem Leben, bei denen ich mich sicher gefühlt habe, die mich glücklich gemacht haben – was mich hätte glücklich machen können. Das ist es, was ein Zuhause ausmacht, aber das ist jetzt vorbei, nicht wahr?

Ich denke an den Ring in meiner Tasche und Edwards Versprechen von ›für immer‹. Ich stelle mir vor, wie er sich vorbeugt, um Fiona zu küssen, und Resignation überkommt mich. Ich habe ihn verloren, habe *uns* verloren. Ich hole den Ring hervor. Er liegt schwer in meiner Handfläche und funkelt im fluoreszierenden Licht des Bahnsteigs. Ich spüre die Vibrationen eines sich nähernden Zugs, die heiße wabernde Luft. Ich gehe vor bis zum Rand des Bahnsteigs und mache einen Schritt nach vorn.

»*Attention!*« Eine Frau greift nach meinem Arm und zieht mich zurück vom Rand, als der Zug quietschend einfährt.

»Schon okay, es geht mir gut.« Ich schüttle ihren Arm ab und zwinge mich zu einem Lächeln. »Ich wollte nur den hier auf das Gleis werfen, das ist alles.« Ich öffne meine Hand, um ihr Edwards Ring zu zeigen, und merke, wie sie zittert. Ich *wollte* doch nur den Ring aufs Gleis werfen ... oder? Ich weiß es nicht. Ich weiß es nicht. Ich halte mir die Hände vor die Augen. Die Lichter und der Lärm sind einfach zu viel, als wären sie verstärkt.

Die Türen des Zugs öffnen sich, und die Frau hilft mir in den Wagen und drückt mich sanft in einen Sitz. »Setzen Sie sich einen Augenblick hin«, befiehlt sie und nimmt neben mir Platz.

»Es geht mir gut«, insistiere ich, aber meine Stimme klingt kratzig. Mein Herz rast, und mein Mund ist trocken. Es geht mir alles andere als gut.

»Wohin fahren Sie?«, fragt sie und sieht mich direkt an, als wüsste sie, dass ich absolut keine Ahnung habe, welchen Weg ich einschlagen soll.

Ich schüttle den Kopf, traue mir nicht zu, eine Antwort zu formulieren, die auch nur halbwegs Sinn ergeben würde. Ratternd fährt die U-Bahn in den nächsten Bahnhof ein, und gemeinsam sehen wir zu, wie sich die Türen öffnen und schließen, während einige Fahrgäste aussteigen und noch mehr einsteigen. *Der Rhythmus des Lebens*, denke ich abwesend. In der einen Minute sind die Menschen, die du liebst, da, im nächsten sind sie fort. Und der Zug fährt gnadenlos weiter.

»Das Leben kann manchmal scheiße sein«, sagt die Frau, und überrascht ziehe ich die Augenbrauen hoch. Die grobe Sprache passt nicht zu ihrer eleganten Aufmachung. »Aber so ist es eben.« Sie zuckt mit den Achseln und sagt dann etwas, das mir schon tausend Freunde gesagt haben, was aber nie richtig bei mir angekommen ist. »Sie dürfen nicht so streng mit sich sein.« Sie tätschelt mir den Arm und steht dann auf. »Das ist meine Haltestelle.«

»Danke«, sage ich leise, und sie nickt, schiebt sich durch die Tür und verschwindet dann in der Menschenmenge.

Der Zug rattert weiter, und ich lehne mich in meinem Sitz zurück. *Das Leben kann manchmal scheiße sein* – das ist noch milde ausgedrückt. Ich rutsche auf meinem Sitz herum und erblicke mein Spiegelbild im Fenster. Das Leben kann manchmal scheiße sein, aber trotz allem bin ich noch hier. Ich bin noch am Leben, nach allem, was passiert ist, nach zwei Jahren voller Schmerz, die mich meinen Mann gekostet haben.

Verliere ich mich jetzt auch noch selbst? Ich kann es nicht ertragen, daran zu denken, was da auf diesem Bahnsteig beinahe passiert wäre. Was ich beinahe getan hätte … oder auch nicht.

Sie dürfen nicht so streng mit sich sein. Die Worte hallen in mir nach, und ich erinnere mich, wie Leute nach Milos Tod diesen Satz immer wieder murmelten, so oft, dass ich das Ende jedes Gesprächs vorhersehen konnte. Bei dem Satz zuckte ich jedes Mal innerlich zusammen, und meine Eingeweide waren nichts als ein Knoten aus Schuldgefühlen. Wie konnte ich nicht streng mit mir sein, wenn ich doch das Schlimmste getan hatte, das eine Mutter tun konnte: dabei versagen, ihr Kind zu beschützen – oder in meinem Fall sogar Kinder.

Sie dürfen nicht so streng mit sich sein. Als wenn das so einfach wäre.

Der Zug fährt in einen weiteren Bahnhof ein, und die Türen öffnen sich. Bevor mir klar wird, was ich da tue, tragen mich meine Beine hinaus auf den Bahnsteig, wo ich den Leuten in die strahlende Sonne folge.

Ich blinzle, als meine Augen die Türme von Notre-Dame erblicken, und drehe mich dann zu einer vertraut wirkenden Fassade: Hôtel-Dieu. Irgendwie bin ich an denselben Ort zurückgekehrt, an dem ich schon heute Morgen war. Ich schüttle den Kopf. Wie oft bin ich gestern denselben Weg gegangen, bevor ich endlich glaubte, er hätte Edwards gekreuzt, nur um ihn schließlich mit jemand anderem zu sehen?

Ich gehe in Richtung Fluss, laufe vorsichtig ein paar alte Steinstufen hinab bis zum Uferrand. Pärchen gehen Händchen haltend spazieren, und ich sinke auf eine Bank und sehe zu, wie die Sonne auf dem Wasser glitzert. Ich denke an Edwards Ring in meiner Tasche und hole ihn hervor, lege ihn auf die Bank neben mir und ziehe auch meinen Ring ab. Er rutscht ganz ohne Widerstand von meinem Finger.

Ich krümme und strecke den Finger und denke mir, wie seltsam er jetzt aussieht, wie nackt. Es fühlt sich auch seltsam an – als würde ich einen Ort aufdecken, der jahrelang verborgen war, ein fremdes Stück Haut, das vor der Sonne geschützt war. *Wer war ich vor Edward?*, frage ich mich. Auch wenn wir in diesen letzten Jahren kaum miteinander gesprochen haben, waren wir doch durch alles, was passiert war, aneinander gebunden. Es ist schwer für mich, mir die Frau vorzustellen, die ich war, bevor wir uns begegneten.

Aber ich glaube nicht, dass das noch eine Rolle spielt. Jetzt ist es nur wichtig, einen neuen Weg voran zu finden, einen Weg, trotz der Vergangenheit zu leben. Einen Weg, mich wieder *ich* sein zu lassen, was immer das auch bedeutet – und nicht so streng mit mir zu sein, trotz der Schuld und der Fehler der Vergangenheit.

Warum hast du nicht auf ihn aufgepasst? Warum hast du ihn nicht aufgehalten? Wie konntest du zulassen, dass das passiert?

Ich schüttle den Kopf, als die Worte wieder einmal in meinen Ohren erklingen. Ich werde mir immer Vorwürfe machen wegen dem, was Milo passiert ist. Ich hätte diesen Unfall verhindern können. Was das Baby angeht, das ich verloren habe, nun ... ich weiß es nicht. Vielleicht lag es an Milos Tod, und das Universum wollte mir keine weitere Chance geben, Mutter zu sein. Oder vielleicht war es einfach nur Pech, wie der Arzt sagte. Aber was auch immer der Grund war, ich muss einen Weg finden, es zwar nicht zu vergessen – denn wer könnte das schon? –, mir jedoch *genug* zu vergeben, um weiterzumachen. Um zu leben, selbst wenn mir alles andere genommen wurde.

Ich lege meinen Ehering neben den von Edward auf die Bank und schaue dann auf den Fluss. Ein Teil von mir ist versucht, beide in die Seine zu werfen, dem Universum sein ›für immer‹ entgegenzuschleudern. Aber das wäre, als würde ich versuchen, unsere Beziehung auszuradieren, und das will ich nicht. Unsere Beziehung mag vorbei sein, aber Edward wird immer ein Teil meines Lebens bleiben, und der Versuch, ihn gewaltsam herauszureißen, würde lediglich großen Schaden anrichten. Und ich denke, ich habe bereits genug Schaden verursacht.

Ich stecke die Ringe wieder in die Tasche und stehe auf. Ein letzter Spaziergang am Fluss entlang, dann werde ich zum

Gare du Nord gehen. Wenn Edward nicht mit meinem Fahrschein auftauchen sollte, rufe ich meine Eltern an und bitte sie, mir Geld zu schicken. Morgen um diese Zeit – und hoffentlich schon eher – werde ich zurück in England sein und von vorn anfangen. Bei dem Gedanken daran, das Haus mit den vielen Erinnerungen zu verlassen, verknotet sich mein Magen, aber ich weiß, dass die Erinnerungen in mir sind, nicht an einem physischen Ort. Ich will sie nicht unter Schuld begraben oder in Alkohol ertränken. Es gab auch viel Gutes in meinem Leben, und daran will ich festhalten.

Ich blicke auf zur Sonne, und ihre Wärme dringt in meine Haut, bis hinein in mein Herz.

Kapitel 65

Ich erwache vom Lärm zwei kleiner Mädchen, die auf identischen blauen Rollern vorbeisausen. Die Sonne steht hoch am Himmel, und mein Körper fühlt sich völlig steif an, also habe ich hier wohl eine ganze Weile geschlafen. Ich hebe meine Hand, um auf die Uhr zu sehen, und schon bei dieser minimalen Bewegung protestiert jeder Muskel in mir.

Verdammt!

Ich sollte mich beeilen, wenn ich nicht den Zug verpassen und Zoe am Bahnhof finden will. Ich bete, dass sie noch dort ist. Hoffentlich gibt mir die Fahrt nach Hause die Gelegenheit zu erklären, warum Fiona hier war und dass ich die ganze Zeit nicht wusste, dass Zoe vermisst wurde.

Ich stehe auf und kann kaum glauben, dass ich nur einen Tag hier war. Es fühlt sich eher an wie ein ganzes Jahrhundert. So viel ist passiert: Ich wurde von Zoe getrennt, habe Fiona angerufen, bin in einen Club feiern gegangen und im Krankenhaus gelandet … und dann hat Zoe mich mit Fiona gesehen. Ich weiß nicht, wie die Dinge um uns stehen oder was aus uns wird, aber zumindest muss meine Frau wissen, dass ich sie nicht betrogen habe. Ich erschaudere, wenn ich daran denke, wie kurz ich davorstand.

Ich beschleunige meinen Schritt in Richtung der Brücke vor mir, deren Treppe mich zurück zur Straße führt. Direkt vor mir läuft eine Frau ebenso schnell wie ich. Irgendetwas an der Art, wie sie sich bewegt, wirkt vertraut wie eine Art Déjà-vu. Ich kneife die Augen zusammen, um trotz der Sonne etwas erkennen zu können, betrachte die Silhouette ihres Körpers, und mein Herz beginnt, wie wild zu schlagen. Könnte das Zoe sein oder bilde ich mir etwas ein? Ihr Körper ist mir nicht mehr so vertraut wie früher, ihre Kurven sind in den letzten Jahren weniger geworden, aber als ich ein Stück zu ihr aufschließe, erkenne ich deutlich ihre dunklen Locken und das vertraute zu weite T-Shirt.

»Zoe!« Meine Stimme klingt kratzig, und ich räuspere mich. »*Zoe!*« Mein Rufen geht im Dröhnen eines riesigen Touristenschiffs unter, das gerade vorbeifährt, und ich fange an zu rennen. Sie darf mir nicht wieder entgleiten. Nicht jetzt, nicht nach allem, was wir durchgemacht haben.

Mein Kopf pocht, mein Magen dreht sich um, und ich habe das Gefühl, gleich umzufallen, aber schließlich habe ich sie eingeholt.

»Zoe.« Ich berühre ihren Arm, und sie wirbelt herum und zieht überrascht die Augenbrauen hoch. Von Nahem sieht sie nicht viel besser aus als ich. Ihr Haar ist zerzaust und steht in alle Richtungen ab, ihr T-Shirt klebt an ihr, ihr Gesicht ist verschwitzt, und ein Staubstreifen verläuft quer über ihre Wange. Und dennoch habe ich in diesem Augenblick das Gefühl, dass sie nie besser ausgesehen hat. Irgendetwas an ihren Augen ist … anders. Weniger verkniffen. Irgendwie anwesender. Verschiedenste Emotionen durchlaufen mich, so stark, dass sie mich fast zu Boden werfen.

Ich habe meine Frau gefunden, sagt eine Stimme in meinem Kopf über das Pochen hinweg. *Ich habe sie wiedergefunden.*

Ich will nach ihrer Hand greifen. Dann bemerke ich, dass sie ihren Ehering nicht trägt, und alles in mir erkaltet.

Kapitel 66

Ich schätze, ich laufe jetzt schon fast eine Stunde am Fluss entlang, und es wird Zeit, dass ich mich wieder zum Gare du Nord begebe. Allein der Gedanke an den weiten Weg lässt meine Füße schmerzhaft pulsieren, aber das ist der letzte Teil der langen Reise, auf der ich an diesem Wochenende war. Noch einmal, dann ist es vorbei. Ich habe mich heute mehr bewegt als in den letzten zwei Jahren.

Ich erblicke eine Treppe, die auf eine Brücke führt, und schlage schnell diese Richtung ein. Ich kann es kaum erwarten, zum letzten Mal durch den Marais zu laufen, in den Zug zu steigen und zurückzufahren … auch wenn ich nicht sicher bin, ob ›zurück‹ das richtige Wort ist. Schließlich bewege ich mich endlich vorwärts, die Vergangenheit in mir eingeschlossen.

Eine Berührung an meinem Arm lässt mich herumfahren, und mir bleibt der Mund offen stehen. Dort, direkt vor mir, ist Edward. Ich blinzle, um sicherzugehen, dass ich mir das nicht nur einbilde – ich war das ganze Wochenende über der Sonne ausgesetzt, habe nichts gegessen und kaum geschlafen –, aber als ich meine Augen wieder öffne, ist er noch immer da. Ich sehe

293

mich kurz um, ob Fiona ebenfalls in der Nähe ist. Er will nach meiner Hand greifen, hält aber plötzlich inne und lässt seinen Arm wieder fallen.

»Was machst du hier?«, frage ich, als ich mich von der Überraschung erholt habe. Meine Güte, er sieht furchtbar aus – und er riecht auch nicht besonders gut. Sein Hemd – eins, das ich nicht kenne – ist voller Flecken, und seine Augen sind blutunterlaufen. Meine wiederum weiten sich, als ich die genähte Wunde an seiner Stirn entdecke. »Geht es dir gut?«

Er nickt und zieht eine Grimasse bei der Kopfbewegung. »Ja, alles in Ordnung. Ist eine lange Geschichte. Na ja, eigentlich doch nicht so lang. Ich bin in einen Club gegangen, war betrunken und habe mir den Kopf gestoßen.«

Edward? *In einem Club?* Ich versuche, einen neutralen Gesichtsausdruck zu wahren und rufe mir in Erinnerung, dass ich diesen neuen Edward überhaupt nicht kenne.

»Hör mal, wegen Fiona …« Er versucht wieder, meine Hand zu ergreifen, aber ich verberge sie demonstrativ hinter meinem Rücken.

»Du musst mir nichts erklären«, sage ich und trete einen Schritt zurück, für den Fall, dass er erneut versuchen sollte, mich zu berühren. Ich glaube nicht, dass ich das ertragen könnte. »Ich verstehe das.«

»Wirklich?« Er runzelt die Stirn.

»Na ja, irgendwie zumindest.« Ich zwinge mich zu einem Achselzucken. »Ich meine, wir sind nicht zusammen, oder? Das sind wir schon ewig nicht mehr. Ich weiß, dass du nach Milos Tod versucht hast, zu mir durchzudringen, aber ich … ich *wollte* nicht, dass jemand zu mir durchdringt.«

Wir schweigen beide und starren auf den Fluss. »Ich glaube nicht, dass meine Art, damit umzugehen, viel besser war«, sagt Edward schließlich. »Ich wollte einen Neuanfang und alles vergessen. Aber mir ist klar geworden, dass man nicht alles vergessen kann; es kommt einfach immer wieder zurück. Es hat vielleicht eines Schlags auf den Kopf bedurft, aber ich habe es endlich kapiert.«

Ich muss fast schon lachen und hebe die Hand, um die genähte Wunde zu berühren. Er zieht scharf die Luft ein, und ich zucke zurück, als mir klar wird, was ich da tue.

»Tut mir leid.« Ich blicke zu Boden und denke, wie seltsam das alles ist. Ich habe das Gefühl, dass wir endlich miteinander reden, aber es ist zu spät.

»Also, was jetzt?« Edward hält meinem Blick stand, und seine Augen bohren sich in meine. Ich starre zurück und fühle zum ersten Mal seit Jahren wieder diese vertraute Verbindung zwischen uns aufkeimen.

Ich zucke mit den Schultern. »Wir fahren zurück nach Cherishton. Wir verkaufen das Haus und gehen getrennte Wege. Ich glaube, das ist das Einfachste.« Es wird ganz und gar nicht einfach sein, aber ich will nicht, dass er das sieht. Er ist weitergezogen, zu anderen Frauen, und auch wenn unsere Beziehung kaum noch eine war, kann ich nicht leugnen, dass es wehtut.

»Das Einfachste?« Edward nimmt meine Hand in seine, und diesmal lasse ich es zu. Ich habe keine Energie mehr, mich ihm zu entziehen. »Seit wann haben wir je den einfachsten Weg gewählt?« Er schüttelt den Kopf. »Zwischen mir und Fiona ist nichts passiert. Ich dachte, du wärst zurückgefahren, und war wütend. Ich sage nicht, dass es richtig war, aber ich habe Fiona angerufen und sie gebeten herzukommen. Ihr Zug hatte Verspätung, also bin ich feiern gegangen ... und war so betrunken, dass ich gegen eine Mauer gerannt bin.«

Gegen meinen Willen entringt sich mir ein Kichern, und Edward schüttelt den Kopf. »Ich weiß, ich weiß. Erbärmlich, nicht wahr? Und da wurde mir klar, dass ich nur weggerannt bin und versucht habe, allem zu entkommen.« Er drückt meine Hand. »Ich will keine Fiona oder irgendjemand anderen in meinem Leben, was das angeht. Ich will *dich*.« Er atmet tief ein. »Können wir … vielleicht … versuchen, wieder zusammen zu sein? Ich glaube nicht, dass wir das seit Milo getan haben.«

Ich sehe nach unten auf unsere Hände, ineinander verschränkt ohne unsere Eheringe, und denke, dass nicht die Ehe die Macht hat, Menschen aneinanderzubinden – nur die Taten zweier Menschen können das bewirken. ›Für immer‹ und Happy Ends sind nie garantiert, und das Leben kann manchmal scheiße sein, wie es die Frau im Zug gesagt hat. Aber vielleicht muss man auch daran glauben. An sich selbst und an die Beziehung.

Ich atme tief durch.

»Es gibt da etwas, das ich dir erzählen muss«, sage ich. Ich weiß nicht, wie er darauf reagieren wird, dass ich die Schwangerschaft so lange vor ihm verheimlicht habe, aber ich weiß, ich muss es ihm sagen – für mich, für uns. Ich trage schon genug Schuld und Vorwürfe mit mir herum, und im Augenblick habe ich das Gefühl, dass er mir dabei helfen kann, diese Last zu tragen. Ich vertraue darauf, dass er mir dabei hilft.

»Okay.« Er deutet auf eine Bank, und wir setzen uns nebeneinander. Ich denke an London zurück, wie wir damals ewig am Fluss sitzen konnten. Edward dreht sich zu mir und nimmt meine Hand. »Um was geht es?«

Ich schaue ihn an und ergründe das Gesicht, das ich so gut kenne. Ohne seinen Bart sieht er irgendwie nackt aus und verletzlich. Ich fülle meine Lungen und zwinge die Worte heraus.

»Am Tag vor Milos Tod habe ich herausgefunden, dass ich schwanger bin.« Sogar während ich spreche, lässt eine Wolke in mir einen Gewittersturm der Trauer niedergehen. Ich kann Edward nicht ansehen, während ich weiterrede. »Ich habe das Baby verloren«, flüstere ich. »Ich verlor sie drei Monate nach Milos Unfall.«

Meine Worte hängen schwer zwischen uns in der Luft. Ich

richte meine Augen wieder auf ihn und frage mich, was wohl in seinem Kopf vorgeht. Sein Gesichtsausdruck ist eingefroren, und er wendet seinen Blick zum Fluss – weg von mir. Er lässt meine Finger los, und gefühllos rutschen sie aus seinem Griff.

»Edward?«, sage ich, als sich die Stille zu lange hinzieht und ich es nicht mehr ertragen kann.

Er dreht sich zu mir um, und ich zucke zurück vor dem Schock, der in seinen Augen steht, vermischt mit Schmerz – ein Blick, der besagt, dass ich ihn verraten habe. Wieder einmal.

»Drei *Monate*? Du wusstest es drei Monate und hast es mir nicht erzählt?« Seine Stimme bebt, und mein Herz beginnt, laut in meiner Brust zu klopfen. »Wie konntest du mir so etwas nicht erzählen?«

»Es tut mir leid«, sage ich, und mein Mund wird trocken. »Ich weiß, ich hätte das tun müssen, aber nachdem Milo fort war, konnte ich nicht damit umgehen. Nicht *reden*. Ich hatte Angst – einfach schreckliche Angst. Und als ich dann das Baby verlor, na ja … es war zu viel. Zu viel, um überhaupt daran zu denken, die Worte herauszubekommen.«

Edward zuckt zurück, als hätte ich ihm ins Gesicht geschlagen. »*Zu viel*? Zu viel, deinem Mann zu sagen, dass du schwanger warst? Zu viel, mich wissen zu lassen, dass du eine Fehlgeburt hattest?« Seine Beine fangen an zu zittern. »Ich wollte für dich da sein. Ich habe *versucht*, für dich da zu sein – in all den Jahren, in denen wir zusammen waren. Aber wieder einmal geht es darum, was du willst, nicht wahr? Womit du umgehen kannst. Ganz egal, was es für mich bedeuten könnte. Ganz egal, dass der Gedanke, dass ich dich nicht schwängern konnte, mich auffraß – bis heute. Ganz egal, dass sich mein Schmerz durch das Wissen, dass ich es doch kann, zumindest ein wenig reduziert hätte. Ich sollte wohl nicht überrascht sein«, fährt Edward mit kalter Stimme fort. »Du wolltest mir ja auch beim ersten Mal nicht sagen, dass du schwanger bist, nicht wahr?«

Ich kämpfe darum zu atmen, als seine Worte wie Peitschenhiebe auf mich niedergehen, versuche, die Worte zu fassen zu kriegen, die mir die Kehle zuschnüren. Aber sie entgleiten mir, schneller, als ich nach ihnen greifen kann, und ich kann nur schweigend dasitzen.

»Gehen wir.« Edward steht auf und thront über mir. »Je schneller wir zurückkommen, desto schneller können wir der ganzen Sache ein Ende bereiten.« Er läuft voran Richtung Treppe, und ich habe keine Wahl, als ihm zu folgen. Bitterkeit und Ablehnung erfüllen die Luft um ihn herum, und ich drehe mich weg, um nach Luft zu schnappen. Ich hätte es ihm sagen sollen, ja. Ich wusste, dass es schwer für ihn war, dass er die Tatsache, mich nicht schwängern zu können, als persönliche Niederlage ansah. Vielleicht wusste ich nicht, wie sehr, aber dennoch.

Ich habe ihm vertraut. Ich habe den Sprung gewagt. Und bin auf kaltem, hartem Eis aufgeschlagen, und alles in mir wurde erschüttert.

Aber ich bin nicht zerbrochen.

KAPITEL 67

EDWARD, SONNTAG, 13 UHR

Während ich die Brücke überquere, treibt mich meine Wut voran. Ich bin nicht einmal mehr müde – zumindest spüre ich keine Müdigkeit. Ich spüre nur noch blinden, rasenden Zorn. Wie konnte Zoe mir nicht sagen, dass sie schwanger war? Wie konnte sie das drei schreckliche Monate lang nach Milos Tod für sich behalten? Ja, wir waren wie betäubt und kamen kaum mit dem Leben zurecht. Ich konnte keine Sekunde stillsitzen, geschweige denn mit jemandem sprechen. Aber von diesem Baby zu erfahren – einem Hoffnungsschimmer in der dunkelsten Zeit meines Lebens – hätte mir geholfen, hätte mir für kurze Zeit etwas gegeben, an das ich mich hätte klammern können, selbst wenn es endlich war.

Und es ist nicht nur das. Die ganze Zeit über, diese ganzen zwei Jahre, habe ich mir selbst Vorwürfe gemacht, dass ich nicht in der Lage war, uns ein zweites Kind zu schenken, bevor Milo starb, dafür, dass mein Körper mich im Stich gelassen hatte. Natürlich hätte nichts Milos Tod weniger schlimm gemacht. Aber zu wissen, dass mein Körper nicht versagt hat – dass ich uns eine Möglichkeit gegeben *habe* weiterzuleben –, hätte mein

299

Herz vielleicht davon abgehalten, zu Stein zu werden. Denn genau so fühle ich mich jetzt: versteinert. Ich stelle mir vor, wie Zoe allein mit der Fehlgeburt fertigwerden musste, und meine einzige Emotion ist Wut. Wut, dass sie mich ausgeschlossen hat. Wut, dass sie es allein durchgemacht hat, anstatt sich auf ihren Mann zu stützen. Hasst sie mich so sehr?

So viel zu ihrem Versprechen, nie wieder zu lügen. Das ist die schlimmstmögliche Art der Lüge – wieder einmal.

Ich wirble zu ihr herum, und meine Lippen formen Worte, die mir dann doch im Hals stecken bleiben. Es gibt noch so viel, das ich sagen will, aber ich habe keine Energie, ein Gespräch zu beginnen. Es hat ja sowieso keinen Sinn. Ich muss verrückt gewesen sein zu denken, wir könnten von vorn beginnen.

Ich winke ein Taxi herbei, bedeute Zoe einzusteigen und bitte den Fahrer dann, uns zum Gare du Nord zu bringen. Alles fühlt sich wie ein seltsames Déjà-vu an, aber fest steht, dass das nicht noch einmal passieren wird. Hier schließt sich für uns der Kreis, wir sind wieder da, wo wir das Wochenende begonnen haben, und ich kann mich nicht mehr weiterdrehen. Sobald wir zu Hause sind, mache ich Schluss. Wir machen Schluss.

Für immer, Happy Ends …

Scheiß drauf.

KAPITEL 68

ZOE, EINE WOCHE SPÄTER

»Bist du sicher, dass du das tun willst? Du könntest bestimmt auch eine Weile bei deinen Eltern bleiben.« Kate wischt sich mit einer Hand übers Gesicht, während sie mir dabei hilft, die letzte Kiste mit Kleidung zu packen.

Ich nicke und denke, wie gut es sich anfühlt, sie wieder in meinem Leben zu haben. Ich habe sie angerufen, sobald wir aus Paris zurück waren, und obwohl sie überrascht war, von mir zu hören, und genug mit sich selbst zu tun hat, war sie gern bereit zu helfen – der Beweis einer wahren Freundschaft. »Ich bin mir sicher. Und ja, sie haben gesagt, dass ich bei ihnen bleiben könne. Und Edward hat gesagt, ich könne hierbleiben, so lange wie nötig.« Ich klebe den Karton zu und setze mich zurück auf meine Fersen. »Aber ganz im Ernst, ich brauche eine eigene Wohnung, verstehst du? Einen Ort für mich, an dem ich versuchen kann, mir wieder ein Leben aufzubauen.« Ich seufze und blicke mich im Zimmer um. Bei jeder Bewegung werde ich mit Erinnerungen bombardiert. »Es wird schwer, das Haus zu verlassen, aber ich muss es tun.« Ich habe mir eine Studiowohnung im Norden Londons gemietet. Sie ist winzig, aber ich kann es kaum erwarten, sie in ein Zuhause zu verwandeln. Dieser Ort hier war jahrelang kein Zuhause mehr.

Kate nickt und berührt meinen Arm. »Das verstehe ich.« Sie schüttelt den Kopf. »Aber ich kann noch immer nicht glauben, dass das nach allem, was ihr zusammen durchgemacht habt, das Ende sein soll.«

»Es ist *wegen* allem, was wir durchgemacht haben«, sage ich. »Es ist einfach zu viel für eine Beziehung – na ja, zumindest für *unsere* Beziehung –, als dass sie das überstehen könnte.« Edwards Gesicht an dem Tag, als ich ihm von der Schwangerschaft erzählt habe, kommt mir wieder in den Sinn, und ich erschaudere. Der Zorn und die Kälte erinnerten mich an den Moment, als er Milo nach dem Unfall das erste Mal sah, und ich hatte das Gefühl, als hätte ich ihn zweimal zugrunde gerichtet. Auf dem ganzen Weg nach Hause, im Taxi, dann im Zug, dann in einem weiteren Zug, sprachen wir kein Wort miteinander. Er sah mich nicht einmal an, aber diesmal war es anders. Diesmal war es keine kalte Gleichgültigkeit. Diesmal spürte ich den Zorn aus jeder seiner Poren strömen.

Doch auch ich war wütend. Wütend, dass mein Glaube in uns fehlgeleitet gewesen war. Wütend, dass es nach diesem Wochenende, dem Wochenende, an dem ich dachte, wir hätten tatsächlich eine Chance, plötzlich ganz aus war mit uns – ein sauberer Bruch, die Stücke getrennt. Aber diesmal war es auch für mich anders. Diesmal würde ich mich nicht in meine Trauer und den Kummer zurückziehen. Diesmal würde ich mir ein Leben aufbauen. Ein anderes als jenes, das ich mir einst vorgestellt hatte, aber ich denke, ich kann trotzdem glücklich werden, wenn ich es mir selbst zugestehe.

»Wo ist denn Edward jetzt?«, fragt Kate und hilft mir, die Kiste nach unten zu tragen und neben den anderen an der Vordertür abzustellen. Für jemanden, der hier fast vier Jahre lang gelebt hat, ist der Stapel überraschend klein. Es gibt nicht viel mitzunehmen, abgesehen von meiner bescheidenen Garderobe. Alles andere überlasse ich Edward so lange, bis er das Haus verkauft. Und Milos Zimmer ist natürlich schon leer, seit Edward seine Sachen vor all diesen Monaten eingepackt hat.

»Bei der Arbeit, schätze ich.« Ich zucke mit den Achseln und frage mich, ob er bei Fiona ist. Schmerz durchzuckt mich, aber ich schiebe ihn weg. Wir sind nicht mehr zusammen, nicht einmal mehr zum Schein, und er kann tun, was er will. Ich blicke hinab auf meinen nackten Finger und frage mich, was ich mit meinem Ehering tun soll. Ich habe den von Edward in die oberste Schublade seines Nachttischs gelegt und … ich schlucke schwer, um die aufsteigende Traurigkeit zu unterdrücken. Vielleicht kann ich meinen zu einem Pfandleiher bringen. Ich könnte das Geld gebrauchen, bis ich mein Freelance-Geschäft wieder auf die Beine bekommen habe.

»Okay, ich schätze, das ist alles«, sage ich ein paar Minuten später, als alle Kisten im Auto verstaut sind. »Ich komme in einer Sekunde raus. Ich will nur noch mal kurz einen Blick hineinwerfen und sicherstellen, dass ich alles habe.«

Kate nickt, klopft mir auf den Rücken, und dann ist sie weg. Ich stehe im Eingang und blicke in Richtung Küche. Milos Lachen erklingt in meiner Erinnerung, und vor meinem geistigen Auge sehe ich das überall verstreute Spielzeug; das Schlagen der Tür, wenn Edward nach Hause kommt, wie er seinen Sohn hochnimmt und sich dann mit einem breiten Grinsen zu mir dreht und wir uns alle umarmen. Dann blinzle ich, und alles, was ich jetzt noch sehe, ist ein leerer Raum, und das einzige Geräusch ist das stete Tropfen des Wasserhahns.

»Leb wohl«, sage ich und schließe leise die Tür hinter mir. Ich weiß nicht, mit wem ich rede – meiner verschwundenen Familie, meinem Sohn, meinem Mann oder der Mutter, die hier lebte –, aber ich weiß, dass es mir irgendwie wieder gut gehen wird.

Kapitel 69

Zoe, Zwei Monate später

Häuser sausen an mir vorbei, die vielen Schornsteine ver-schmelzen zu einem. Ich bin im Zug zurück nach Cherishton, zurück zu dem winzigen, moosbedeckten Friedhof, auf dem Milo begraben ist. Heute vor zwei Jahren habe ich meinen Sohn verloren. Ich habe *mich* verloren, in einem Schleier aus Trauer und Schuld. Ich werde Milo niemals zurückbekommen, aber zu akzeptieren, dass er fort ist, hat es mir ermöglicht, allmählich wieder zu mir zu finden. Und nach all dieser Zeit kann ich Milo auch endlich besuchen. Bis heute war mir das nicht möglich.

Ich starre hinunter auf meine Hände, die eine Tasche mit Milos Pullover darin umklammert halten. Er ist königsblau, mit einem riesigen Piraten als Motiv. Es hat ewig gedauert, ihn zu stricken – ich habe bestimmt zwei Stunden jeden Abend daran gesessen –, und er ist voller Löcher und schiefer Maschen, aber es ist mir egal. Mit jeder fertigen Reihe hatte ich das Gefühl, irgendwie mit Milo verbunden zu sein. Er wäre jetzt vier, ver-mutlich spindeldürr, nur aus Ellbogen und Knien bestehend, wie sein Vater in dem Alter. Ich hoffe, er hätte Piraten gemocht; Kates Kinder sind ganz verrückt danach. Seltsam, wie ich einst glaubte, ich würde zerbrechen, wenn ich an meinen Sohn denke. Es schmerzt höllisch, aber es ist auch beruhigend. Als wäre er weiter bei uns. Bei mir.

Der Zug fährt in Cherishton ein, und ich steige aus. Ich laufe durch den Bahnhof und die Drehkreuze, dann den Weg entlang zur Kirche. Es ist ein wunderschöner Junitag, und die Bäume bersten vor duftenden Blüten und grünen Blättern. Das Kirchentor knarzt, als ich es öffne, und ich laufe den gepflasterten Weg hinauf. Ich war seit Milos Beerdigung nicht mehr hier. Dieser Tag ist in meiner Erinnerung extrem verschwommen, aber irgendwie scheint mein Unterbewusstsein genau zu wissen, wo mein Sohn liegt.

Ich bahne mir einen Weg zwischen mehreren Grabsteinen hindurch, und dort ist er.

Milo Morgan, 2011–2013. Geliebter Sohn von Zoe und Edward. Der Beginn unseres persönlichen Happy Ends. Ruhe in Frieden.

Ich zucke zurück. *Der Beginn unseres persönlichen Happy Ends?* Ich kann mich nicht daran erinnern, das je zuvor gelesen zu haben, aber ich konnte bei der Beerdigung auch kaum geradeaus sehen, geschweige denn, mich auf den Grabstein konzentrieren. Edward hatte sich um all diese Details gekümmert. Es ist ein Echo unserer Ringe, die Anerkennung der Tatsache, dass Milo uns zusammengebracht hat, dass er uns auf den Weg zu unserem Happy End führte. Wir haben es nie erreicht, aber er war von Anfang an ein Teil von uns, selbst wenn es jetzt kein *Uns* mehr gibt.

Ich greife in die Tasche und berühre den Pullover, ändere dann aber meine Meinung. Milo ist nicht hier in dieser feuchten Erde. Er ist in mir, in meinen Gedanken, und ich kann es nicht ertragen, etwas anderes zu glauben. Aber es *gibt* etwas, das ich hierlassen möchte. Ich greife mit der Hand in meine Tasche und hole meinen Ehering heraus. Zum letzten Mal fahre ich mit meinem Finger über die Inschrift und lege ihn dann oben auf den Stein. Ich weiß nicht, warum, aber es fühlt sich irgendwie richtig an, als würde er hierhergehören, zusammen mit all den anderen Hoffnungen und Träumen, die ich begraben habe. Dieser Ring ist Teil eines anderen Lebens, eines Lebens, das mit meinem Sohn geendet hat.

Ich lege eine Hand auf das Grab, flüstere, dass ich ihn liebe und dass es mir leidtut, und drehe mich um, um zu gehen.

KAPITEL 70

EDWARD, ZWEI MONATE SPÄTER

Ich muss aus diesem Haus raus. Ich stopfe Jeans und T-Shirts in meinen Koffer, ohne groß mitzubekommen, was ich eigentlich einpacke. Es ist ja nicht so, als würde ich auf Mallorca, wo ich einen einwöchigen Urlaub verbringen werde, irgendjemandem begegnen, den ich kenne. Die Reise wird mir guttun, denke ich – mir eine Pause davon gönnen, allein zu Hause herumzusitzen. Ich weiß nicht, wie Zoe es ertragen konnte, hier allein zu sein. Ich schätze, sie konnte es nicht. Mir wird klar, dass ich noch immer nicht weiß, wohin sie jeden Tag gegangen ist.

Das spielt jetzt keine Rolle mehr. Wichtig ist nur, diesem Gemäuer zu entfliehen, in dem die Leere eine beständige Erinnerung an das ist, was nicht mehr ist. Sogar die Arbeit, in der ich mich vorher immer hatte vergraben können, hat ihren hypnotischen Sog verloren. Und Fiona, nun … wir reden nicht miteinander. Ich habe nicht die Energie dafür, keinen Antrieb. All die Wut, die ich nach Paris empfunden habe, hat mich ausgebrannt und leer zurückgelassen.

Und wo, verdammt noch mal, ist jetzt mein Pass? Ich ziehe die Schublade meines Nachttischs auf, wühle darin herum und kneife die Augen zusammen, als mich ein goldenes Funkeln blendet. Was ist das? Ich schiebe ein paar Umschläge beiseite – und da ist er: mein Ehering.

Für einen Moment halte ich stockssteif inne, bevor ich ihn nehme und innen über die Inschrift fahre. *Unser persönliches Happy End.* Meine Finger schließen sich um ihn, und ich lasse mich aufs Bett fallen, während sich in meinem Kopf alles dreht. Ich habe diesen Ring in Paris verloren, da bin ich mir ganz sicher. Ich erinnere mich noch genau an den Augenblick, in dem ich ihn abnahm, als ich dasaß, während der Mann meinen Bart abrasierte. Und ich erinnere mich an den Augenblick, in dem ich bemerkte, dass er fort war. Wie ist er hierhergelangt?

Ich schließe die Augen, und Bilder fluten meine Gedanken. Zoe, die lächelt, als sie den Ring an meinen Finger steckt. Wie ihre Augen aufleuchten, als sie am nächsten Tag die identische Inschrift darin liest – an unserem ersten Tag als Mann und Frau. Wir haben vielleicht nicht unser Happy End bekommen, aber wir hatten viele schöne Zeiten, und die werde ich niemals vergessen. Ein Teil von mir wird sie immer lieben, schätze ich, und nichts, was mir das Leben entgegenschleudert, kann das ändern. Nicht einmal, dass sie mir ihre Schwangerschaft vorenthalten hat, eine Schwangerschaft, die wir beide so verzweifelt gewollt hatten.

Ich seufze und denke an den Tag in Paris zurück. Es stimmt, dass ich besser hätte reagieren können, aber mein Zorn verhinderte sämtliches rationales Handeln. In den darauffolgenden Wochen wollte ich mich mit Zoe hinsetzen und reden – hören, was passiert war, was der Arzt gesagt hat und mehr darüber wissen, warum sie es mir nicht erzählt hat. Aber ich konnte nicht. Ich konnte einfach nicht reden. Mein Inneres war fest verschlossen, wie eine verkorkte Flasche, aus der nichts entweichen konnte. Ich schätze, so fühlte es sich auch für Zoe an, als Milo starb.

Schon komisch, dass ich es jetzt verstehen kann.

Ich öffne die Hand, starre auf den Ring in meiner Handfläche und stecke ihn dann in meine Tasche. Ich werde später entscheiden, was ich damit mache. Und jetzt, bevor ich zum Flughafen fahre, gibt es noch einen Ort, zu dem ich muss. Heute vor zwei Jahren ist Milo gestorben, und ich will sein Grab besuchen. Letztes Jahr habe ich versucht, Zoe dazu zu überreden, mit mir zu kommen, aber ich bin mir nicht sicher, ob sie mich überhaupt gehört hat.

Ich durchquere die Küche, meine Schritte hallen in der Stille wider, dann öffne ich die Tür. Es ist ein wunderschöner Tag, und das Gezwitscher der Vögel erklingt, während ich die enge Straße entlanggehe und dort anhalte, wo sich der Unfall, wie ich vermute, ereignet hat. Ich habe Zoe so oft gebeten, es mir zu zeigen – ich musste es einfach wissen –, aber sie konnte nur den Kopf schütteln und sich von mir abwenden.

Ich atme tief ein, als ich mich an die Nacht des Unfalls erinnere. Nachdem Zoe endlich im Bett lag und eingeschlafen war, zog ich Jacke und Stiefel an und lief dann im Schneckentempo diese Straße entlang. Ich versuchte, etwas zu finden, irgendetwas, das mir einen Hinweis darauf geben würde, was passiert war – oder eher, *warum*. Ich fand niemals Antworten, aber dafür etwas anderes. Neben der Straße lag Milos orangefarbener Gummistiefel zwischen den Zweigen eines Buschs. Ich zog ihn heraus, obwohl mein Arm Kratzer davontrug, und dachte, dass Milo ihn am nächsten Tag brauchen würde; es sollte regnen ... und dann brachen meine Beine unter mir zusammen, als die Realität über mich hereinbrach.

Ich weiß nicht, wie lange ich in jener Nacht dort am Straßenrand saß. Aber ich erinnere mich daran, wie ich aufstand, mit Milos Stiefel in der Hand, und ihn dann zu dem anderen Stiefel in die Tasche mit seinen persönlichen Gegenständen legte, die man uns im Krankenhaus übergeben hatte. Als ich diese kleinen, glänzenden Regenstiefel anstarrte, die nun in Plastik eingepackt waren, musste ich mich plötzlich krümmen, als jedes letzte bisschen Luft aus meinem Körper gequetscht und durch etwas ersetzt wurde, das ich nur ungenügend als *Schmerz* bezeichnen kann. Es war einfach zu viel, aber ich zwang mich dazu, mich aufzurichten und zu bewegen. Ich schaffte es durch den Rest der Nacht, indem ich begann, mich mit den Einzelheiten der Beerdigung zu befassen, und meinen Geist mit Logistik und konkreten Dingen beschäftigte, um den Horror auf Abstand zu halten.

Und das habe ich seither getan – bis Paris. Sogar bis jetzt, schätze ich, und erinnere mich an meine Reaktion auf Zoes Geständnis und wie ich erneut versuchte, die Wut und Trauer abzuwenden, indem ich mich darauf konzentrierte, das Haus zu verkaufen und mich in die Arbeit zu stürzen – und nun in ein anderes Land zu fliehen.

Ich habe das Weglaufen satt, denke ich, als ich vor dem Tor zum Friedhof halte. Ich bin so, so müde, und es funktioniert einfach nicht mehr. Vielleicht wird es Zeit, endlich stillzustehen, mich dem zu stellen, was aus meinem Leben geworden ist. Sobald diese Reise vorbei ist und ich eine Chance hatte zu entspannen, werde ich darüber nachdenken, wie ich genau das tun kann.

Das Kirchentor quietscht, als ich es aufschiebe, und ich begebe mich zum Grab meines Sohnes. Mit einer Hand streiche ich über Milos Grab, und meine Finger berühren einen schmalen Ring. Es ist Zoes Ehering. Ich muss mir nicht einmal die Inschrift anschauen, um das zu wissen. Endlich, nach all dieser Zeit, hat sie es hierhergeschafft. Meine Augen wandern von der Inschrift auf dem Grabstein zu dem Ring in meiner Hand, und ich verstehe sofort, warum sie ihn zurückgelassen hat. Was wir hatten – unsere Familie und das Happy End –, ist fort.

Eine große Traurigkeit überkommt mich, und ich sinke zu Boden, wobei mir völlig egal ist, dass die Feuchtigkeit in meine Hose eindringt. Ich kann es nicht ertragen, ihren Ring genauso wie meinen Sohn hier zurückzulassen, also stecke ich ihn in die Tasche zu meinem.

Ich bleibe noch ein paar Minuten am Grab stehen, dann gehe ich zurück zum Haus, schnappe mir meinen Koffer und laufe zum Bahnhof. Einige Minuten später fährt ein Zug ein, und ich steige zu.

KAPITEL 71

ZOE

Während der Zug zurück nach Waterloo fährt, überkommt mich ein seltsames Gefühl ... so etwas wie Frieden; etwas, das ich seit Jahren nicht mehr empfunden habe. Milos Tod – und wie es dazu gekommen ist – zu akzeptieren, fühlt sich an, als hätte mir jemand meinen Sohn wiedergegeben, als hätte ich nun die Erlaubnis, mich an ihn und sein Leben zu erinnern. Und auch die Erlaubnis, mein eigenes zu leben.

Ich stehe auf, als sich der Zug seinem Ziel nähert, und kämpfe mich durch den vollen Gang in Richtung Tür.

»Autsch!« Der Zug macht einen Ruck, und ich pralle so heftig gegen jemanden, dass es mir den Atem raubt. Meine Augenbrauen schießen nach oben, als ich sehe, um wen es sich handelt. Was um alles in der Welt macht er denn hier?

»Tut mir leid«, sagt Edward und streckt eine Hand aus, um mich zu stützen.

»Schon gut.« Ich richte mich auf und versuche, wieder zu Atem zu kommen. Ich will weitergehen, aber Edward hält mich am Ellbogen fest.

»Warte«, sagt er und fährt sich mit einer Hand durchs Haar.

Seine Augen sind rot, und seine Kleidung hängt an ihm, als hätte er Gewicht verloren. »Hör mal ... Es tut mir leid, wie ich reagiert habe, als du mir von der Schwangerschaft erzählt hast. Das Baby zu verlieren, also, ich kann mir nicht einmal ansatzweise vorstellen, wie schrecklich es für dich gewesen sein muss, das alles allein durchzustehen. Ich war einfach nicht darauf vorbereitet, das ist alles – nicht, dass das eine Entschuldigung wäre.« Er schüttelt den Kopf. »Du wusstest, wie sehr ich ein zweites Baby wollte, und ich konnte einfach nicht glauben, dass du es mir nicht erzählt hast. Nicht nur, weil ich wissen musste, dass ich dich noch einmal hatte schwängern *können*, sondern auch, weil ich verzweifelt für dich da sein wollte.«

Ich begegne seinem Blick. »Ich hätte etwas sagen sollen, und es tut mir leid, dass ich es nicht getan habe. Ich ... konnte einfach nicht. Ich wollte sie beschützen, vor allem vor der Welt. Ich wollte sie in mir einschließen.«

Edward nickt langsam, und sein Gesichtsausdruck sagt mir, dass etwas, das ich gesagt habe, bei ihm ankommt. »Wie geht es dir überhaupt?«

»Es ... Es geht mir okay.« Ich habe das unzählige Male gesagt, aber ich glaube, jetzt meine ich es auch so. »Das Geschäft läuft so langsam wieder an. Mir gefällt meine neue Wohnung, und ich stricke sogar wieder.« Ich halte den Pullover hoch. »Ich habe den hier für Milo gemacht. Ich weiß, es ist dumm, aber ich werde ihm jedes Jahr einen stricken.«

Edward hebt ihn hoch und lächelt. »Das ist gar nicht dumm. Ich finde es toll, dass du das machst. Und auch wieder strickst. Aber keine neonfarbenen Socken?« Das freche Grinsen, an das ich mich erinnere, zuckt über sein Gesicht, und ich kann nicht anders, als zurückzulächeln.

»Vielleicht nächstes Jahr.« Wir starren einander eine Minute an, während mir viele Erinnerungen durch den Kopf gehen: dieser erste Abend in South Bank, wie wir einander wieder verloren, wie wir uns wiedertrafen und er diese hässlichen Socken trug … und dann alles, was danach kam. Die Traurigkeit und der Schmerz melden sich, und ich atme tief durch, als sich die Türen mit einem Zischen öffnen. »Oh, wir sind da. Also, es war schön, dich zu sehen.« Meine Eingeweide ziehen sich zusammen, als die Worte meinen Mund verlassen. *Schön*, dich zu *sehen?* Es ist, als verabschiedete ich mich von einem Fremden, nicht dem Mann, mit dem ich jahrelang zusammen war.

Wir sind Fremde, erinnere ich mich selbst, auch wenn er jetzt wieder dem Mann ähnelt, den ich kannte: lockere Kleidung, zerzaustes Haar, schrecklicher Bart. Ich muss mich zurückhalten, um nicht meine Hand auszustrecken und ihn glatt zu streichen.

Ich betrete den Bahnsteig, zwinge mich zu jedem Schritt, schneller und schneller, fort von ihm. Wenn ich jetzt anhalte, weiß ich, dass ich nicht mehr werde weitergehen können. Ich habe gerade die Haupthalle erreicht, als mir jemand auf die Schulter tippt.

»Zoe, warte einen Moment!« Edward klingt atemlos, und ich drehe mich zu ihm um. »Was hast du jetzt vor?«

»Jetzt gerade?«, wiederhole ich und frage mich, worauf er hinauswill. »Ich gehe zurück zu meiner Wohnung. Wieso?«

»Willst du etwas trinken gehen?« Er fährt sich wieder mit der Hand durchs Haar, eine Geste, die mir so vertraut ist. »Okay, es ist vielleicht etwas früh für einen Drink. Vielleicht … ein Spaziergang am Fluss?«

Ich begegne seinem Blick und denke, dass es nett wäre zu reden. Wir mögen nicht mehr zusammen sein, aber ein Teil meines Herzens gehört noch immer ihm – das wird wohl auch immer so bleiben. Und schließlich ist es bloß ein Spaziergang. »Warum nicht. Aber musst du nicht irgendwohin?« Ich zeige auf seinen Koffer. »Ich meine, wohin warst du unterwegs?«

»Spielt keine Rolle«, sagt er mit einer wegwerfenden Handbewegung. »Ich bin lieber bei dir.« Er lächelt, was seine Augenfältchen hervortreten lässt. Dann nimmt er meinen Arm und führt mich aus dem Bahnhof hinaus zum Flussufer von South Bank. Der sonnige Frühlingshimmel hat sich zugezogen, Wind kommt auf, und ich fröstele. Edward legt seinen Arm um mich, um mich warm zu halten, und ich spüre, wie ich mich langsam entspanne.

»Willst du dich hinsetzen?«, fragt er und zeigt auf unsere Bank.

Eine Sekunde lang stehe ich nur da und starre hinunter auf die vertrauten Holzbretter. Dieser Ort war unser Anfang, der Beginn unserer Reise. Hier haben wir einander gefunden. Jetzt sind wir wieder hier – aber wir sind nicht zurück an dem Punkt, an dem wir angefangen haben. Wir wurden getrennt durch Schmerz, unsere Ehe bis an die Grenze der Belastbarkeit gebracht.

Aber als ich in die warmen Augen meines Mannes schaue, bin ich mir nicht sicher, ob wir diese Grenze wirklich *überschritten* haben. *Wir* mussten heilen – getrennt voneinander –, bevor wir wieder zusammenkommen konnten. Bevor wir einander endlich finden konnten.

»Ja«, sage ich, setze mich auf die Bank und ziehe ihn zu mir herunter. »Ja, das möchte ich.«

DANKSAGUNG

Ein riesiges Dankeschön geht wie immer an India Drummond, Mel Sherratt und Glynis Smy für ihre kontinuierlichen Ermutigungen und Ratschläge über die Jahre hinweg. Ich könnte mir keine tolleren drei Leute vorstellen, die mich anfeuern! Danke an alle bei Amazon Publishing, besonders Emilie Marneur für ihre Unterstützung und ihre Begeisterung für dieses Buch. Danke auch an meine Lektorin Sophie Wilson, für ihre durchdachten Vorschläge und Hinweise. Und natürlich ein großes Dankeschön an meine wundervolle Agentin Madeleine Milburn.

Und zum Schluss noch vielen Dank an meinen Mann und meinen Sohn, die mich wie in Trance durch das Haus haben wandeln lassen, während ich auf der Suche nach meiner Handlung das Essen habe anbrennen lassen. Ich liebe euch beide.

Printed in Poland
by Amazon Fulfillment
Poland Sp. z o.o., Wrocław